的你戀愛
下集
新任務
角色 陸喚
點數 300
金幣 50
生命值 100%
體力值 100%
著

目錄
CONTENTS

第二十四章 危機感上升

陸喚詢問了這位前任太醫之女，女子來癸水時心情不好應該怎麼調節之後，一條一條認真記在了心中。

柳如煙覺得這種問題有些尷尬，陸喚倒是並不在意。

他覺得最近小溪情緒波動有點大，但是又不知道原因，而且上次見她痛得那麼厲害，應該是每次來都那麼痛，便覺得這樣下去不行。

他透過她學會了用平板搜尋，她的平板密碼他已經知道了，是六個零，迫不得已，他解鎖了一次，搜索了下對應之策，但是卻發現她那個世界對於女子經痛並沒有什麼好的措施，只能吃所謂的止痛藥。

而陸喚這邊的朝代也沒什麼好的對策，他翻閱了中草藥書籍，只查到了幾種草藥煎服之法。

他認為前太醫的後人同樣是女子，應該會有什麼比較特別的調節辦法，因此在班師回朝之前，先來問一問。

柳如煙想和這位年紀輕輕的騎都尉一起回京城，於是待回答完他的問題之後，羞赧地啟唇道：「騎都尉大人，既然是您救了我的命，不知道可否——」

可話還沒說完，這人卻像是知道她要說什麼以身相許之類的話似的，毫不猶豫地打斷：「不可，京城路途遙遠，沒辦法帶妳，妳想去京城，另尋他法吧。」

柳如煙：「……」

說完陸喚就趕緊轉身走了。

柳如煙：「……」

陸喚回到帳中，先將柳如煙方才所說的那幾條可以在癸水時期改善心情的方法記下來，準備下次等宿溪情緒莫名其妙時再試試。然後他看了看外面的日頭，見已經是第八日傍晚了，按照時間，她應該已經考完了，可不知為何還沒來。

陸喚一直等不到人，於是打開了幕布，從她家裡的起始頁面，切換到她的學堂裡。因為不知道她在哪一間教室，所以陸喚一間一間地找過去，但是找遍了教學大樓都沒看到她。

陸喚便將幕布又切換到草坪操場、實驗室，以及其他地方，她最常去的是學堂門口賣零食的地方，或許會在那裡。剛好可以看一下她平日裡都喜歡吃什麼，前太醫之女說女子癸水時期心情不佳嘗一些美食也會有所改善。

這樣想著，陸喚很快便在學堂門口一群人中發現了她。

他漆黑的眸子微亮，將幕布拉過去。

但是就在這時，他見到小溪和她身邊那個名叫顧沁的朋友站在那裡，對面還站了一個人。那人頭上頂著的頭銜是「校草」。

校草——這是何意？

陸喚有些不解。

下一秒，就見那名叫「校草」的人，從口袋裡掏出兩張小小的長方形票據之類的東西，將其中一張遞給小溪。校草什麼也沒說，臉上酷酷的，另一隻手還插在褲子口袋裡，斜靠著校門。

而校門旁邊圍著很多人，似乎都在看熱鬧，其中還有人捂著臉，發出起鬨的聲音。

陸喚努力去理解眼前這副場景。他見到小溪臉上倒是沒什麼變化，但是她旁邊的顧沁卻滿臉通紅，突然便明白了這個叫校草的小子是在做什麼。

陸喚臉色陡然僵硬了。

宿溪膚白貌美，雖然整天穿著寬鬆的校服，紮著馬尾，十分低調，但在學校人氣並不低。

先前家裡缺錢時，霍涇川說她在校園論壇發篇文章，五百塊錢約會一次，可以立刻賺到滿盆金缽並不是假的。

可她比較宅，整天不是刷卷子念書，就是玩遊戲，雖然性格很隨和甚至神經有點大條，可很多同學們卻認為她很高冷，因此，追她的人並沒有那麼多，很多都不敢上前，只是悄悄遞一下情書。

此時站在她和顧沁面前，遞出了電影票，想要和她一起去看電影的是先前霍涇川經常在她耳邊嘮叨的那個校草尹耀。

說是校草吧，有錢是真的，但其實帥也沒有多帥，中上水準，還沒有霍涇川帥。但或許是因為有錢，經常捐助學校元旦晚會之類的節目，導致知名度比較高，就成了校草。

見過了崽崽俊美的原畫之後，宿溪覺得學校裡最帥的人和崽崽的原畫一比，瞬間被比下去了。

而且崽崽上戰場大半年，可是有腹肌的，肩能扛、腰能提，學校裡這些男孩子們讀書都讀傻了，肩膀下垂，站都站不直，根本不能比。

顧沁瘋狂捶她的背，恨不得替她接過那張電影票，而她看著面前額頭上長了一顆小小的青春痘，但還稱得上帥的校草，卻有些神遊在外。

校草有些不滿地說：「想和我看電影的人都排到對面學校了，宿溪，妳要是不願意的話，可沒有機會了。」

周圍很多人起鬨，覺得校草這樣斜靠著學校大門，說這句話特別酷。

宿溪這時沒心情打遊戲，但更沒心情看什麼電影。她打算和顧沁去逛街。可是周圍這麼多人，她要拒絕，也要想個好點的措辭。

於是宿溪盯著校草，沉吟了下，開口道：「我……」

話還沒說完，不知道哪裡吹來的風，突然暴躁起來，尹耀伸在空中的手忽然被重重打了一下。

他捏不住電影票，電影票一下子掉在地上。

而他靠著的大門也突然「吱啊」一聲被卸掉了一顆螺絲，尹耀嚇了一跳，斜靠著學校鐵門的姿勢一下子沒撐住，往前一撲摔了一跤。

宿溪：「……」

這場突如其來的見鬼操作，讓周圍的同學們都呆滯了一下。

尹耀揉著手臂，心中罵了聲靠，覺得流年不利，他正要繼續對宿溪說剛才的話題，卻見宿溪忽然像是反應過來什麼一樣，鼓起腮幫子控制不住想笑，然後掏出手機拉著顧沁走遠了。

顧沁還在身邊嘮叨，宿溪則已經打開遊戲了。

如果自己的猜測是對的話，那麼剛才的那一幕，肯定是陸喚做的沒錯了。

宿溪強忍住笑意，戴上耳機，在綠化帶內一邊走一邊打開螢幕，調轉到帳內，神清氣爽地對崽崽道：「我來了！」

崽崽正在桌案後謄寫軍情，一副面無表情的樣子，頭也不抬：「哦。」

宿溪見他裝得若無其事，越篤定剛剛搗亂的是他。宿溪心裡想笑，將畫面拽來拽去，拽到桌案後面，果然就見崽崽放在桌案下方的那隻手，死死地攥住了拳頭，骨節分明。

而他似乎是察覺到她正在轉動螢幕，眼皮輕輕一跳，突然鬆開了手。

宿溪又想笑了，心中的失落感也稍稍減退了一點。

她也不知道為什麼，她最近情緒總是莫名波動很大，她也不想這樣，但有的時候……總之，心裡有種很在意的感覺，很在意隨著遊戲漸漸完成最終目標，他和她是不是就不能一如既往了。

她說不清楚這些感覺。她彷彿哪裡很癢，但是隔著衣服去撓，猶如隔靴搔癢，找不到那個點在哪裡。

她不知道說什麼，而螢幕裡的崽崽也一直沉著臉，繼續謄寫軍情，情緒不太高漲的樣子。

宿溪忽然想起來，陸喚沒對自己黑過幾次臉，而上一次這樣沉著臉，還是在兵部院子中，他質問自己「娶妻生子」一事。

宿溪心中隱隱冒出了一點猜測，像是飛蛾一般快要破土而出，讓人心臟癢癢的，可是那念頭又稍縱即逝，她沒能捕捉到。

她想來想去，只覺得自己最近很在意的一件事情，必須問出口。

於是她脫口而出：「那個誰，柳如煙，要隨你們一起回京嗎——」

可是她話音未落，與她同時問出口的是桌案後少年沉悶的聲音：「街市上有皮影戲，妳要不要去——」

兩人同時問出口，分別見到幕布上對方的文字，都是齊齊一愣。

接著，空氣靜了幾秒。

兩人面色都莫名地有些紅。

過了半晌，陸喚看了她一眼，率先低低開口，解釋道：「她想去京城，自己有腿，與我無關。」

宿溪：「哦。」

宿溪也飛快地瞄了螢幕上的他一眼，在他抬頭時，立刻裝作看向別處：「……電影我都看膩了，所以沒答應，可皮影戲……我還沒見過呢。」

「呵，是嗎？」陸喚扯起嘴角，皮笑肉不笑。

他懷疑方才他若是不阻止，小溪便要接受那人的邀請了。

宿溪：？？？崽，你最近是不是太猖狂了點？！

螢幕裡的少年扯著嘴角，面上似乎仍有一些輕微的妒意，只是被他隱藏得很好，並沒顯露出什麼。他漆黑雙眸定定地直視著前方，彷彿跨越千年凝望著自己。

宿溪低頭看著螢幕，有一瞬間竟然有與他對視的感覺——

宿溪頓時呼吸一窒。

她幾乎可以篤定他那邊已經能看到自己了！否則這段時間以來，頻繁發生在自己身上的怪事，八百公尺、魚湯等事件無法解釋。

何況，她方才調大螢幕去看他桌案後方的另一隻手，他也像是有所感覺一樣，漆黑眼睫幾不可察地輕輕一跳。

他應該是不僅能看到自己，還能看到自己手中的手機螢幕？

宿溪早就漸漸意識到這不僅僅只是一款遊戲了，而是透過一款遊戲來連接兩個真實的世界。

她應該想到，為什麼一百點之後，崽崽就莫名其妙從一個奶團子的形象強制性變成少年形象了，或許這不是什麼遊戲的大禮包，而是崽崽自己花了銀兩切換成這樣的。

——也就是說，所謂一百點的大禮包，會不會其實是崽崽那邊也有了一塊能看到自己的手機螢幕？！

之前宿溪根本沒想過，崽崽那邊可能也能夠看到自己了，所以螢幕偶爾剛好切到他的正前方，與他的視線對上，也不以為意。

但是現在，當腦子裡反覆萬馬奔騰地奔過「或許他早就開始可以看到自己了」的念頭，宿溪再和他對視，一瞬間猶如觸電一般，電流劈裡啪啦順著血液湧上大腦，雞皮疙瘩都起來了！

她置身於車水馬龍的現代，而他置身於兵荒馬亂的燕國。

他的眼神深邃而專注，他正在與自己對視——原本隔著一塊螢幕的遊戲感陡然消失，他就像下一秒便會穿過這道螢幕，破壁而出，來到她面前一般。

宿溪心臟突然跳得有些快，彷彿被他耳廓的紅色傳染，漸漸的，宿溪臉上也火燒火燎，她有些抓狂地將視線移開。

該死，宿溪心想，這個崽也太會瞞了，一百點之後的這段時間，他肯定在心中嘲笑了很多遍自己不洗頭的樣子！

想到這裡，宿溪頓時沒勇氣質問。

身邊的顧沁挽著她的手臂，也沒注意她玩手機是在幹什麼，因為顧沁自己也掏出了一本薄薄的漫畫，一邊看一邊癡漢笑。

宿溪瞅了她一眼，看清楚她到底在看什麼之後，頓時臉色「唰」地一白，頓時將自己的手機螢幕「啪」地關上。

陸喚：「……」

然後，宿溪火速將顧沁手中畫著兩個小人脫衣服的色情漫畫一闔，飛快丟進她的書包。

隨即看了空中一眼，面紅耳赤。

顧沁一臉呆滯：「幹什麼，期末考試考完了還不准我看色情漫——？」話還沒說完，被宿溪一把捂住嘴巴，抓狂道：「以後在我身邊不要看。」

顧沁無法理解，「溪溪，妳上次不是還跟我借，我沒借給妳，妳就不許我——」

宿溪繼續捂住她的嘴。

宿溪兩眼一抹黑，心想，完了，老母親的面子全沒了。她透過螢幕看到的崽崽無論何時都勤勉讀書、孜孜不倦、儀容一絲不苟、端正有禮、能文能武。

而崽崽從那邊看到的自己可能就是個——不出門就不洗頭、在家穿睡衣躺在沙發上毫無坐相、瘋狂吃洋芋片毫無節制、和閨密一起趴在床上看耽美漫畫看得一臉血的宅女。

顧沁還愛看色情漫畫，要是哪天崽崽心血來潮仔細看顧沁看的是什麼，那可就完了，堂堂未來燕國的一國之君，就要被她帶壞了！

宿溪心如死灰，都沒勇氣再打開手機螢幕了。

而一起去北境街市上看皮影戲暫時沒能實現，因為宿溪關了手機螢幕之後，陸喚這邊就收到了一道從京城快馬加鞭來的聖旨，讓打了勝仗的大軍盡快班師回朝，宮中將為其舉辦慶功宴。

這道聖旨早就在意料之內，因為打了勝仗的將軍，皇帝是不可能放任其擁兵在外的，自然是心急地要將大軍召回去，先拿回兵符再論功行賞。

但是此時，又從京中傳來了一些流言。

說是皇上有位九皇子，因為從小體弱多病，一直養在宮外的長春觀，先前很多治國有道的事情便是這位九皇子幹的，包括京城永安廟救人、豐州等三地開糧賑災，以及此次大戰之前籌措糧草，並且這位九皇子如今就在鎮遠大軍之中，還立下了汗馬功勞。

這消息現在才傳到北境，但是在京城卻已經甚囂塵上了。

而事實上，這消息自然不是陸喚傳出去的，他做的唯一一件事情只是寫了一封書信給長工戊而已。

只是，他猜測雲州刺殺事件之後，皇帝一面令人去查明他的身世真相，一面應該也派人在軍中盯著自己。所以這信送到長工戊的手上之前，必定會先傳到皇上手上。

皇帝知道自己其實就是那些農莊背後的主人之後，肯定會以此大作文章。

第一，現在北境戰亂大獲全勝，百姓將其記為鎮遠大軍的功勞，與皇室沒什麼關係，這位皇帝難免擔憂鎮遠將軍藉此得了民心，因此此時此刻，必須讓皇室中人做出什麼讓百姓感恩戴德、銘記在心的功勞。

先前陸喚所做的永安廟、豐州賑災、籌措糧草等幾件事剛好符合，此時揭露出來是九皇子所為，多少能平定民心，告訴百姓，皇室並非毫無作為。

第二，先前皇帝一直戒備鎮遠將軍找到了繼承人，擁兵謀反。

而當發現鎮遠將軍的繼承人其實也是皇室中人之後，他反而心中大喜，認為此時將流落在外的陸喚以九皇子的身分接回來，必能讓鎮遠將軍措手不及。

鎮遠將軍再去尋找另一個繼承人，便沒那麼多時間了。

第三，朝廷中如今太子與五皇子，一方靠皇后與國舅，一方靠自己奔走縱橫，形成了博弈的局面。

皇帝一直想扶持二皇子上位，形成三足鼎立的穩定局面，方便自己操縱，但是二皇子卻始終扶不起來，於是皇帝需要一個新的有能力的皇子填充進來。

剛好，雲州刺殺事件讓十六七年未曾謀面的九皇子自動送到了他面前。

出於種種原因，陸喚要做的其實不多。他只需要揣測好當今聖上的心理，將當今聖上想要的送到他面前，還要讓當今聖上以為是他自己聰明發現的，讓他以為他自己才是下棋者，便可以不費吹灰之力，等待事情塵埃落定。

而現在，消息吹到了軍營，應當也是皇帝的試探。對於陸喚是否已經知曉自己身世、對九皇子的身分甚至是對龍椅的位置有幾分想法、野心到底有多大的試探。

因此，陸喚聽見了這些消息，便流露出了自己應有的反應。

他喝止了那些小聲議論的兵吏，並負手蹙眉、心事重重地回到了帳內。

他這種表現，對於皇帝來說，是一種「藏不住事、城府不高」比較好操控的表現，皇帝才能更加信賴他，而他也能更加接近自己的目的。

此時陸喚心中的算計，宿溪那邊全然不知。

當官時治理部下還好，陸喚喜歡和她一起共進退，但是涉及到這些陰謀算計之事，陸喚卻並不希望她見到太多。

畢竟，她在她家裡，與她的父母看起來那麼和睦，她的父母雖然喜歡鬥嘴，可是看起來卻溫馨無比，對她也無比疼愛。

她若是見到他所在的朝代兄弟鬩牆、父子之間互相猜疑，便如同見到了陰暗面，陸喚不希望她看到那些。

當日接到聖旨之後，大軍便就此回京。

北境仍在飄雪，萬里白茫茫的一片，戰亂之中活下來的百姓長街相送，一路跪到了鄞州。

宿溪再上線時，發現後宮那一欄，柳如煙已經消失了，難不成那天她在河邊看到崽崽和她說話，其實是說了什麼告退之類的話？

宿溪猜測到崽崽那邊可以看到自己之後，渾身的細胞都繃緊了。

她回到家換好鞋子，同手同腳地走到沙發上，將書包放下，然後在沙發上坐得筆直，打開電視，一本正經地看起了——法律節目。是的，她必須洗掉自己在崽崽心目中愛看色情漫畫的糟糕印象。

沒多久，宿爸爸宿媽媽就回來了，見到宿溪跟太陽從西邊出來似的，居然挺直腰背坐在沙發上，嚇了一跳。

宿溪走過去幫她老媽把外套拿下來，笑容宛如機器人：「媽媽，我幫您拿，爸爸，我幫您倒了茶，趕緊休息一下吧。」

以身作則，一定要扭轉自己的形象。

宿爸爸見到茶几上果然有茶水熱氣騰騰，頓時受寵若驚，而宿媽媽狐疑地盯著宿溪，上前一步摸了摸她額頭，「妳這孩子沒發燒吧，怎麼跟得了失心瘋一樣？」

宿溪：「……」

宿溪臉快笑僵了，她轉過身進浴室洗頭。

剛打開水龍頭，宿媽媽一臉不可置信道：「溪溪，妳昨天不是剛洗過頭嗎？怎麼今晚又洗？明天是週六妳不用出門啊，妳平時不出門不見人，從來沒見妳洗頭洗得這麼積極——」

宿媽媽忽然意識到什麼頓了一下，猛然脫口問道：「溪溪，妳是不是早戀了？」

宿溪被這句話砸得暈頭轉向，腦子頓時當機。

幾秒之後，她像被踩到尾巴一樣，關上手中水龍頭離開浴室衝進房門，做賊心虛地大喊：「早戀？怎麼可能？媽妳想太多了吧，我服了您了，我只是忘了昨天洗過了，我不洗了！」

宿溪靠在房門背上，心臟狂跳，面紅耳赤，早戀，什麼鬼？她怎麼可能？

沒早戀就不能天天洗頭了嗎？這什麼邏輯？

她只是感覺被人看著，表演欲莫名就來了，總不可能在崽崽眼皮下被貼上「不愛洗頭」、「看色情漫畫」、「五穀不分、四體不勤、八百公尺都跑不完」的標籤吧！

聽見老爸老媽在外面笑，宿溪恨不得找個地洞鑽進去。

她呆著臉拿出手機，心裡非常狂躁地祈禱剛剛崽崽沒看見自己丟人的那一幕。

可是，一打開螢幕，切換到崽崽那裡，便見到，正在野外駐紮帳中的少年竭力繃住臉，但還是沒能忍住，腮幫子有些鼓，眼睛亮晶晶地看著自己。

宿溪：「……」

宿溪抓狂道：「陸喚，我知道你能看到了，你再笑我，我就再也不上線了！」

螢幕裡的陸喚神色一凜，臉上快要繃不住的笑意頓時收得一乾二淨，併起兩指，嚴肅地發誓道：「我剛剛什麼也沒瞧見。」

宿溪冷不丁發問：「我洗澡你也什麼都沒看過？」

陸喚的確什麼也沒看到過，但還是不由自主地想起那天差點撞見的一幕，他努力定了定神，可因為巧合之下差點撞見過，說話便有些磕絆：「沒。」

看一身紅色勁裝的少年一副恨不得再去抄寫三百遍「非禮勿視」的樣子，宿溪氣得不行，還以為他真的看到了什麼，她忍不住低頭看了自己沒什麼料的身材一眼，心裡更加抓狂了。主要是能看見她時，為什麼不告訴她？這樣的話，她好歹也洗個頭換身衣服啊，她天天在家裡穿睡衣吃洋芋片，這副樣子太不美觀、太討人厭了吧？！形象全沒了。

宿溪欲哭無淚，冷靜一下之後，報復性地對崽崽道：「扯平，反正我也不只一次看過你沐浴了。」

她以為崽崽會如遭雷擊，臉色慘白，畢竟被奪走了清白，誰知——

螢幕裡的少年臉色「啪」地一下子陡然漲紅，像是有點喘不過氣，不敢再看她，默默背過身。

「胡鬧。」

接著，他很久都沒有出現過的小心心從頭頂緩緩冒出來。

宿溪：「……」

不是，這有什麼好高興的啊？！

「你那邊出現幕布之後，也能接到任務了？等等，你那邊的初始畫面居然是我家？你一開始看到的我也是短手短腳的卡通人形象？……不是，你說清楚，這段時間你已經學會了英語？我$#%&*$……」

「你先別說，讓我緩緩——」宿溪詳細地問了陸喚那邊的情況之後，整個人徹底風中凌亂。

本來以為手機裡出現一款可以連接古代燕國的遊戲就已經非常匪夷所思了，但現在更加令人大腦當機的來了，崽崽那邊出現的被他叫做「幕布」的東西，分明就是自己這邊放大的手機螢幕嘛！

也就是說，這系統其實是雙向的，崽崽那邊的系統擁有的功能和自己這邊的完全沒區別！甚至，還要更高級一些——畢竟他那邊的幕布是透明的，自己看不到！

雖然體適能測驗完之後，就猜到崽崽那邊應該是可以看到自己了，但萬萬沒想到居然是這種情況。現在，這遊戲或許已經不能被稱作遊戲了，而是連接起兩個朝代的系統橋梁。

宿溪一屁股在床上坐下，目瞪口呆了很久，才慢慢弄清楚前後邏輯。這些事情對別人講，別人肯定都會覺得天方夜譚，誰會相信，宿溪一開始只是為了打發時間，下載了一款將主角送上皇位的手機遊戲，後來手機遊戲就變成了一個真實世界，而現在崽崽那邊的世界裡，也出現了同樣一款設備。

但從一開始，這款遊戲只能出現在宿溪手機中，而無法從別人的手機裡下載，就已經是一件非邏輯可以理解的事情了，所以現在無論發生什麼，宿溪在震驚過後，自癒能力極強地消化了。

等接受了這件事情之後，宿溪再看向螢幕裡面容俊俏的崽崽，就覺得這哪裡是在玩遊戲啊，這已經變成了視訊聊天吧？！

宿溪一邊覺得十分魔幻，一邊還很不服氣，對崽崽道：「你把英語試卷拿出來，我倒要看看你能得多少分。」

陸喚先前擔心被宿溪知道自己這邊能夠看到她，會被她當成是一件有負擔和不自在的事情，從此便不理會自己了，因此並不敢讓她發現。但現在小心翼翼瞧著她的神情，發現她雖然震驚，可並沒有想要切斷聯絡的意思，才放下心來。

他轉身從行李中抽出前幾日用來答題的紙張，攤開在帳中的稻草上，好笑地問：「妳要幫我評分嗎？」

「對，別高興得太早了，說不定不及格！」宿溪理直氣壯地潑崽崽冷水。

崽崽不以為意，負手望著幕布後的她，笑道：「其他科目我亦做答了，妳為我算一下分數，或許可以擠入你們學堂的年級前十呢。」

……宿溪再次風中凌亂：「你連年級前十的意思都知道？！」

崽崽微笑不語，又從行李中翻出這半年來透過自學所學到她的朝代的知識筆記。許多詞彙他都已經理解是什麼意思了，只是有些習慣還改不過來，譬如說下意識將「學校」說成「學堂」。

他將厚厚一疊字跡整潔的筆記放在草垛上，抬眸看向宿溪，漆黑眸子很亮，神情中有些驕傲、求誇獎之意。

這魔幻場景劈得宿溪整個人都不大好了，她腦袋當機地先去批改崽崽的英語試卷。

考完試之後，各科老師就把答案發下來了，讓他們週末回家先自行對一遍答案，所以她對照著「ＡＢＣ」的答案批改起崽崽的英語試卷，速度很快。

等算出最後分數之後，宿溪站在自己的書桌面前，整個人呆若木雞——

一百五十分的卷子，聽力三十分，作文二十五分，除了這兩部分崽崽沒有作答之外，其他的填空題崽崽都作答了，而他的答卷居然有九十五分！

也就是說，他作答了的全都對了？！！

——連她都沒能全對，克漏字測驗錯了兩題。

宿溪驚恐萬分地看向螢幕裡的崽崽。

見她看過去，崽崽狀似不經意揚起了腦袋，勾起了唇。

宿溪只覺得自己的世界觀又一次崩坍和重塑了！

雖然之前陪著崽崽捲入朝廷官場時，就已經知道崽崽很聰明了！

但是這幾個月以來，他軍務那麼繁忙，自己每次上線都看到他忙到飲一口茶水的時間都沒有，他到底是怎麼在這種情況下還能擠出時間，來學會自己這個世界的英語歷史等科目？？！！

莫非，這就是傳說中的天選之子？！

……宿溪心中又感嘆又酸溜溜，故意冷落崽崽求誇獎的亮晶晶的神情，喝了口可樂壓壓驚。

「妳喝的是何物？」終於不用掩飾自己也能看到她那邊之後，螢幕裡的少年求知欲非常強。

宿溪晃了晃手中的汽水，含糊不清地道：「可樂，一種碳酸飲料。」

陸喚思索片刻，問：「我今日見妳與妳朋友放學之時，她手中的書本也出現了這個詞，『買可樂』是何意？」

宿溪差點把可樂噴出來，她怒道：「以後不要看顧沁看的那些書！」

「……為何？」崽崽愣了一下。

宿溪心裡的小人已經瘋狂抓頭髮，決定找個機會對顧沁好好說說，讓她和自己待在一起時不要再看那些書，並讓霍涇川也收斂收斂，在自己身邊時不要口無遮攔。崽崽是古人，含蓄內斂、乾淨有禮，不要被那兩人帶歪了！

可即便不是自己的兩個好朋友——宿溪想到現代社會無處不在的網咖、遊戲廳、KTV等聲色場所，以及電視劇上卿卿我我的肥皂劇，都感到頭疼無比。完了，崽要是長時間被這些東西浸染，還能是那個一塵不染的崽嗎？！

她對崽崽道：「我這邊的朝代文化有好有壞，你要取其精華去其糟粕。顧沁看的那些書就是糟粕！」

陸喚還要說什麼，宿溪立刻道：「這就好比你不讓我去青樓，如果你再看顧沁的那些書，我就趁著你不注意，去青樓！去兵部澡堂！」

「妳敢！」螢幕上崽崽臉立刻黑了。

宿溪嘿嘿一笑：「你看我敢不敢。」

陸喚：「……」

隔著一塊幕布，無法阻止她幹什麼，陸喚有些鬱悶。

而宿溪視線又落回那厚厚的、字跡密密麻麻的、關於現代文明的筆記上，她隔著螢幕翻了翻，發現崽崽記載得很詳細。

包括——《公車使用辦法》、《水龍頭、電暖氣等家用物品記載》、《地下馬車路線詳解》等等。

光是「公車」、「電暖氣」這些名詞，對於崽崽而言是全然陌生的東西，更別說這些東西的使用辦法，以及複雜的城市地鐵路線了。

可是，崽崽卻不知道花了多少時間，點著蠟燭，對此一點一點地仔細研究。

怪不得那段時間宿溪每次上線，都覺得崽崽彷彿很久沒睡過覺了，眼皮底下總是一片青。

他研究這些，應當是為了能和自己更好溝通吧。

他面對自己這邊全新的世界，明明應該非常惶恐才對，可他卻不排斥，而是努力融入。

宿溪心頭有些柔軟……

雖然心照不宣，但是她想要在同一個時空見到崽崽，崽崽也想要在同一個時空見到她，兩人擁有著相同的心願吧。

或許這個心願永遠都無法實現。

但是當她看見她一步未動，他卻已經在她看不見的地方，默默地用盡最大力氣，朝她走出了九十九步……她心湖還是情不自禁地泛起了漣漪……

宿溪不由自主地看向螢幕裡還在為她方才說要去兵部偷看男子洗澡而憂鬱不已、甚至有些氣鼓鼓的陸喚，忍不住笑了笑。

陸喚不知她為何而笑，可幕布裡，檯燈的光落在她的側臉上，勾勒出她柔和的五官輪廓，陸喚便難以自控地將視線落在她臉上，漸漸地彷彿受到感染，他漆黑眸子裡的鬱色也逐漸褪去，眼角眉梢染上了幾分莫名的愉色。

這是兩人第一次正經八百地對視。

兩邊都安安靜靜的。

宿溪關上房門，只有手機音樂靜靜流淌，陸喚那邊是深夜，月上枝頭，營地帳篷外只有風聲。

這種感覺很難言說，兩邊的月亮好像沒什麼不同，可又彷彿有千里之遙。兩人恍惚之間像是同處一個時空，觸手可及，可又清醒地知道，所謂的觸手可及只是鏡花水月，近千年的時光不可能輕易跨越。

不知道對視了幾秒，宿溪逐漸感覺空氣變得怪怪的。

她耳根莫名有點發燙，忍不住撓了撓頭，移開目光，中止這場莫名其妙的互盯，咳了下，乾巴巴地道：「我要寫作業了。」

陸喚面色也有些紅，他點了點頭，道：「我也一起，還有軍務未處理完。」

十分鐘過去，兩人看起來都沒進入狀態。

宿溪坐在椅子上怎麼都覺得彆扭。

以前開著手機螢幕和包子臉的崽崽一起用功，她在檯燈下寫作業，崽崽在燭光下讀《孫子兵法》，感覺溫馨無比。

可現在怎麼感覺渾身緊張，一下覺得臉上發燙忍不住揉揉臉，一下走神覺得房間太亂被瞧見太丟人了要不要收拾一番——

而螢幕裡的陸喚亦然，她雖然在幕布裡，可是看起來就近在咫尺，還時不時抬頭看他一眼。

他面前的軍情半天都沒翻動一頁。

宿溪覺得口乾舌燥，以前崽崽看不到她也就算了，現在，她到底為什麼要一邊和陸喚視訊一邊寫作業？

她忍不住道：「不然我下線了？」

經過宿溪的解釋，陸喚早就已經知道「下線」就是離開之意。

螢幕上的少年手指一頓，抬頭，抿了抿唇，好脾氣地說：「隨妳。」

可是這話說完，他眼裡卻立刻出現了三分幽怨七分失落的扇形圖。

宿溪：「……」

這下都不用他頭頂出現什麼淒涼的葉子，她就能看懂他的意思啊！

宿溪知道崽崽能看到自己這邊之後，不由自主地非常在意自己的形象，第二天是週末，宿溪按照慣例要出去和兩個青梅竹馬吃飯。

顧沁和霍涇川和她從小一起長大，熟得不能更熟了，要是以前，她可能直接戴個鴨舌帽，穿件最簡單的白T恤去，但是今天她也不知道她怎麼想的，突然就想穿條好看點的裙子……

這樣，陸喚那邊的自己也不再是整天穿著寬鬆的校服……

宿溪趕緊止住自己的想法，拚命告訴自己，穿好看的小裙子只是為了自己心情愉悅，和另一個時代可能根本不懂現代審美的少年有什麼關係？！

可是，身體仍很誠實地跑去打開衣櫃，精心挑選，拿出幾條裙子在身前比劃。

昨夜宿溪睡了，陸喚還挑燈許久。而今日宿溪這邊才上午，陸喚那邊卻已經夕陽西下了。

他見到她在那面鏡子前挑選衣裳，下意識想起古書上有云，女為悅己者容。

他眼皮不由自主重重一跳，問：「小溪，妳今日出去是要見什麼人嗎？」

宿溪沒打開手機遊戲，看不到他的問題。

但是宿溪的手機上卻收到了一則訊息，宿溪走到書桌旁邊將訊息滑開。

她抬頭看了看空中，覺得崽崽這時應該在趕路，應該沒時間上線，她啪嗒嗒地回覆老媽傳來的訊息。

宿媽媽：『中午我們家和霍涇川家一起去餐廳吃飯，媽媽就不回家做飯了，妳記得換身衣服，等等把地址傳給妳，妳自己來。』

宿家和霍家住在同個社區，宿媽媽和霍媽媽是好姐妹，兩人從小就把宿溪和霍涇川這對青梅竹馬當作一對。

隔幾個月兩家例行一起吃飯，這也是宿溪和霍涇川都習以為常的。

宿溪傳訊息：『可是我和顧沁都約好了。』

宿媽媽：『妳們要買什麼明天再去唄，今天要和妳霍叔叔一家吃飯，聽說下學期開始有的學校就會自主招生了，今天商量一下妳和小川讀哪個城市哪所大學，暑假好對症複習。我和妳阿姨打算讓你們一起參加一些學校的自主招生，你們成績差不多，以後考上同一所大學也有個照應。』

宿溪心想，她媽又來了，她和霍涇川每次被兩人的老爸老媽強行配對，就想翻白眼。偏偏霍涇川每次都不反駁，將皮球踢給她。

宿溪快速回覆：『幹嘛非要我和霍涇川讀同一所大學？』

宿媽媽：『如果去外省讀大學，妳身體也不大好，從小老是倒楣的生病，有人照應不好嗎，我們兩家知根知底。』

宿溪不知道該回什麼，這種話她和霍涇川從小到大都聽過數百遍了，兩人的老媽是閨密，腦熱地幫兩人定了娃娃親。等兩人長大後，宿媽媽和霍媽媽見兩人彼此嫌棄，都有點急。

她將衣服扔回床上，什麼也沒回，但宿媽媽又叮囑了一則：『準時來。』

宿溪皺了好久的眉頭，只好打了通電話給顧沁說明今天自己家裡有事，掛了電話後，嘆了口氣，去玄關處換鞋。

而幕布那邊，陸喚的臉卻是「唰」地全白了。

他還未表白，也還未完成全部任務、盡快積攢到兩百個點數，甚至，她對他還只是抱著養崽的感情，半點開竅的跡象也無——她那邊，她的母親便要為她安排相親了？！

是相親嗎？

陸喚拿不準方才宿母所說的話的意思。

而不只宿母的態度如此，小溪還特地為那小子打扮……方才還滿臉期待地在鏡子前轉來轉去。

陸喚攥住拳頭，只覺得耳畔嗡嗡地響，心頭落下鋪天蓋地的危機感。

定了定神，陸喚躍上馬背，一方面吩咐身邊兵吏，讓其去向鎮遠將軍進諫盡快回京，他必須盡快完成任務，另一方面，他從幕布中打開宿溪父母任職的位置，開始了解二位的喜好。

見到宿母正在和一個好友在街市上買水果，似乎說了句「現在櫻桃怎麼這麼貴。」

陸喚忽然福靈心至，掏出銀票，從商城裡兌換了十籃最新鮮的櫻桃，送至宿母的工作位置。

他神情凝重，決定兩邊都要抓，還要硬抓，小溪父母這邊也該提前著手了。

第二十五章　心境悄然改變

宿溪坐了計程車去吃飯。一進包廂，就只有霍涇川旁邊的位置空著。霍媽媽親切地對她招手：「溪溪，來這邊坐，你們兩個小孩子坐在一起。」

「太陽從西邊出來了，妳還稍微打扮了一下？」霍涇川上下打量了宿溪一番，一臉震驚，話還沒說完就被他媽往背上打了一巴掌，教訓道：「怎麼說話呢？不知道起來幫女孩子拉椅子嗎？有沒有紳士風度？」

霍涇川被他媽打得虎軀一震，只好笑嘻嘻地站起來幫宿溪拉開椅子：「請。」

宿溪看包廂裡和樂融融的氣氛，腦殼有點疼，說了聲「謝謝阿姨」，過去坐下了。

接下來，她和霍涇川兩人宛如餓死鬼投胎，瘋狂夾菜、悶頭吃飯，而兩家父母把手言歡，從她和霍涇川小時候過家家、尿床的那點趣事，聊到即將到來的高三，以及自主招生考試和大學在哪座城市就讀。

兩家人住在同個社區，父母又是彼此最好的朋友，互相照應了十幾年，早就親得猶如一家人一樣了。小時候宿溪爸媽來不及回家做飯，她都去霍涇川家蹭飯吃，同樣的，霍涇川上幼稚園時他爸經常忘了接他，也都是宿爸爸順便把兩個孩子接回去。

所以，這樣的聚餐隔幾個月來一次，每次聚餐兩家父母胡侃的內容也完全沒變化，天南海北地聊，最後都要笑著扯回到宿溪和霍涇川兩人青梅竹馬乾脆以後結婚好了。

這些話宿溪和霍涇川都聽得耳朵要長繭了，從來都不當回事。

兩人瘋狂扒飯的同時，無奈地對視了一眼。

宿溪用碗擋著臉，彎著腰，低頭小聲對霍涇川道：「事先說明，大學讀哪所我會自己根據成績選，萬一不幸又和你同校，絕對不是我要跟著你去，我看你和看顧沁沒區別，對你毫無興趣。」

霍涇川也用大瓶柳橙汁擋臉，壓低聲音道：「妳以為我不是被我爸媽強行拽來的啊？我還不是一樣？看妳跟看我右手沒什麼區別。」

宿溪抓狂道：「那你以後好歹也和你爸媽反駁下，把這話對你爸媽說下啊！不要總將皮球踢給我！」

霍涇川有點疑惑，看著宿溪道：「他們嘮叨這些話都嘮叨多少年了，當耳邊風聽不就好了，妳以前也沒有這麼激動啊，怎麼最近格外介意……我靠！宿溪，妳是不是談戀愛了？！前幾天那校草——」

話還沒說完，被宿溪面紅耳赤地打斷：「不是，閉嘴。」

兩家父母見兩個小朋友腦袋湊在一起竊竊私語，笑得更開懷了，尤其是霍媽媽，用那種「果然是青梅竹馬，我兒媳婦有著落了」的高興眼神看著兩人。

兩人抬起頭來，頓時壓力山大：「……」

兩人把椅子一挪，坐得能有多遠便有多遠，竭力撇清關係。

宿溪竭力降低自己的存在感，可接下來一整天，她腦子裡都忍不住翻騰霍涇川這句話。

是啊，她和霍涇川被兩人的父母強行配對也不是一年兩年了，她早就習慣到耳朵長繭，已經能當作根本沒聽見了，可為什麼今天尤其在意？甚至還沒出門，收到老媽的訊息時，就有種背叛了誰的感覺……

宿溪腦海中不由自主跳出崽崽幽幽的神情——還是兩個崽崽。左邊的包子臉垂著，肩膀塌下來，泫然欲泣，而右邊的少年神色幽幽的，極力克制著，對她微笑著說「我沒生氣」。

……她脖頸本來就被冷氣吹得有些發涼，這下更是打了個寒噤。

她忍不住抬頭看了看空中，有些擔心崽崽把自己這邊兩家父母的開玩笑都聽進去了——

可是，她隨即又覺得自己很不對勁——不是，她到底為什麼要這麼心虛？她又不欠誰什麼！

而宿溪沒有猜錯，陸喚的確將包廂裡兩家大人的對話都聽進去了，當宿溪和霍涇川腦袋湊在一起小聲說話時，他的視線更是恨不得將霍涇川的腦袋盯出洞來。

盯著那兩顆腦袋越靠越近，十分刺眼，陸喚幾乎想要動手將兩人拉開。

曾經不知道她是誰時，他最大的願望便是每日能不中斷地和她紙條交流。好不容易知曉了她是誰，得了她的陪伴，他卻又想見上她一面。當終於擁有幕布，知道她音容相貌，也終於能和她面對面說話時，他卻又發現，她的世界何其廣闊。即便他花了半年時間，學得她那個世界的語言、文化、生活方式，卻又發現，看似近在咫尺，卻始終水中撈月。

他亦想要走在她身邊，和她呼吸同一片空氣，和她面對面，可以感受到她的溫度，而不是終日只能隔著上千年的光陰，隔著冰冷虛無的幕布相對。

陸喚按了按自己心頭的渴望與欲念，定了定神，越發加快處理自己這邊的事情。

京城中本就已經流言四起，不知道何時冒出來一個九皇子，而有官員在朝堂上狀告皇帝此事時，皇帝卻轉移了話題，並未反駁。

此事在燕國百姓這裡是一件茶餘飯後的樂事，而在京城各撥勢力當中，可就不是一件讓人愉快的事情了。

尤其是五皇子與太子那邊。

五皇子聽說消息之後臉就黑了，在金鑾殿上自薦去捉拿散布謠言之人，而太子那邊的丞相與皇后臉色亦是不大好看，只是沒有五皇子那麼衝動，暫時先按兵不動。

這九皇子——或許近些年來新入宮的官宦不知道，但各位皇子和入朝為官多年的官員們卻是一清二楚的。當年不是聽說那位卿貴人落入池塘之後被救上來，滿池塘的血，還發現了未完全成形的死嬰，算是一屍兩命嗎？在那件事情之後，皇宮裡對「卿貴人」與未出生的「九皇子」全都噤若寒蟬，不敢再提及。

可為何十七年過去，居然有人舊事重提，還說九皇子其實沒死，而是被皇上好端端地在長春觀養大？

眾人不知道這消息正是皇上本人吩咐貼身官宦散布出去的，只覺得匪夷所思。

但是在金鑾殿上見到皇上聽聞那傳言的態度，文武百官中有些人倒是猜到了，莫非，皇上為了平衡朝中幾位皇子局面，還真的弄出了個九皇子？還是說，當年的事情真的有陰謀，那九皇子當真沒死？！

總之，事情真相到底如何還不知道，但京城中已因此事而滿城風雨。

唯有知道一些真相的兵部尚書，此時才打算寫信告知鎮遠將軍，讓他回京之後千萬不要輕舉妄動，等自己去他府邸中議事。

宿溪晚上回去上線時，京城、甚至整個燕國關於九皇子的事情已經流言四起了。

陸喚放出消息一事並沒和宿溪商量，宿溪還是在初始的寧王府畫面，看到陸文秀哼哼唧唧地對寧王夫人提及此事，她才知道的。

她愣了一下。

知道九皇子真實身分的目前就只有她和崽崽、長春觀的那道姑、兵部尚書，以及猜到了的皇上。

而這流言應該是皇上讓人散布出去的。但是宿溪猜，背後肯定有崽崽的推波助瀾。

她有點不太懂，在長春觀時，崽崽對她說並不想捲入京城紛爭，對皇子之位沒有太大興趣，可是為什麼現在又這麼做，像是決心要取下這皇子之位似的？

她當時還因此有點糾結，因為，如果繼續按照遊戲安排的去完成任務，那麼就違背崽崽的意志了。

但現在崽崽卻自己改變了想法。

是為什麼？

是因為他那邊也出現了最新的那兩個任務嗎？他為了完成任務，改變了他最初的想法？還是說，他其實是為了點數？

一百點之後，兩人之間出現了新的溝通橋梁，兩百點之後，系統所說的大禮包，應該會是……更進一步的見面？

宿溪心中陡然冒出一個猜測，難不成兩百點之後可以穿越？！不然為什麼自從一百點崽崽那邊能看到自己之後，他就開始主動完成任務，甚至瘋狂用功讀書、帶兵打仗，是為了……見到自己嗎？

若是兩百點之後真的能見到的話──宿溪心臟頓時怦怦跳起來，激動之感難以言喻。

她在一百點之前拚命完成任務，想做的也是能盡快和崽崽溝通。而之前，她見到遊戲逐漸走向最終章，心裡悵然若失，也是因為怕一旦最終章了就再也見不到崽崽了。

認識那麼久，一起逛過街市、一起深夜學習，也一起聯手解決很多棘手的問題，可是兩人卻始終是處於兩個時空之中的。

能說話、能見面，卻沒有溫度。

所以她和崽崽的心情是一樣的，她亦想見到他。

可她心裡同時又隱隱的有點不安，先不說兩百點之後他到底能不能來到自己這個時空，假如能來，他來了，可然後呢，他會後悔嗎？

自己陪著他這一年半以來，親眼見到他從寧王府艱難的處境，一點點掙脫出去，收拾寧王夫人與陸裕安兩兄弟，讓上官家倒臺，治理兵部，管轄農莊，取得鎮遠將軍與兵部尚書等人的賞識，讓他們站到他的身後，帶兵打仗，渾身傷口無數，一步步總算走到了今天……皇子之位唾手可得，人心已收，部下已治，只差臨門一腳，便可去親手實現他最初的河清海晏、盛世太平的理想。

他努力這麼久，辛辛苦苦獲得了這一切，如果來到自己的世界，豈不是一切都要從零開始嗎？

……自己值得嗎？

宿溪心中的激動漸漸被不安澆滅。

她猜到崽崽是為了見到自己才違背一開始的意願，決定接受任務恢復皇子之位，她甚至有點坐立不安。

……但是現在也不確定到了最終章之後會發生什麼，或許，兩百點之後，大禮包根本就不是見面呢——畢竟，橫跨時空聯絡也就罷了，穿越這種事未免太玄，根本不可能做到。

宿溪心裡很矛盾，一方面渴望與崽崽見面，但另一方面又不想他因為自己而失去他好不容易得來的一切。

不過，或許兩百點之後的大禮包根本不是穿越呢，自己現在也不知道到時候會發生什麼，也不用提前杞人憂天。這樣想著，宿溪便先不去想這件事，既然崽崽做了決定，她就陪著他走完剩下的路。

此時京城的月亮高高掛在城樓之上，燕國又是一年春末，秋燕山的梨花已經漫山遍野了。

街市上張燈結綵，熱鬧非凡。

因為北境喜訊頻傳，聽說大軍打贏了勝仗，這一年許多地方的霜凍災害、百姓飢餓少糧的情況也得到了極大的改善，百姓們比去年還歡天喜地，家家戶戶出來放河燈，希望能一直安家樂業。

宿溪看著熟悉的京城，其中甚至有很多卡通小人的臉是她記得的，還有賣胭脂的小攤，依然和去年一樣在街市上擺攤。

她心中生出很多感慨。

去年燕國舉國上下還不是這樣的，因為處於內憂外患當中。對外面臨著鄰國來犯，內部面臨著天災地害，即便是天子腳下的京城，也餓死了不少人，雖然街市上百姓小人很多，但大多數都處於惶惶然的步履匆匆之中。

而現在，這些百姓小人由內而外都放鬆許多……

這其中，崽崽的功勞真的很大。

所以，除開遊戲一心一意非要送崽崽上帝位的目標之外，崽崽也適合登上那個位置，為燕國帶來平安。

宿溪這樣想著，又去看了下仍在勤懇勞作的長工戊等卡通小人，隨著崽崽的農莊逐漸發展到一些州郡之後，長工戊也越發繁忙起來。

長工戊打下手十分給力，但是卻做不了管理者，好在崽崽離開京城之前，就已經有先見之明，將總管事務交給了仲甘平。

於是此時，農莊逐漸擴展到了幾十處，新奇的防寒棚與溫室的技術也逐漸在燕國扎根，初步解決了舉國因為災害無糧的事情。

當然，種植糧食改善土地，這還需一步步慢慢來。

此時聽說鎮遠大軍即將回京，長工戊等人也在京城外的宅子裡點了燈、擺了慶功宴，喜氣洋洋地等著陸公子回來。

兵部那些曾在崽崽手底下任職過的主事們雖然臉上沒表現出來，但是也不由自主地議論起陸喚在軍中立下大功這件事，討論著他這次回來，只怕會真正地加官進爵。心中不由得五味雜陳，有嫉妒，但也有真正的欽佩。

雲修龐也十分激動，正在府中左顧右盼，不停問下人為何鎮遠大軍還不進城。

宿溪掃過這些認識的人，心中由衷地為崽崽自豪和高興，從寧王府的庶子一路到現在，真的很不容易。

崽崽的這些朋友也是宿溪的朋友，只不過他們不知道宿溪的存在罷了，宿溪之前上線都直接將畫面切換到北境，現在也算是陪著崽崽回京了，難免忍不住一個一個看這些熟悉的小人。

順手從街市上偷了串糖葫蘆，宿溪興沖沖地調轉畫面去找崽崽。

這時大軍剛剛抵達京城，正在城外駐紮，需等皇上召見之後，才能進城。

宿溪在大軍駐紮的帳篷中找了一圈，卻沒找到陸喚，他應該是去別的地方了。宿溪便打開地圖找了下，結果發現陸喚正在皇宮中皇帝的養心殿內。

自己一下午不在，發生了什麼？

宿溪驚了一下，下意識地以為皇帝想拿陸喚怎麼樣，於是趕緊將畫面切過去。

剛切到養心殿，就發現養心殿所有的太監宦官都被遣走了，殿內只有兩人的身影，是皇帝在和崽崽談話。

崽崽應該是剛剛隨著大軍抵達京城外面，便被皇帝的人帶到這裡。

宿溪進去，見燭光之中，崽崽站在皇帝對面安全無恙，她才稍稍安下心。皇帝年歲不過才四十幾，還未老去，可是望著崽崽的眼神卻很滄桑。偌大的養心殿，彷彿空曠無邊，崽崽的身形已然比他更高、更挺拔了。他雖然是九五之尊，可是坐在那寶座之上，卻也是一種束縛，以至於此時燈火搖曳，宿溪竟然從他晦暗莫測的神情中看到了一些孤獨。

宿溪很少見到這位皇帝臉上流露出除了威嚴、怒意、高深莫測之外的情緒，雖然她不知道他此時在想什麼，但是覺得他像是想要向崽崽走近兩步。

只是崽崽站在他對面的距離，卻是十分疏離的君臣距離，於是他攥著拳頭，又強行克制住了。

皇上定定地盯著陸喚看了一下，才終於開口：「你很像她。」

陸喚沉默。

他對卿貴人毫無記憶，朝廷眾人對卿貴人諱莫如深，自然也打聽不到什麼。因為沒有記憶，所以這段突如其來的身世對他而言，就像是風中的浮萍，縱然在他心頭劃過漣漪，可也無法留下什麼太深的感觸。

皇帝盯著陸喚，眼中複雜情緒紛湧，頓了片刻之後，對他道：「翌日上朝，我會恢復你皇子的身分，雖無法護你母妃無憂，但必定護你無虞。」

皇帝這話說得鄭重，幾乎是一字千金的承諾。

可陸喚心中有些嘲諷，上半句或許是真的，可下半句卻信不得。

護他？皇上雖然坐在九五之尊的位置，可連最心愛的女子都護不住，又怎麼可能護得了他？

若是全力相護，當年卿貴人也不會那樣冷冰冰地慘死。

更何況，現在恢復他的身世，皇帝心中也有別的算計，不是嗎？

對他而言，這一路上，唯有在他寒微之時，提來一盞明黃暈亮的燈盞的那一人。

陸喚神色無波，道：「謝陛下。」

皇帝張了張嘴，似乎仍想說什麼，可見這少年那張淡漠的臉，一瞬又有些恍然，他靜了靜，背過身，揮了揮手，道：「罷了，你退下吧。」

陸喚告退轉身。

待他轉身之後，宿溪看見皇帝嘆了口氣，獨自一人立在養心殿許久，身影有些孤獨。

當年的往事宿溪並不清楚，但是這一瞬間，她覺得皇帝當年應該是真的很喜歡崽崽的母妃吧。

可是無論上一代糾葛如何，都已經過去了，被遺落在寧王府、從小受盡輕侮的是崽崽，皇帝的心裡即便可能有幾分歉疚，但他沒親眼見過崽崽在寧王府中的泥沼處境，永遠也不能感同身受。

雖然已經決定認回崽崽了，可是連崽崽在寧王府中受過苦楚都不知道。或許知道，但是他對外所說的是將九皇子從小養在長春觀，為了不打臉，所以不可能以「虧待皇子」的名義對付寧王府。

這樣一想，宿溪心頭酸楚，還是覺得無辜的崽崽最可憐。

崽崽已經從養心殿出來，穿過御花園，宿溪跟上去，拽了拽他的袖子。

陸喚似有所覺，打開了幕布，透過幕布望著她。一打開幕布，便見她癟著嘴巴，擔憂地看著他。

陸喚因她去相親，因她與別人的腦袋湊在一起而產生的妒意頃刻間全消了。

即便認回了父皇母妃，也得不到絲毫的親情。

他只有她。

他的人生有兩面，陰暗與負累的一面，猶如他的根；光明和善意的一面，猶如將他拽上去的稻草，而這一面，全都是她。

宿溪不知道陸喚在想什麼，但是想安慰他一下，於是想了想，絞盡腦汁，對他道：「往好處想，成了皇子也沒什麼不好的，至少以後我們可以光明正大、坦坦蕩蕩地去太學院了，還可以在陸文秀那兩個傢伙面前耀武揚威，而且還能穿更華貴的衣服了。皇上說他會護住你，以後萬一有什麼爭鬥，應該多少會偏向你一點。」

陸喚笑了笑，淡淡道：「天子說的話，能信幾分呢？」

他在夜色下悠然走著，抬眸凝望著宿溪，道：「一國之君，擁有的太多，受到的誘惑太多，便漸漸失去了初心。或許當時初見卿貴人時，有一剎那的驚豔，而後也有陪伴依偎之情，但若是卿貴人還在，也許和其他妃子一般，早就成了糟糠之妃，正是因為她逝世了，皇上沒得到，沒能護住她，這份愧疚才讓卿貴人成了皇上心頭永遠的白月光。」

見他年紀輕輕看得這麼通透，宿溪覺得有些好笑：「說得頭頭是道，那你呢？」

一國之君，天子無情。崽崽選擇繼續完成任務，朝著這條路走下去，那麼這個詞，又何嘗不是崽崽接下來的歸宿呢。

宿溪心中有些複雜。

她這話只是隨口一問，但沒想到，陸喚卻頓住了腳步，在石子小路上、滿園梨花中朝她看來。

似乎是猜到了她的想法，他忍不住為自己辯解。

「我和他不一樣。」

陸喚低聲道：「我和所有人都不一樣，我只要那一個。」

「若是求不得，便誰都不要。」

他努力清晰地將這句話的意思傳達到宿溪耳中。

他凝望著宿溪，漆黑眼眸在夜色中彷彿蘊含著千萬種說不出口的難言情緒，這凝望的目光，透過幕布，跨越千年光陰，定定地落在宿溪臉上。

彷彿逼迫宿溪直面這個問題一般，他漂亮的眼睛一瞬不瞬地望著她，半分也不移開，像是一道深邃的漩渦，令宿溪莫名面紅耳赤。

她只覺得，他們之間像是有一道窗戶紙，好像被他第一次戳了一下。

等等——

宿溪忽然想起，先前從兵部營地回來的那幾日，還是個團子形象的陸喚那時十分彆扭，情緒變幻莫測。

當時在兵部院中，簷下燭光明黃搖曳，他對自己說：「若有朝一日，我遇到一個知書達理的好女子，我心儀那人，妳還是希望我成家，與別人白頭偕老嗎？」

當時宿溪看著他亮意漸漸飄散的眼眸，覺得他這個問題問得莫名其妙。

……可現在，或許是心境已經悄然發生改變，她今夜回想起來，終於注意到他當時那句話裡的「別人」二字。

宿溪呼吸都陡然急促起來，心若擂鼓。

而陸喚凝望著她，不肯移開視線，彷彿執拗地非要等個結果不可，哪怕等到地久天長。

雖然竭力鎮定，不顯分毫，可袖中的修長手指卻緊張地攥起來了。

當夜，城外帳內，兵部尚書與鎮遠將軍正在密談。

早在回京的路上時，京城內一些關於九皇子的傳聞就傳到了鎮遠將軍耳朵裡。他欲要進城問兵部尚書這謠言從何而來，卻沒想到兵部尚書先急匆匆地來到城外找他，對他說明了當日在長春觀親眼目睹的那件事情。

若那時那道姑所言是真，那麼此時散布出消息的，非皇帝本人莫屬了。

否則，若非皇上縱容，這種傳言又怎麼可能在天子皇城腳下越傳越甚？！

兵部尚書當日在長春觀偶然得知陸喚的身世真相後，一方面不動聲色地派人去調查此事，另一方面暫時按兵不動，將這消息封鎖起來，且暗地裡派人保護那道姑。

但萬萬沒想到，還沒等他的籌謀有所施展，皇上便已在雲州刺殺事件之時有所猜測了。

皇上的心思雖然高深莫測，但此時卻有跡可循，他先是放出傳言，又深夜召陸喚進宮，只怕是已經決定好明日在金鑾殿上昭告天下了。

兵部尚書心情有些複雜，道：「明日上朝，這天恐怕要變了。」

他與鎮遠將軍都知道，皇宮裡憑空冒出一位皇子——或者說，恢復一位皇子的身分，對整個朝局的影響有多大。

現在朝中但凡選擇站隊的，要麼站在太子那邊，要麼站在五皇子那邊，二皇子那邊原先也有一些人站，但是打從二皇子接二連三稱病，避開北境戰事，表現出毫無野心、只求自保的樣子之後，他的存在感便越發的暗淡了。

而皇帝的心思一直令人捉摸不透，他施行平衡之術，無論皇子中的哪一位稍稍突出，他便打壓，若是哪一位皇子掉了隊，他又大力扶持，讓文武百官完全看不透他心中的皇位繼承人。

可現在，橫空出世了一位年紀最小的九皇子，竟然是當年那位令整個皇宮噤若寒蟬的卿貴人的孩子，從皇上接二連三的舉動來看，皇上對這位九皇子較為偏袒。

今夜皇上雖然祕密召見他進宮，但京城沒有密不透風的牆，兵部尚書這裡能收到消息，必定也有別的官員收到了消息。

因此，到了明日，恐怕立刻會有文武百官去與陸喚套近乎了。

九皇子橫空出世，動搖了太子之位，蓋過了五皇子在民間的名聲，這兩位心中必定會很不舒服，而其他皇子雖未處於棋局中心，卻也會受到十分大的影響。

因此京城這棋局怕是要重新洗牌了。

到時候不知道又要牽扯、動搖哪家的勢力、哪家的人頭。

鎮遠將軍是個常年征戰沙場的武官，不擅朝廷中的彎彎繞繞，所思所量比兵部尚書簡單得多，他從兵部尚書口裡聽說，騎都尉陸喚有可能就是當年卿貴人留下的九皇子，心中固然震驚萬分，但隨即滋生的是欣喜。

「你何必杞人憂天？百姓常年疾苦，只要是有能力坐在那個位置上的，便值得我們去輔佐！此前老夫正愁雖然找到他繼承我的衣缽，但是作為臣子，即便他再有才幹，日後也逃不過和老夫一樣被皇帝猜忌的下場，最終不是戰死沙場，便是死在皇上的手上。但萬萬沒想到他竟然是九皇子，如此，他日後能為百姓做到的事，倒是比我這一介武夫可做到的多得多了！」

兵部尚書被鎮遠將軍一心為民的意志所折服。只是，他反覆思量，仍覺得有哪裡不太對勁。

他對鎮遠將軍道：「我亦很欣賞騎都尉，九皇子是他再好不過。只是，近幾月我查了下他入朝為官這一年半以來的所作所為，發現無論是永安廟救濟病民，開闢農莊，還是行軍打仗、籌措糧草，直至後來被聖上發現他的身世，未免都過於順利了些。」

「就像是——」兵部尚書擰著眉頭頓了頓道：「就像是背後一直有隻手在推動這一切一般。」

是了，一樁樁一件件，彷彿從一開始就是要送他回到九殿下這個位置一樣。

而且思慮十分周到。

先是永安廟假借少年神醫的身分，救治難民，先得民心；再透過秋燕山圍獵進入太學院；利用雲太尉入了兵部，透過治理兵部與射箭場上展露騎射才藝，先後得了自己與鎮遠將軍的賞識，並前後完成了籌措糧草，開設農莊，賑災三州等數件收穫民心的大事。有了這些鋪墊以後，雲州刺殺便顯得不那麼像是一個意外，而像是早就知道，並藉此機會接近皇帝，讓皇帝發現他的身世。

一環套一環，得了民心、也有了富可敵國的財富，還有了自己與鎮遠將軍，以及萬三錢這樣的支持者，再揭開身世，便像是什麼都準備好了，只等揭幕一般。

此時在皇上眼中，他也不僅僅只是卿貴人留下的孩子、九皇子一個身分這麼簡單，更多的還是「當年永安廟救濟百姓的少年神醫」、「開糧賑災得到百姓感恩戴德的不知名神商」，以及「從戰場上歸來，立下赫赫大功的年輕騎都尉」。

試問，如此多的政績相加，皇上又怎會不急著恢復他的身分，借此樹立皇家名聲，聚攏燕國民心？

而若是沒了這一切，早在一年半以前，他的身分還只是寧王府的庶子時，有人讓皇帝知道他就是當年卿貴人的那個早產子，只怕皇帝根本不會相信，還要治他一個大罪！而即便相信了，恐怕也不會如此輕易地恢復他九皇子的身分。

這其中無論哪一環，左思右想都覺得不可能只是陸喚一個人辦到的。即便他年少天才，可是逐漸在燕國興起的種植技術及溫室是怎麼回事？莫非也是他發明的嗎？

也就是說，從永安廟與秋燕山之時，陸喚以及他身後的人便設計好了每一環？

可是當時在長春觀，陸喚得知他自己身世時的驚愕，又不似作偽，兵部尚書是親眼所見的，所以陸喚在那之前，完全不知曉他的身世。

那麼，從一開始，到底是誰在推波助瀾……

兵部尚書百思不得其解，又無法找到任何陸喚身後有人的蛛絲馬跡，於是只好將疑問按捺在心中，暫且不提。

而此時此刻的御花園內，宿溪被陸喚的那雙眼睛看得十分慌亂，臉上猶如煮熟的鴨子一般燙到不行。她移開視線，想轉移話題，可是陸喚仍一瞬不瞬地盯著她，以至於她大腦當機，根本不知道該說什麼。

就在這個關鍵時刻，宿溪的手機突然螢幕一黑，沒電自動關機——

宿溪：！

螢幕黑掉，再看不見陸喚執拗的神情與那雙讓她心慌意亂的眼睛了，她反而悄悄地鬆了一口氣。

宿溪趕緊站起來拍了手機一下，十分誇張地叫：「沒電了？天吶，沒電了，糟糕，居然沒電了！」

「崽，你還看得見我嗎？！」她朝空中揮了揮手，非常遺憾地道：「我手機沒電了，看來只能先下線了，嗚嗚嗚你從皇宮回去注意安全！」

仍站在御花園的陸喚：「……」

充電器就在妳的右手邊。

觀察她那個世界久了，他發現她經常用一條白色的線將她的板磚與插座連接起來，漸漸地他也學會這些東西的叫法了，很多電器都需要充電器，暖暖寶是這樣，手機也是這樣。

宿溪把手機丟在一邊，衝進浴室，擰開水龍頭，用涼水拍了拍發燙的臉頰。

而陸喚在御花園中又站了許久，直到夜晚的涼意從脖子裡灌進來，他才鬆開攥得幾乎有些泛白的手指，沿著石子彎曲小路朝著宮外而去。

他已渴盼、按捺、克制了太久。

他花了半年時間，對她那個未知的世界有了一些把握，再加上兩百點近在咫尺，他必定能見到她，在這一點上，他不會允許出任何意外……也或許是近段日子她身邊出現了那麼多別人，堵在門口的「校草」、塞進她抽屜的書信，以及與她相識相知的竹馬，這些帶來的危機感，讓他清醒地知道——

他無法再徐徐圖之了。

他方才亦十分緊張。見到她關掉螢幕後鬆了一口氣的神情，他心中無奈而失落……

可無論如何，陸喚是從不懂得退縮為何物的人，哪怕是等到天荒地老，他也要等。

第二十六章 恢復九皇子身分

宿溪這一晚上都沒睡好，翻來覆去，莫名的面紅耳赤，她又怕自己睡不著的樣子被開著螢幕的陸喚看見了，於是扯著被子拉到腦袋上，竭力控制住自己的身體不亂動，不顯露自己亂七八糟的心緒。

這樣的後果導致第二天她眼下兩個黑眼圈，宿溪對著鏡子看了一眼，嚇了一跳。

期末考試已經考完了，宿溪回學校去拿期末考試的試卷和暑期作業，暑假就正式開始了。她平時除了考試的那一段時間，總要隔幾個小時上線看看崽崽那邊情況怎麼樣，但是昨晚御花園談心之後，宿溪臉頰發燙，不太敢隨隨便便上線了。

她出校門時，霍涇川和顧沁從福利社那邊朝她走來，霍涇川吊兒郎當的，下意識要勾住她脖子：「一起回家啊溪溪。」

平時宿溪也就掀飛他的手臂，無情地讓他快滾，實在擋不過，也就任由他勾著自己肩膀了，反正他們三個從小一起長大，完全沒有性別之分。但是此時不知道為什麼，她看見霍涇川就眼皮一跳，朝空中看了一眼，莫名心虛，於是飛快地跳開一公尺遠的距離，警告道：「別對我動手動腳的。」

霍涇川：「……妳沒發燒吧。」

畢竟在古代男女授受不親，陸喚雖然已經開始學習現代文化了，但是思想觀念肯定還沒完全轉變過來，要是讓他看到霍涇川勾著自己肩膀，臉肯定都黑了……說不定還要眼眶一紅，頭頂烏雲……

「沒發燒。」宿溪謹慎地避開霍涇川，防止他的鹹豬手靠近自己。

就這樣在霍涇川的無言、顧沁的呆滯和她的警惕當中，三人各自抱著暑假作業回了家。

宿溪進玄關換鞋，聽見老媽正在和朋友打電話，說最近經常有人送禮給她，水果、燕窩、保健品什麼都送，還每次都放在警衛那裡，留下紙條說讓她收，老媽納悶又欣喜：「那字還怪好看的，還是毛筆字，清雋得不像話……」

宿溪沒怎麼在意，抱著作業回了房間，將書桌整理了下，打算先用幾天將暑假作業全都消滅掉，然後接下來一兩個月就可以輕鬆了。

她拖拖拉拉的隔幾分鐘看手機一眼，像是在等誰的訊息一樣，最後沒忍住，還是充電上線。

今日上朝時，皇上果然如他在養心殿對陸喚所言，對文武百官宣布了他決定將養在長春觀、如今已經十七歲的九皇子接回皇宮，恢復九皇子的身分。

這話一出，震驚眾人，金鑾殿上猶如炸開了鍋一般，而等到陸喚換上皇子的裝束，踏進殿內之時，文武百官更是驚駭無比。

鎮遠大軍回到京城外，皇上第一個悄然召見的竟然不是鎮遠將軍，而是大軍中的一個騎都尉，當晚便引起許多知悉消息的大臣猜測，有聰明的已經猜到了這一點，此時更多的是滿臉震驚。

陸喚此前雖未上過朝，但是文武百官中也有許多認識他的人，尤其是五皇子等人，想破腦袋也想不通，為何先前分明只是寧王府的庶子，這下卻被父皇說是當年卿貴人的孩子。雖然稍微想一想就能明白——必定是當年卿貴人的死有蹊蹺，她不僅悄悄將孩子生了下來，還讓這孩子悄悄被送出了宮——可是為何事隔十七年後，父皇竟還要將老九認回來？！

而且先前京城中還有那麼多關於九皇子為國為民的傳言？難不成都是為今日金鑾殿上做鋪墊嗎？

幾個皇子臉色都有些難言，五皇子更是，盯著陸喚，臉色難看至極。

有一名丞相國舅的黨羽忍不住在金鑾殿上提出質疑：「皇上，皇子身分並非小事，可有證據表明，若是有人膽敢欺君罔上，可是大罪啊！」

皇帝冷笑道：「證據？朕便是證據，愛卿是在質疑朕嗎？」

話音落下，這官員便被人拖了出去，直接下獄。皇帝是以此種果斷的方式令滿朝文武百官閉嘴。

皇上又令太史令先編卷軸，再擇日昭告天下。

木已成舟，這件事雖然掀起軒然大波，可是卻在皇上的執意之下，一錘定音。而令文武百官驚愕的是，不知何時，鎮遠將軍、兵部尚書、雲太尉等人已經悄然站到了九皇子身後，要說朝廷中最難啃的骨頭莫過於鎮遠將軍和兵部尚書，這兩位持有兵權在手，並不結黨營私，也不是哪個皇子送去幾箱禮物及美人便能拉攏的，可這九皇子，眾人皆以複雜的眼光看向他，到底是如何做到這一步的，剛剛恢復身分，便讓這幾位打定主意站在他身後。

這樣一來，文武百官眼觀鼻鼻觀心，心中悄然發生了變化……

朝廷中驚濤駭浪，京城中勢力更是陡然發生巨大變數。

宿溪上線時，此事已經發生大半日了。她在地圖上找到崽崽，發現崽崽正在之前去北境前購下的那一處宅院裡，當時匆忙之間先購下了，但是還未精心置辦。

此時似乎被皇帝封了皇子府，管家與羽林軍正在為他搬東西。

今夜要舉辦一場夜宴，皇上也會前來。

此刻府邸的門檻已經快被踏破了，京城中無數官員前來送上賀禮，祝賀九皇子回來。

京城中便是這樣，巴結權勢、捧高踩低，先前與崽崽有過交集的人正處於巨大的震驚當中，萬萬沒想到，近些日子傳得沸沸揚揚的九皇子一事，原來真有其事，而且還是此次在北境戰役中立下汗馬功勞的鎮遠將軍部下的少年騎都尉！

識時務的官員才不管崽崽先前在哪裡做什麼，只知道他如今是皇上金口玉言的九皇子，那麼便是九殿下，紛紛趕著上來逢迎。

九皇子府正門熱鬧非凡，官員紛紛道喜，而宿溪找了一圈，卻發現崽崽在側門那邊，似乎在解決什麼棘手的事。

她將畫面切過去一看，只見——

側門處有幾個羽林軍攔著稍顯狼狽的老夫人，老夫人用銀杖敲地，面露憤怒：「陸喚，你忘恩負義，是我送你入朝為官，你明明是我寧王府的庶孫，怎麼就成皇子了？」

寧王府的人今日聽到金鑾殿上傳來的消息，心態就已經崩了，明明是寧王府的庶子，為什麼皇上說將他從小養在長春觀？他為什麼突然就變成了九皇子？

寧王夫人和陸裕安兩兄弟現在回想起當時對付陸喚時，不僅沒成功，反而還數次失敗，他背後像是有人在保護他一般，不禁都瑟瑟發抖，感覺天塌下來了一般。

他們得罪的如果真的是九皇子的話，那麼他們完了！現在想來，莫非，上官家倒臺也和陸喚有關係？！

寧王夫人等人又恨又急，可現在已經是泥菩薩過江自身難保，根本沒什麼能力再去對付已經成了九皇子的陸喚了。

而其中，更加覺得眼前一黑、一片暈眩的是老夫人。

她從陸喚入朝為官開始，就一直指望著寧王府的這個庶子能出人頭地，為寧王府再次帶來榮耀。可萬萬沒想到，到最後陸喚的確是身分尊貴了，卻轉身變成了千金之軀的九皇子殿下，她指著為寧王府帶來利益的棋子，頃刻間沒了。

她氣得暈了過去，等再醒過來時，就想倚老賣老來找陸喚討個說法。

但此時的陸喚今非昔比，身邊已然有了羽林軍，她連見他一面都見不上，於是她氣昏了頭，開始破口大罵，陸喚才出來一見。

九皇子府的管家是皇上親派，他盯著撒潑的老夫人，怒道：「寧王太妃，妳可知當眾辱罵皇子是殺頭的死罪？妳的庶孫已經戰死了，皇上自會善待寧王府，但若是妳再哭鬧，便要全家問斬了。」

老夫人一口瘀血卡在嗓子裡，死死盯著陸喚，和陸喚同歸於盡的心思都有了，她拚命擠過去，差點被羽林軍扔出門外。

陸喚抬了抬手，讓羽林軍住手。

老夫人便拚命擠上前，揪住他衣服，狠狠掐著他，睚眥欲裂：「是我送你入朝為官，你才有今天！」

宿溪見老夫人掐崽崽的那一下，崽崽明顯皺了皺眉，顯然是被掐疼了。

她有點憤怒，崽崽在寧王府十四五年，這老夫人從來沒有過問，哪怕崽崽死了，這老夫人也不會在意。崽崽從秋燕山拿到頭籌，踏入官場，這些都是崽崽自己爭取來的，和老夫人有什麼關係？！

老夫人從頭到尾給過崽崽的無非那一片柴院，可那也是崽崽自己捨命將老夫人從冰冷的溪水中救出來而換來的！

她現在居然還來指責崽崽忘恩負義？她到底給過崽崽什麼恩情了？！

要不是尊老愛幼的傳統美德根深蒂固，宿溪此刻都要把老夫人從崽崽身上扯開了。

「妳於我沒有生恩也沒有養恩，何來忘恩負義一說？若不再鬧事、不再貪心妄想，寧王府不會有事，但若再來，休怪我不客氣了。」

陸喚漠然地看著老夫人，緩緩將老夫人拽住自己衣袍的手扯下去，吩咐旁邊的下屬道：「送她回去好好頤養天年吧。」

看來老夫人全部的希望都破滅了，頭髮也白了，為何她另兩個孫子全都是一無是處的廢物，好不容易以為可以靠著陸喚，重振寧王府當年輝煌，陸喚卻又根本不是寧王府的血脈！

都是當年生下陸喚的那個賤人！

老夫人已經失去理智，還要破口大罵，卻被羽林軍捂住了嘴，直接從側門拖出去。抬著轎子送老夫人來的寧王府下人見狀，都瑟瑟發抖，丟下轎子跑了。

九皇子府前門一片熱鬧，側門卻是一地狼藉。陸喚低眉看了眼被老夫人揪壞的衣袍，皺了皺眉，轉身回去換。管家便匆匆吩咐羽林軍將整個府邸守好，不許再有人來撒潑鬧事。

陸喚進了屋，先捲起袖子看了眼，宿溪發現他手臂全被老夫人掐青了，他對這點小傷習以為常，倒是沒什麼感覺，但宿溪眼裡卻有些心疼。

沒有血緣關係的老夫人當初對他好一點，不過是想利用他；有血緣關係的皇帝對他好一點，卻也還是承載著算計與利用。

宿溪見他一隻手不方便，幫他捲了捲袖子說：「我來了。」

陸喚擰著的眉驟然如同見到太陽一般，被撫平鬆展開來，他笑著打開幕布：「妳來了。」

宿溪一看他望過來，腦子裡就閃過御花園那晚他灼灼的眼神，頓時又有些不自在。

她不說話，他也不說話，就只是看著她。

「……」

兩人一下子又陷入了詭異的氣氛。

宿溪好不容易壓住的臉紅心跳，莫名又克制不住地臉有些燙，她咳了咳，說：「疼不疼，你剛才怎麼不躲開？」

「疼。」陸喚幽幽嘆了口氣，他坐在床榻上，抬起頭來對宿溪道：「肩膀後側似乎還有一處，青紫了，疼得厲害，可我自己揉不開。」

宿溪眼皮一跳，什麼、什麼意思？要她幫他揉的意思？

陸喚站起身，解開外袍，穿著一身雪白中衣猶如雪松，他將中衣右臂袖子捲起，捲至肩膀處，露出線條乾淨、凌厲修長的手臂，肩膀處的肌膚宛如刷了一層白釉。

宿溪：！

宿溪差點以為他要脫衣服，但幸好他只是捲起右邊袖子。

他看向宿溪，將肩膀後的瘀青給宿溪看，再度重複了一遍：「疼。」

宿溪望著他乾淨有力的手臂，臉紅心跳，結結巴巴地說：「自己揉搓不開，府上不是應該有丫、丫鬟什麼的嗎？你也知道我隔著手機力道沒輕沒重，幫你揉不好的。」

陸喚定定看著她，幽幽嘆了口氣，又坐下來垂著手臂：「妳以前不是這樣的，以前我風寒不起時，妳……」

他似乎思及往事，有些惆悵，再度重重嘆了口氣。

宿溪：「……？」

不是，以前你是個白花花的團子，看光了也沒什麼……但現在，怎麼看修長有力的手臂一眼都讓人心驚膽跳呢。

「妳前幾日那夜問起皇上，我說天子無情，見異思遷。」陸喚抬起漆黑的眼睫，幽幽地道：「小溪妳如今行徑，與天子也沒什麼區別了。」

宿溪被他念得腦子嗡嗡響，見他揚起頭，還要幽怨地繼續說什麼語不驚人死不休的話，宿溪頭皮都僵了，急忙道：「停，停！揉，我幫你揉還不行嗎？」

陸喚抬起手臂，耳根微紅。

宿溪認命地戳了戳他手臂，然後又從商城裡買了點活血化瘀的藥點上去。

不知道為什麼，以前這人還是個崽子時，做這些覺得再自然不過，但是現在光是看著他露出來的白皙肩膀，宿溪都覺得有點發燒。

「唉……」陸喚見她遲疑，又要嘆氣。

宿溪咬牙切齒道：「唉個屁，在揉了！再唉下線！」

陸喚移開視線，雖然竭力忍住，但眸子裡仍漏了幾分亮意。

鎮遠大軍凱旋而歸，浩浩蕩蕩地進了城，京城百姓敲鑼打鼓，普天同慶。喜悅之意猶如雨後春筍，傳遍燕國的土地。待論功行賞之後，皇宮裡慶祝的宴席也大擺了兩天兩夜。

皇宮裡觥籌交錯、各懷心思的同時，坊間也在盛傳有關九皇子的豐功偉業。

百姓不知道寧王府庶子與九皇子有什麼關係，皇上下令禁止文武百官再提及寧王府曾有一個庶子，將事情真相強行洗腦成，九皇子從小體弱多病，承蒙皇帝喜愛，從小被養在長春觀中，熟讀四書五經，通曉治國之道，直到一年前才下山，回歸政務。下山之後，便立下數件大功，永安廟救濟病民，豐州開倉賑災，從燕國富商手中謀得萬石糧草，並隨大軍出征，立下汗馬功勞。

百姓這才恍然大悟，原來如此，他們就說永安廟救人的那少年神醫為何不肯透露姓名，原來竟是皇家貴胄！而開糧賑災、籌措糧草等事，也不是一般人能做到的，原來是不世出的九皇子殿下所為。

此時民間紛紛樂道，當時在永安廟見過事情經過的人也馬後炮地回憶道，當時便覺得那少年氣質貴胄，非尋常之人了！

皇帝此舉，是藉陸喚做的那些事情，拉攏民心。

陸喚雖然被利用了一把，但是對此並沒什麼看法，畢竟此舉有利穩定民心。此前燕國各地暴亂頻出，這消息散布出去之後，多少安撫了民心，暴亂都減少了許多。再加上北境又打贏了勝仗，一時之間，燕國前所未有的民心所向。

這幾日，京城茶餘飯後的話題全都是橫空出世的九皇子，因為神祕，且年輕，陸喚一下子風光無限，直接超過了其他幾位皇子，一躍成為在民間名聲最好的一位殿下。

如此一來，自然會引起五皇子和太子、二皇子等人的政黨警惕。

尤其是五皇子，在府中走來走去，握著拳頭臉色鐵青。

那時在秋燕山他便覺得陸喚眉宇之間和父皇有幾分相似，只是當時根本沒多想。誰能想到陸喚竟然就是十七年前令整個皇宮提起便噤若寒蟬的卿貴人遺留下來的孩子？！若是早知道，當時別說讓他做自己的伴讀了，早就應該趁著他羽翼未豐，直接讓他消失！

而現在，他身後不知不覺已經有了整個鎮遠大軍，以及朝中幾個一品大官的擁護。勢力不崛起則已，陡然崛起，竟然一鳴驚人。

只怕是個無比強大的對手。

之前五皇子明面上與太子十分友好，但是五皇子的黨派與太子那邊的丞相黨始終在明爭暗鬥。

不過自從陸喚恢復九皇子的身分之後，這兩派的人反而暫時化干戈為玉帛，不約而同地開始將彈劾重心放在了鎮遠將軍、兵部尚書、雲太尉等人的身上。只是鎮遠大軍剛剛打贏勝仗歸來，此時想找出鎮遠將軍的錯處十分不容易。於是這幾位皇子的黨派只能在心中暗暗焦急。

至於雲修龐、長工戊等人，以及在太學院認識陸喚的人，此時的震驚也難以形容。

這些暫且不提。總之此時百姓普天同慶，而朝廷上卻是風起雲湧。

太史令正式編纂九皇子的朝史之後，宿溪和陸喚這邊就同時彈出了兩則任務完成的訊息。

『恭喜完成任務十三（高級）：請讓全京城得知『永安廟神醫』、『調遣萬三錢籌措糧草的神祕富商』背後是誰。獎勵金幣加一千五百，點數獎勵加十二！』

『恭喜完成任務十四（高級）：順利恢復九皇子殿下的身分。獎勵金幣加兩千五百，點數獎勵加十八！』

這兩個主線任務一完成，點數瞬間從一百五十二漲到了一百八十二。

宿溪和陸喚都有些激動，當然，激動的方向不同。

陸喚默默算了下還需要多少才能到兩百點，並且在幕布上找了下，看下一個任務是什麼，便提前見到下一個還未頒布的任務十五是「六月承州即將洪水決堤，請治理大水，讓百姓安居樂業，點數獎勵為十八」。

承州堤壩乃工部去年承辦最大的一個項目，怎麼會決堤？若是真的按照任務所說，決了堤，那麼豈不是會有數百萬百姓流離失所？！恐怕又是工部哪一環貪贓枉法吧。

陸喚皺了皺眉，心裡罵了句工部的蛀蟲，繼續翻找，幕布上卻不肯出現下一個任務了，也就是說必須先完成任務十五才能繼續往前。

可是，此時才五月初，即便提前做好防止決堤的措施，這任務也必須要等到六月才能完成，那麼豈不是至少要再等一個多月才能見到她？

宿溪則是趕緊打開當前狀態，就見到當前狀態已經變成——

『錢財資產：九皇子的家財、農莊一百四十五處（已經相當於三分之一個『萬三錢』，富可敵三分之一燕國）。』

『政黨擁護：鎮遠將軍、兵部尚書、雲太尉、兵部官員無數、朝中部分官員。』

『名聲威望：坊間傳言，九皇子俊美無雙，心懷天下，乃治國奇才。』

宿溪看到名聲威望那一欄對崽崽的評價，頓時一樂，要知道她可是陪著崽崽從一間柴院發家的，花了僅兩年時間走到現在，可真是不容易，她心裡有種疊積木一點點疊成功的成就感，臉上也情不自禁地出現了笑容。

陸喚抬頭看她，或許是受到她的笑容感染，他心頭的迫切與焦灼終於稍稍散開。無論如何，也就一個多月了，但願在這一個多月內不要出現任何意外。

燕國大姓為衍，九皇子按照排行，字清。但是普天之下除了皇家的人之外，自然沒有人敢直呼皇子姓名，於是衍清這個名字並沒有什麼人叫，官員都畢恭畢敬地尊稱陸喚為九皇子殿下。

翌日，馬轎與一列羽林軍在外等候，等著九皇子前往永安廟。

永安廟內，被陸喚救下的那些人從永安廟跪了一路，請願見九皇子一面，磕頭謝恩，於是皇帝也決定藉此機會，讓陸喚以九皇子的身分出行，去一趟永安廟禮佛，相當於除了太史令以及諭旨之外，正式昭告天下了。

陸喚十分坦然地接受身分改變，但宿溪見到外面威風凜凜的羽林軍，卻有些恍惚，以前崽崽無論何時出門都是獨來獨往，現在作為九皇子，無論去哪裡都有攆轎皇傘相隨，這陣仗太貴氣了吧。

她對陸喚各個層級的官服都很感興趣，而現在，陸喚換上的皇子服比先前任何一件都要高貴精緻，玉衡金簪，袞冕九章，肩背袖口都以明黃的金絲繡了栩栩如生的龍，腰間綴金飾朱纓，他寒眉星目，膚白如玉，俊美得不像話。

即便宿溪已經看習慣了他精緻的長相，但是每次他抬起眉梢朝自己看來時，她還是會不自覺地被驚豔到。

這就是開原畫的壞處了。他的臉很容易讓人無心於劇情。

要是一開始就開了原畫，宿溪只怕根本不會一直心無旁騖地潛心研究怎麼去完成那些任務。

陸喚從府邸坐上攆轎，前往永安廟的這一路，宿溪都不由自主地盯著他的臉發呆，陸喚察覺到這一點，雖然耳根略紅，但是仍然強裝出鎮定的樣子，撣好衣袍，整理好衣冠讓她看。

天底下沒有男子希望自己容貌過於出眾，而導致別人忽視其他，只注重自己容貌。若是別人一直盯著陸喚，他心中恐怕早已十分不悅，要黑臉了，但唯獨她——他希望她繼續看下去，多看一下。哪怕有一絲絲的可能性，因為他的臉而更加在乎他呢，那也是好的。

永安廟百姓激動，高呼九皇子千歲千千歲。

這些彈出來的對話方塊密密麻麻裝滿了螢幕，宿溪才陡然回神，媽耶，她剛才盯著崽崽拂袍上轎，一路盯到了現在。她頓時有些不好意思，移開視線。

陸喚踏進廟內，潛心禮佛。

香爐緩緩燃起的白霧氤氳上升，他睜開眼，調整呼吸，忽然朝著隔了一塊幕布的宿溪看去，眼裡含著些微的光，對宿溪彎起嘴角：「小溪，妳可知我剛剛求了什麼？」

宿溪看他耳根染紅的樣子就覺得大事不妙，眼皮子一跳，生怕他又要說什麼讓人臉紅心跳的話，趕緊飛快地道：「不、不知道——」

可話還沒說完，陸喚便盯著她，緩緩道：「我求了一段姻緣。」

他漆黑眸子水潤光澤，霧氣升騰，幽幽地看著宿溪，彷彿宿溪一旦說什麼重話，他頭頂立刻能冒出一片淒涼的葉子。

宿溪心若擂鼓，臉色又紅了——最近的崽真的很不對勁啊！可怕的是最近的她也很不對勁，有事沒事臉紅什麼啊！他說求姻緣，又不是說求和妳的，妳有什麼好心跳加速的啊，說不定是求和之前河邊私會的柳如煙的呢？！

陸喚定定看著她，張了張薄唇，似乎還要繼續說什麼，宿溪嚇得全身一激靈，飛快地退了遊戲：「告辭，我突然想起來我碗還沒洗！」

陸喚：「……」

宿溪躲進浴室裡，愁眉苦臉地朝鏡子看去，卻看見自己一張臉紅成了猴屁股：

「……」

陸喚那邊永安廟禮佛之後，一切應該就已經塵埃落定了，接下來就是鎮遠大軍的一些軍務等著他去處理，以及燕國各地一百多處農莊仲甘平也要和他通氣。他剛立下大功歸來，百姓感恩戴德，皇上偏袒之心也很明顯，即便朝廷上其他幾個皇子想要爭奪皇位，暫時也沒辦法輕舉妄動，也就是說，目前他那邊沒什麼大事了。

大事不好的是宿溪這邊。

她不敢待在家了，只要待在家，就會想到這段日子以來，陸喚抬眸看向她的眼神，陸喚所說的那些話，陸喚的一些細微小動作……氤氳的白霧裡，他漆黑水潤的眸子揮之不去，讓她心裡亂成一團麻線，靜不下心，什麼作業都寫不了。

於是她抱著暑假作業，拿起手機去顧沁家寫作業。

陸喚不知道顧沁家在哪裡，應該還沒解鎖。

顧沁母親準備好了西瓜和冷氣，讓兩個人待在家裡寫作業，她和顧沁老爸繼續去上班。於是顧沁家裡就只剩下顧沁和宿溪，兩人一下寫作業、一下吃零食。宿溪竭力把這段時間以來心中湧出的一些莫名其妙的情緒拋諸腦後，和顧沁一起高高興興地看了一下電視劇，但大半天過去之後，她心中卻又有種許久沒見到誰，空蕩蕩的感覺。

她心不在焉地吃洋芋片，手伸進了顧沁的袋子裡。

「妳幹嘛？心不在焉的。」顧沁把她手拿開：「吃妳自己的啊。」

宿溪忽然正襟危坐，嚴肅地看著顧沁，說：「我向妳取個經。」

顧沁噗嗤一笑，瞥了她一眼：「說，妳早戀了？」

「不是。」宿溪推了她一把：「正經點，是這樣的，我在玩一個遊戲，古代的遊戲，最近很奇怪啊，突然捨不得打到最終關了，而且當發現遊戲人物沒那麼依賴我了，還很難過，不僅這樣，看到遊戲人物和別的遊戲角色走得近了一點，心裡還很不舒服……明明剛開始不是這樣的，剛開始還特別期待幫他選妃呢……」

顧沁將洋芋片嚼得嘎吱嘎吱響，說：「正常，很多人打遊戲都是這樣的，說明妳喜歡上一個紙片人了。」

「喜歡？！怎麼可能？！」宿溪悚然一驚，差點跳起來，過了一下又面紅耳赤地盤腿坐下來，喃喃道：「那假如，遊戲是真實世界，不是一個紙片人呢？」

「朋友之間是不會有占有欲的。」顧沁摸了摸她額頭，說：「溪溪，妳肯定發燒了。」

她憐憫地看著宿溪，說：「才期末考試完幾天，妳就打遊戲打到走火入魔了？」

宿溪：「……」

「不會吧。」宿溪還在執著於顧沁說的「喜歡」兩字，她心跳得很快，但低頭盯著空蕩蕩的洋芋片袋子，卻忍不住道：「頂多也就是當成養崽，當成朋友吧……」

何況，兩個世界的人，能夠隔著螢幕見面，就已經是很神奇的事情了，其他的宿溪簡直想都不敢想。

即便她敢想了，也不能怎樣吧。

那個世界從霜凍災害、百姓流離失所，到舉國歡呼，逐漸出現了一些新的生機。百姓在北境跪了一地、在永安廟跪了一地，宿溪看過他們的眼神，他們看向陸喚，都帶著崇敬，像是看著救世主。按照既定的遊戲主線，他以後要成為一國之君，好不容易得來這一切，他更想做的應該是努力實現百姓安居樂業的理想才對。

去往另一個世界，一無所有，是她根本沒勇氣做的事情，所以她也沒有勇氣要求他這樣做。

當然，這些只是亂糟糟地縈繞在宿溪的腦中，顧沁都不知道她在說什麼，她也沒辦法和顧沁討論。

她嘆了口氣，惆悵地揉著空的洋芋片袋子。

陸喚這邊下著大雨，他站在府邸的簷下，沉默地看著雨珠連線似的往下墜，夜裡的燭光被風颳得搖搖欲墜，明明滅滅。

他看著幕布上她對她朋友欲言又止的神情，看著那行彈出來的文字——「頂多也就是當成養崽，當成朋友吧……」

他抿了抿唇，雖然竭力令自己不要失落，但心中仍是如同墜了石塊沉沉地落地。

又在簷下立了許久，袖袍微微被淋溼，他緩緩回過神，垂了眉眼，裝作沒有那麼難過，收起幕布回了屋內。

宿溪因為心中很亂，所以隔了兩天吃完飯後才上線。

她上線之後就發現自己送崽崽的燈籠被他掛到了新府邸的他的寢殿內，她那些用來放胭脂之類的小東西的箱子也一併被搬了過來，崽崽這是走到哪裡搬到哪裡……她頓時莫名心虛。

陸喚此時已經下了朝，脫掉了朝服，正穿著尋常衣袍坐在書房桌案後處理事務。

宿溪不確定他有沒有打開幕布，能不能看到自己，於是偷偷摸摸地溜進去，盯著他看了一下。不知道為什麼，感覺兩天沒上線，他清減了很多，難道當了皇子以後，政務還那麼多嗎？宿溪立刻有點為崽崽打抱不平，剛恢復皇子身分，皇上幹嘛壓那麼多活在他身上？

她瞧了一下，打算暗地溜走時，螢幕上陸喚卻倏然抬頭道：「妳來了。」

宿溪嚇了一跳，趕緊打招呼：「呃對，我來啦，看你在忙就沒打擾你。」

她生怕陸喚又要像前幾次那樣，說一些讓她腦袋當機的話，但沒想到今天的崽崽卻什麼也沒說，只眉眼溫和地望著她，道：「這兩日沒來，是不是趕暑假作業了？」

宿溪連忙道：「對！作業超級多的！」

陸喚笑了笑，道：「我幫妳寫嗎？」

宿溪被他逗得一樂，緊張的心情頓時好了很多：「崽，你先處理你自己的軍務吧。」

聽到她脫口而出的「崽」，陸喚握住長毛筆的修長指骨一頓，默然不語，垂下眉眼，雖然竭力不顯，但神色之間仍是有幾分落寞。

宿溪心頭一揪，恨不得打自己兩嘴巴。

沉默了下，宿溪竭力語氣輕快地對他說：「我繼續去寫作業，明天來找你。」

陸喚望著她，欲言又止。

宿溪喉嚨發緊，以為他要說什麼，但他卻只是抿了抿唇，繼而彎了彎眉眼，笑著道：

「我這邊已經五日未見妳了，可否不要明日，今夜無事便也來看看我？」

宿溪鬆了一口氣，飛快地允諾：「好，沒問題。」

她一邊拿起碗筷朝著廚房走去，打算洗碗，一邊將畫面切出崽崽的書房，正要下線，卻突然看見府邸進來的花園那邊有兩列從皇宮裡來的太監，手中拿著聖旨，為首的太監正對守在九殿下府的羽林軍說什麼——

看這架勢，是京城中發生了什麼大事，皇帝又要交給崽崽去處理嗎？

宿溪有些擔憂，左手將水龍頭擰開，右手將畫面切過去。

然後就見為首的太監對羽林軍道：「皇后昨日對皇上提議，九皇子已經年歲十七了，卻連一位打點府上的妾室也沒有，終日由管家來打點，身邊也沒有一個貼心的人，實在不好，因此今日派我送來一些貴女的畫像，想讓九殿下挑一挑。」

皇后？

宿溪頓時想到，皇后是太子的人，現在太子和五皇子都較為針對崽崽，只是暫時沒辦法輕舉妄動而已，而送貴女來崽崽身邊，是目前來看最容易施行的辦法。

也就是說——我靠！她以前總是期盼的選妃，終於來了？

可她為什麼一瞬間感覺手指有點冰涼？

宿溪愣愣地看著羽林軍聽完太監說的話之後讓開來，那太監總管便帶著人朝著殿內去找陸喚了。

「……」

宿溪以前總覺得這一幕應該會讓自己非常激動，那麼多鶯鶯燕燕，肯定會讓陸喚挑花了眼。

但是這一幕真的發生時，她站在水槽前卻四肢僵硬，大腦一片空白，腦子裡嗡嗡響，也聽不到水聲。

而等她反應過來時，「啪嗒」一下，她手機掉進了水槽裡。

宿溪頓時魂飛魄散，趕緊手忙腳亂地把手機撿起來，慌忙用擦手紙擦乾手機上的水。

但是手機螢幕卻已經黑了，怎麼按都開不了機。

而與此同時，陸喚皺了皺眉，彷彿有預感一般，察覺到似乎有點不對勁。

他停下書寫的手，抬起頭，朝著一直沒有關掉的幕布看去。

卻陡然發現，幕布閃了一下，接著消失了。

就這樣——消失了？

陸喚面白如紙，頓時站起來，試圖抓住那幕布。

而空中卻再無幕布痕跡。

他慌亂之下，朝幕布的方向大步跨去。

卻帶得他身前桌案一晃，摔在地上，四分五裂。

而他仍孤零零地被留在殿內，他這個世界當中。

陸喚此前從未遇過這樣的情況，幕布竟然陡然消失了，像是從來沒出現過一般。他跨過摔裂的桌案，環顧四周，陽光從雕花木窗照進來，只看得見空中的塵埃。

他心頭慌亂狂跳，下意識試探著對空中道：「小溪，小溪……？」

他喚了數聲，一聲比一聲急促，然而屋子裡像墓園一般死寂，就連經常拂動他袖袍的風，也不再出現。

沒有任何應答。

陸喚面白如紙地看向四周，懷疑自己是不是處於夢魘當中。

這是他數次做惡夢時才會出現的場景。

正因為不確定她什麼時候就會陡然消失，所以從一開始他便急切地想要知道她的身分，想要見到她，想要去到她的世界，只有她待在他身邊，他心中才會踏實。但萬萬沒想到，他最擔心的事情發生了。

他心頭彷彿有某種預感，這一次和她那次整整八日不曾出現，並非同一種狀況。這次若是自己找不到她，那麼今後可能再也見不到她了……

可是，為何會陡然這樣？！

她那邊遇到什麼狀況了嗎？還是這段日子自己把她逼得太緊了，所以她……不要自己了……主動將聯絡的方式關掉了？

陸喚渾身如墜冰窖。

方才桌案「砰」地一聲倒地，驚動了外面的守衛，有兩個守衛慌忙衝進來，便見到卷軸散亂一地，被九皇子殿下踩在腳下，忙問：「殿下，發生了什麼事情嗎？」

陸喚定了定神，竭力冷靜下來，沉沉道：「無事。」

現在幕布已經完全消失了，她那邊也完全無應答，不知道這樣的情形會持續多久，若是自己只能這樣等待下去的話，未免太被動了。

何況，他擔心她那邊發生了什麼突發狀況——現在唯一能做的就是按照幕布消失之前給的任務十五，用盡快的速度去完成。

想到這裡，陸喚也顧不上滿地筆墨紙硯的狼藉，疾步往外走。

邊走邊對身後的侍衛道：「備馬，我要去承州一趟。」

而宮中來的太監從雕花長廊那邊匆匆過來，卻沒趕上，只能看見九皇子衣袂消失在皇子府。太監們面面相覷，也不知道九殿下有什麼事情這麼火急火燎。

第二十七章　這不是做夢吧

宿溪蹲在家裡用吹風機吹了半小時的手機，但手機依然開不了機。

於是她找出去年被自己淘汰掉的一部舊手機，花了二十多分鐘勉強充進去一些電，接著打開了舊手機裡的 app store，可是在舊手機裡卻根本找不到這一款遊戲，無論搜索遊戲裡的哪個字，甚至是英文，都出現不了半點有關聯的東西。用瀏覽器搜尋也一樣，什麼都搜索不到。

宿溪開始有點慌了，她不怕手機壞掉，她只怕聯絡不上崽崽那邊的世界了。

「應該能修好……」宿溪心慌慌地安慰自己，隨即拿好鑰匙和兩部手機，換鞋出門，打算趕緊去手機維修店。

外面的太陽十分毒辣，宿溪也顧不上拿把陽傘，走到社區門口，剛好遇見打籃球回來的霍涇川，霍涇川見她急匆匆地騎著自行車往外走，把她攔下：「宿溪，外面這麼熱，妳去哪？」

宿溪見到霍涇川，趕緊道：「你把你手機借我用一下。」

「手機壞了嗎？」霍涇川這才注意到她拿著黑屏的手機，於是從褲子口袋裡掏了掏，將手機遞過去給她。

宿溪照例在他手機上操作一番，想要找到這款遊戲，卻仍如醫院那次一樣，在他手機上根本搜索不到——這遊戲猶如人間蒸發了一般。

……該不會，只有自己壞掉的這部手機能有這款遊戲吧？！

宿溪心裡不好的預感越來越強烈，將手機扔回給霍涇川，也來不及解釋，心急如焚地踩著自行車飛奔出了社區門。

兩條街外就有一家手機維修店，但因為晌午天氣太熱，宿溪騎著自行車過去，發現並沒開門，於是她只好在舊手機上搜索一番，發現再騎兩條街還有一家。

她想也沒想，頓時飛快地騎車過去。

幸好店裡沒什麼人，不用排隊，宿溪將自行車扔在店外，滿頭大汗地進去，急切地將手機遞給老闆：「老闆，您看看這個能盡快修好嗎？」

「要看損壞的程度。」老闆從櫃檯後抬起頭，接過手機。

遞給老闆之後，宿溪快速地在櫃檯面前擺著的幾部試用機上搜索了下，發現都找不到那款遊戲。

也就是說，只有修好一個辦法，否則——

她心臟都揪起來了，屏住呼吸看向老闆：「怎麼樣？」

老闆用工具搗鼓了一番，皺了皺眉，對宿溪說：「不太能確定妳這主機板壞了沒有，要是主機板壞了，應該修不好。而且，即便能修好，妳手機裡格式化的一些資料也找不回來了，我盡量試試吧。」

「應該修不好？」宿溪愣了。

「對。」老闆道：「做好心理準備。不過現在手機也便宜啊，再加幾千，買款新上市的……」

他後面說什麼宿溪全沒聽見，她手腳冰涼地從手機店裡出來，推著自行車沿著馬路往回走，走著走著，眼淚忍不住「啪嗒」掉下來了。

太陽毒辣辣的將地面曬得滾燙，宿溪穿過長橋時，眼前都模糊了，她忍不住將自行車停下，在馬路邊坐下來，揉了揉眼睛。

不是一部手機的事。

幾萬塊的手機裡沒有聯絡那個世界的途徑，對她而言也沒有任何意義。

萬一就因為自己把手機掉進水槽裡了，就從此切斷了和他那邊世界的聯絡，怎麼辦？

萬一再也見不到他了，怎麼辦？

而最後一次見他，自己還表現得那麼糟糕，還說了讓他不開心的話。

分明沒有不想見到他，只是這些天不知道該怎麼面對他，所以才沒用地逃避，卻讓他誤以為自己不是很想見到他——

他還讓自己今晚無事也去看看他，可是自己沒辦法守承諾了。

宿溪心中提心吊膽，萬一這部手機再也修不好了，那麼自己與那個世界的初見、初識、陪伴，逐漸形成的依賴，是不是都要在這個夏天沒頭沒尾地劃上一個句號？

這一切簡直讓她覺得像是做了一個長長的夢一般。

她惶然地盯著地面，害怕得想哭。

老闆說至少三天才能確定修不修得好，於是宿溪只能先回到家，陷入了惶惶不安的等待當中。

宿爸爸宿媽媽回家之後聽說她手機進水了，見她窩在沙發神色蔫蔫的樣子，以為她不開心，於是打算拉著她再去買一部，但是宿溪沒有半點出門的心情，只說：「再等等吧，萬一能修好呢，這段時間我先用舊的。」

宿媽媽納悶：「不就是一部手機嗎，壞了再買唄。」

宿溪大口大口扒飯，強忍住不讓眼淚掉下來，她從沒覺得三天時間過得這麼漫長。

到了第三天，她迫不及待地打電話給老闆，卻被告知，手機還在維修中，主機板有一定程度損壞，已經沒用了，店裡的技術人員正在嘗試，看能不能把之前的資料轉移出來，這樣的話，能放在新手機裡使用。

「已經沒用了？」宿溪不敢相信自己的耳朵。

她掛掉電話，一個人待在房間裡，腦子嗡嗡響，難過到了極點。

都怪她不小心……

這幾天，她這邊也毫無反應，看來是她這邊的手機死機之後，陸喚那邊的幕布應該也消失了。否則他不會不來找她。

宿溪抱著膝蓋，將臉埋進膝蓋裡，大腦一片空白。

她腦海中湧現出很多場景……她第一次移動寧王府柴屋內茶杯時，還是個卡通風格小人的陸喚警惕萬分，懷疑是不是鬧鬼，想到那些，宿溪忍不住笑了笑。

還有他頭頂第一次冒出小心心時，她驚訝萬分，後來就忍不住經常戳戳他，看他頭頂會冒出什麼氣泡。

他最開始把她當鬼時，還試圖幫鬼撐傘遮雪……後來他那邊也擁有了幕布之後，就強制性把她這邊能看到的卡通風改成他自己的原畫了。

宿溪雖然很懷念那張包子臉，但不想讓陸喚不高興，於是都沒有切換回去，還想著來日方長，等哪天他不注意了，就悄悄切回去……

可現在……都沒有來日方長了……

宿溪眼淚濡溼了膝蓋那一小塊。

時間一天天的過，看起來像是她在陪伴著他，可其實，有幾個晚上她熬夜寫卷子，不也是他在陪著她度過呢？

擁有時她渾然不覺，失去了才驚覺已經有了那麼多的共同回憶，而這回憶在今天戛然而止，今後，無論是崽崽還是陸喚，都不會出現在她面前了……她難過得像是心中被剜走一塊似的。

宿溪這邊過了七天，雖然她也照常吃飯，但是整天無精打采的。

宿媽媽不由得有點擔心，這天吃完飯後摸了摸她額頭，說：「沒發燒啊，溪溪妳臉色怎麼看起來很差，明天要不要去醫院檢查一下？」

「我沒事。」宿溪愣了一下，扒拉一口飯道：「可能是暑假在家睡太久了。」

宿媽媽還是不放心，對宿溪道：「明天我和妳爸都有事，也抽不開身，讓溼川和小沁陪妳去趟醫院，看一下門診。」

宿溪欲言又止，但是怕爸媽擔心，於是點點頭答應了。

手機已經壞了，修不好了，昨天她去買了新的手機，送到老闆那裡，讓老闆幫忙轉移資料。

宿溪盯著那部老手機，最後一絲希望都沒了。

她一方面覺得心裡難受，再也見不到崽崽了，一方面又想，至少自己消失之前，他已經恢復皇子身分了，接下來娶妻生子，實現他的理想，也能很好地度過一生，雖然這時可能和自己一樣有點傷心，但時間久了應該就會把出現在那個世界才兩年的自己忘了，這樣也不失為一個好的結局……

可無論怎麼安慰自己，心中還是空蕩蕩的，十分意難平，手機進水實在太突然了——以至於最後答應崽崽晚上去看他，都沒能做到。

宿溪心裡懊惱得想撞牆，可是沒有別的辦法，她已經盡力了，手機壞了就是壞了。

第二天，宿溪穿好衣服，洗完臉塗了下防曬乳，看起來有點精神了，才出門去醫院。她這幾天鬱鬱寡歡的，霍涇川和顧沁都不知道她怎麼了，剛好這兩人也要趁著暑假做體檢，就乾脆將時間往前挪，陪著她一起去醫院。

宿溪覺得自己可能有點熱感冒，腦袋的確有點昏昏沉沉的，於是掛了號，等待檢查血液常規。

霍涇川坐在她左邊打遊戲，顧沁坐在她右邊看小說。

大夏天的，醫院裡人多，吵嚷嚷的，熱得不行，她昏昏欲睡，腦袋一點一點，等待結果出來。

她不知道就在這時，她壞掉的手機待在櫥櫃裡，突然掙扎著亮了一下。

就在亮的一瞬間，死機之前還沒來得及關掉的遊戲螢幕彈出了新的訊息：『恭喜完成任務十五（高級）：治理承州洪水決堤，獲得點數獎勵加十八。至此，總點數一共累積為兩百，正式開啟第二個大禮包——』

『倒數，三、二、一——』

手機亮了幾秒之後，便黑屏了。

而就在手機亮的那幾秒鐘，陸喚正處於承州官衙，那塊已經消失了十四日的幕布毫無徵兆的重新出現在他眼前。

他眼睫一跳，瞳孔猛縮，呼吸陡然急促，顧不上還在等幾個官員前來回話，便毫不猶豫如當日一般，朝著幕布撲過去。

上一次，在兵部的官舍內，他撲了空。

而這一次，陸喚眼前白光一閃，只覺得轉瞬之間，眼前場景陡然一變。

他屏住呼吸看向四周，只見周遭場景十分熟悉，熊本熊的床、玻璃窗，正是他每次打開幕布時的起始畫面——宿溪家。

這不是做夢嗎？

陸喚試探著蹲下來，摸了摸地上的地板，隨即又觸碰了下宿溪桌子上還沒寫完的試卷。

當手指觸碰到實體的觸感時，他才相信……竟然，不是在做夢，兩百點之後，他竟然真的來到了她的世界！

陸喚心頭狂跳，眼眶漸漸地發紅了，是為狂喜。

這十四日，他抱著別無他法，只能試一試的想法，策馬奔往承州，在大水還沒決堤之前，便先揪出了承州當日修補大壩的幾個蛀蟲官員，並提前令承州主事戒備，將即將到來的洪水損失降到最低。

這樣做的同時，他心裡卻一點底都沒有，因為做完了之後，幕布仍沒有如之前一樣出現。

陸喚此時也意識到宿溪這邊恐怕真的出了什麼事，否則她絕對不會整整十四日都不聯絡自己。

他心中便更加迫切，越發緊急地督工。

承州那邊的官員發現自己不見了，必定會慌亂地去尋找，但是此時此刻陸喚也顧不上那麼多了，他心臟怦怦直跳，只想立刻見到她。

陸喚在宿溪房間裡站了一下，他一身明黃色皇子衣袍，和這間房格格不入，他不敢輕舉妄動，怕被當成賊。

但這時宿溪家裡一點聲音都沒有，應該是沒人在家，白日她父母都去任職了。

陸喚躊躇了一下，這才走到房門旁邊，將房門打開。

客廳——他已經很熟悉了。

陸喚等狂喜過後，很快就尷尬地發現，自己不知道她去哪了。

要是一直待在這裡等的話，等到晚上要是她父母先回來，自己好像沒辦法解釋清楚自己為什麼會憑空出現在她家裡。

他摸了摸腦袋，走到冰箱那裡，他對她一家人都很熟悉了，知道她家裡有什麼事都會在冰箱上貼一張備忘錄。

陸喚一眼就看見：星期一，溪溪去醫院檢查。

為何去看大夫？

陸喚心頭一緊，以為這陣子她和幕布一起消失，是因為得了什麼病。他眼皮頓時直跳，強行按捺自己不要胡思亂想，便直接拉開大門衝出去。

陸喚走到電梯面前，盯著鐵盒子看了半晌，雖然之前研究過，但這還是第一次使用，還很不熟練。

過了一下有兩個鄰居爺爺走到電梯前，也要去一樓，用古怪的眼神看了他一眼，打量了一下他身上穿的衣裳，問：「小夥子，拍戲呢？我們這裡沒有影視基地啊，你從哪個劇組出來的？」

陸喚警惕地看了兩人一眼，抿起嘴唇不答話。

但是緊隨兩個老爺爺身後，順利地到達了一樓，他鬆了口氣。

接下來——

陸喚大步流星地朝著社區門口走。

他一路走，一路吸引了整個社區來來往往的阿姨奶奶們的視線。

有兩個愛看電視劇的阿姨驚呆了，互相道：「快看，那個是不是演員啊，身上穿戲服？演的是皇子吧？！這戲服好逼真啊！現在的年輕小演員真帥啊，我看他好俊啊我的天，該不會住這裡吧？！」

陸喚心中急切，充耳未聞，跑到社區門口的公車站。

他仔細研究過怎麼上車，但是很快他就發現一個很頭疼的問題，他並沒有這個世界的錢幣，他摸了摸懷中，發現只有幾張銀票。

為了輕便，他身上連銀子也無。而且事出突然，他也沒來得及準備。

猶豫了下，等公車停下來時，他隨著前面的人一起上了車，將銀票遞給司機，禮貌地問：「可否用這個相抵？」

一車子的人都用驚豔的視線盯著他，炸開了鍋：「演員？」

司機大爺看了眼他遞過來的銀票，有點風中凌亂，懷疑附近是不是有攝影機，等環顧四周後，發現沒有隱藏的攝影機後，對他揮揮手：「拍戲沒帶錢吧，想用道具抵？你怎麼想得這麼好咧，別耽誤我開車了。」

似乎是當地方言，陸喚稀裡糊塗地有點沒聽懂，但謹慎起見，還是往後退了幾步，下了車。

公車揚長而去，一車子的人都回過頭興奮地朝他看，還有人拿起手機對他拍照。

陸喚心中估算了下醫院的路線，於是開始……跑。

宿溪還在等報告，根本不知道這時醫院外的那條街已經炸開了鍋，都傳到醫院門口了，說是有個穿著皇子龍袍的年輕演員帥得人神共憤，正在馬路上跑馬拉松。

一堆人圍在路上拍照，還有人對他加油鼓勵。

陸喚按捺住心頭的不悅，衝進了醫院。

宿溪聽見走廊那邊吵吵嚷嚷、喧鬧嘈雜時，正好從昏昏欲睡中醒過來，聽見有護士叫自己的名字，揉了揉臉，打算起身去拿報告。

護士叫的這一聲，雖然不輕不重，一整條走廊如開水般沸騰，但陸喚卻偏偏聽見了「宿溪」二字。

陸喚呼吸漏了一秒，猛然定住尋找的腳步，他心臟狂跳，屏住呼吸，緩緩朝著那邊看去。

他看到宿溪穿過人群，打了個呵欠，一步步朝著窗口那邊走去。

是她。

一瞬間，陸喚心臟快要跳出喉嚨，周遭的一切他都聽不見了，一切萬籟俱寂，他血液湧上了頭頂，眼角眉梢發紅，全是狂喜。

宛如做夢一般，但陸喚清晰地知道這不是夢。

他定了定神，擠開擁擠人潮，大跨步朝著宿溪走去。

越走越快。

宿溪從窗口取了報告，走到一邊，沒什麼精神地低頭看了兩眼，發現血液裡的白血球的確有點高，應該是流行感冒，怪不得雖然沒發燒，但是最近有氣無力的。

去門診取點藥，回家蒙著被子睡幾天應該就好了。

這樣想著，宿溪聽見身後的一個小姐姐驚呼了一聲，也沒太注意，拿著報告往回走。

但卻突然感覺身前人群好像散開不少，接著，她前額猛然抵上一個胸膛。

宿溪正要說抱歉，可視線裡出現的衣角，卻是明黃金絲衣袍，腰間綴金飾朱纓，黑色長靴也很熟悉，衣袍上栩栩如生的龍，滔天貴胄……

宿溪的呼吸一點點急促起來……

頭頂的少年是跑過來的，呼吸略微有些粗重，宿溪聞到了他身上淡淡的、好聞的清霜氣息——

等等。

宿溪心臟跳到了喉嚨，不敢置信地猛地抬起頭。

視線裡便撞進了一張寒眉星目、膚白如玉的臉。

是一個出現在這裡，會讓她懷疑自己是不是在做夢的人。

下一秒，陸喚就在大庭廣眾之下將她擁住了，眼圈發紅低聲道：「是我，我來見妳。」

「妳那日不知為何沒來，我等了十四日，沒忍住來找妳……抱歉……我不該……」

陸喚想說當時自己不該讓宿溪覺得為難，可張了張嘴，又覺得此時不是說這個的時候。

宿溪腦子直接當機，一片空白。

而周圍倒吸一口氣。

霍涇川和顧沁眼睜睜地看著一個穿著戲服的少年突然冒出將宿溪死死抱在懷裡，頓時站起來，跑過來試圖把他拉開：「我靠！你誰？」

陸喚眼眶更紅了些，像是好不容易找回了心愛的寶物，死死不肯放手。

宿溪當機立斷對兩個好友道：「別拉！」

她臉上當機的表情慢慢回過神，隨即就變得激動和狂喜——做夢嗎，不是，好像不是做夢，天啊，崽崽怎麼可能出現在她面前！手機不是壞掉了嗎！即便沒壞掉也不可能……

宿溪腦子嗡嗡響，運轉速度不夠快，又快要死機，她決定先不去想這個。

見到兩個好友還在試圖把崽崽拉開，拉得陸喚皇子袍都快要壞掉了，她頓時心疼，一把反抱回去，猶如護崽的老母雞，對目瞪口呆的顧沁和霍涇川道：「別碰他！」

顧沁和霍涇川：「……？」

醫院裡的人實在太多，周圍的人都在盯著他們看，當然，主要是用驚豔的眼神盯著陸喚。

宿溪一手攥著報告，一手牽著陸喚的袖子，帶著他走到沒什麼人的禁菸樓梯間。顧沁和霍涇川覺得突然冒出來的這小子十分古怪，放心不下，也趕緊跟著過去。

四個人站在樓梯間之後，宿溪放開陸喚的袖子，轉身面對面地看著他，還感覺這一切都十分不真實。

她像是踩在雲朵上一樣，頭昏腦脹的——這種奇幻的感覺跟突然見到哆啦A夢出現在自己面前也沒什麼區別……

同時還有種失而復得的喜悅，她差點以為再也見不到崽崽了。

她摸了摸自己的額頭，沒發燒，也沒吃毒蘑菇。

又伸手去摸崽崽的額頭——抬手居然發現只能碰到他的脖子。他比自己想像的還要高，於是宿溪又尷尬地再抬了幾分，這才摸到了他的額頭。

冰涼的、出了些微晶瑩的薄汗的，是真實的肌膚觸覺。

宿溪微張嘴巴，呆呆地抬頭看了他片刻，媽耶，崽崽真的從手機螢幕裡跳出來了？

而陸喚漆黑的眼睛也一直盯著面前的宿溪，像是又想擁抱住她，但是竭力克制。片刻後，他沉聲問：「對了，妳來看大夫，是哪裡不舒服嗎？」

旁邊的霍涇川「噗嗤」捧腹笑出聲：「大夫哈哈大夫，兄弟，你怎麼文縐縐的，拍完戲還沒出戲？話說，你哪個劇組的，身上這衣服還怪像的。」

他忍不住上下其手去摸陸喚的皇袍。

陸喚看了他一眼，臉都黑了，擰住他的手腕。

陸喚沒用什麼力道，但霍涇川一瞬間感覺手腕都快斷了，他臉色變青，連忙道：「放開放開，宿溪我手快斷了——！」

宿溪趕緊安撫道：「好了，崽崽你力氣輕一點，我們這裡的人骨頭比較脆，經不住的。」

陸喚有點委屈，沒說什麼，輕輕放開了霍涇川。

霍涇川瞪了陸喚一眼，但被陸喚回視，他又心中一怵，趕緊揉著手腕躲到顧沁身後去，抱怨道：「宿溪妳去哪裡交的朋友，練過武吧，身上的戲服很貴嗎，碰都不讓碰一下。」

陸喚認出霍涇川就是那天他在幕布裡看見的、被宿溪父母帶著去飯桌上與宿溪「相親」的那小子。他臉色頓時有些不大好看。

但宿溪一看過來，他立刻收起神色，抿了抿唇，垂下眸：「我只是不喜外人觸碰。」

宿溪本來就失而復得，恨不得死死抓著崽崽的手，生怕他丟了，現在見他委屈的樣子，宿溪心臟頓時都皺巴巴的，連忙道：「好，不碰不碰。」

霍涇川和顧沁：「……」

「不過，你到底怎麼過來的？」宿溪把陸喚拉到一邊，低聲問。

她心情還是久久不能平靜，覺得驚嘆無比，本來以為透過一塊手機螢幕能夠連接兩個世界就已經是神奇到不行的事情了，萬萬沒想到還真的發生了穿越這種事，崽崽真的大變活人一樣出現在自己面前。

陸喚簡單扼要地解釋了一下任務十五，以及出現在自己眼前的那道白光，他過來之後，就出現在了宿溪的房間裡，接著看到冰箱上貼著今日要來醫院的備忘錄，於是便匆匆尋來了。

宿溪聽得眼睛睜大，原來她真的沒猜錯，兩百點之後的大禮包真的是這個！但是問題來了，崽崽過來了，可手機壞掉了啊，那怎麼回去呢？

總不可能不回去吧，他在這邊又沒有身分證！

……但現在想這個問題也是徒勞，先不去想，等明天拿到轉移資料後的新手機再說。

宿溪眼睛忽閃忽閃地盯著眼前的陸喚看，心中不可思議極了。

陸喚見她嘴唇乾燥發白，像是正在處於病中，於是也忍不住探手去摸一下她的額頭。

但是立刻被宿溪打斷：「別動。」

她瞪大眼睛，忍不住踮起腳用手摸了下身前少年的頭髮，陸喚的頭髮如濃墨一般，用金簪束起，宛如瀑布。

雖然之前在手機螢幕裡看都看習慣了，但是陸然真實地出現在她面前，還是讓人不敢置信。

宿溪輕輕拽了下陸喚的烏黑長髮，內心瞬間化作尖叫雞，天吶！竟然是真的頭髮！崽崽頭髮好長！

她又摸了下陸喚的臉，碰了碰他精緻到不像話的眉眼，指尖落到他睫毛上，然後落在他臉上——宿溪快控制不住自己興奮的表情了，靠，臉上也有溫度，是真的！

她把陸喚從頭摸到手，還蹲下來摸了下他的衣袂和長靴，順便碰了碰他的膝蓋——終於可以徹底確認是活的崽！嗚嗚嗚她快哭了！

宿溪一臉激動，陸喚耳根微紅，垂眸看著她，任由她跟新奇地捏玩偶似的。

等她踮起腳摸到他耳根時，他渾身一顫，猶如過電一般，終於忍不住輕輕握住她的手，低聲問：「小溪，妳是在我身上找什麼嗎？」

霍涇川和顧沁都看不下去，靠，大庭廣眾之下摸來摸去成何體統，簡直不想承認宿溪是他們的朋友了！

不過霍涇川也注意到這小子的頭髮怎麼這麼逼真，不太像是頭套，他忍不住慫恿顧沁上去摸一下，說：「那小子是拍戲的吧，但是怎麼感覺沒戴頭套？而且他頭上那個簪子，怎麼跟真的一樣？」

顧沁已經被帥暈了，她囁嚅道：「八成是附近劇組來的龍套小演員，但是太不科學了吧，這張帥得人神共憤的臉——還沒走紅？」

「妳們女生就只知道臉，他性格有我好嗎。」霍涇川很不服氣，小聲道：「宿溪怎麼認識這人的？」

顧沁抓狂道：「我怎麼知道？！看這樣子認識都不只一天兩天了……居然一直藏著不告訴我們！」

等宿溪和陸喚徹底從見面的喜悅中回過神之後，半小時都過去了，這半小時霍涇川和顧沁就一直看著宿溪摸摸摸，那小子耳根染紅還要竭力繃住神色假裝平靜無波……

霍涇川都快被逼瘋了，忍不住提醒道：「宿溪，還取不取藥了啊，再拖下去醫院要下班了！」

宿溪這才想起來正事，於是笑咪咪地對陸喚道：「我去取藥，你等我一下。」

陸喚道：「我去吧，你們世界的許多事，我已經學會了，妳看。」

他拉著宿溪回到走廊上，找了個走廊上的位置讓宿溪坐好，然後拿了宿溪手中的藥單，抬頭對了一下，便準確無誤地走向了西藥窗口。

陸喚穿著一身金絲明黃、朱纓貴胄的長袍，導致很多人都以為他是附近拍戲的年輕明星。

但他實打實地練過武、上過戰場，舉手投足間的氣度全然不是這個世界任何一個同年紀的少年偶像可以比的。

於是他走到哪裡，便立刻吸引了一大片驚豔的視線，以至於人群都不自覺稍稍為他散開，並且議論紛紛。

而宿溪眼睜睜地看著他排隊，守規矩地往前挪，順利地從窗口拿到了藥，心中想著我靠，沒想到複雜的醫療流程崽崽都已經搞清楚了，他那厚厚的筆記不是白做的！

當然，宿溪眼中的驚嘆，落在霍涇川和顧沁眼中十分無言——取個藥而已，有很厲害嗎？！瞧宿溪那滿臉「崽才三歲就可以自己打醬油」的激動樣！他們看宿溪是瘋了！

一直被圍觀也不是辦法，宿溪怕會惹來不必要的麻煩，比如說陸喚被發現不是這個世界的人，還沒有身分證，是個黑戶被抓走。

所以在想辦法讓他回去之前，還是要找個地方讓陸喚安頓下來。

自己家肯定是不可以的，雖然還空著一個房間，但是突然帶一個男孩子回家，家裡肯定會炸了！

宿溪福靈心至，忽然用手肘戳了戳霍涇川：「霍涇川，你爸媽最近是不是出國玩了，家裡就你一個人？」

霍涇川看宿溪這樣，眼皮猛地一跳：「妳想幹嘛？」

宿溪：「讓我朋友去你那裡住幾天……」

話還沒說完，霍涇川就立刻拒絕：「我不！」

宿溪：「上次誰說想要鋼彈模型來著……」

霍涇川口水都掉下來了：「成交！但是話說在前面啊，他不能打我！」不知道為什麼，雖然是第一次見面，但總覺得這傢伙對他有敵意。

「他幹嘛要打你？」宿溪立刻用莫名其妙的眼神看著霍涇川，滿臉都寫著「我們家崽那麼乖、那麼溫柔、那麼聰明，簡直毫無缺點怎麼可能打你」！

霍涇川：「……」

陸喚取好了藥，將幾盒藥放進窗口工作人員遞給他的白色塑膠袋裡，微微低下頭，對工作人員問道：「兩位好，可否告知我這藥如何服用？」

工作人員眼前一晃，一臉驚豔，結結巴巴地告訴他。

等他拎著藥袋走後，兩個工作人員忍不住道：「我天，為什麼剛剛那帥哥穿古裝也就算了，說話還跟古人一樣？醫院在拍什麼穿越劇嗎？」

宿溪和陸喚商量了下，這幾天就先讓陸喚住在霍涇川家。

陸喚心裡知道自己貿然從那個世界過來，給宿溪和她身邊的朋友都添了許多麻煩。

再加上他默默觀察了下，發現宿溪與霍涇川這小子之間雖然親昵，可卻十分坦蕩，似乎真的只是鐵哥們一樣的關係。

於是他看霍涇川的眼神總算溫和許多，想了想，將自己腰間香囊鑲嵌著的銀片遞給霍涇川，道：「多謝霍兄。」

霍涇川看著那塊銀片，整個人都有點不太好了，他怎麼感覺這是真的銀子？這年頭還有人把銀子帶在身上？而且掂量一下，少說也要幾千塊了吧？！

「給、給我？」霍涇川結結巴巴地問：「陸兄你這也太客氣了吧？！」

他學著陸喚叫他的方式也這麼叫陸喚。而且他發現宿溪這朋友腦子是不是有點問題，似乎不是在拍戲，而是真的把自己當成從古代穿越過來的人。

陸喚隨著他和宿溪到了他家門前，負手看他開門，頷首道：「不必介意，薄禮而已，我身上並未隨身帶太多，若你想要，下次帶一箱予你。」

霍涇川都快跳起來了，開了門趕緊把陸喚迎進來，然後把宿溪拉到一邊，激動地道：「我靠，溪溪，妳這朋友是哪來的富二代？玩古代皇子 cosplay 的吧，還真的給我銀子啊？！」

他咬了咬陸喚給他的銀片。

宿溪一臉無語，但是解釋不清楚，因此姑且就讓霍涇川這樣以為吧。

霍涇川這下對待陸喚比對宿溪還要熱情了，把家裡冷氣打開，並拉開自己的衣櫃，建議陸喚先換一身衣服，然後讓兩人先待著，他下去買零食和可樂。

既然霍涇川都收了陸喚的銀子了，還坑了宿溪的鋼彈模型，宿溪也毫不猶豫地拉著陸喚走到霍涇川的衣櫃前。

「我們這邊已經是八月酷暑了，天氣太熱啦，阿喚你把身上的衣服換一下……你一百八十三，霍涇川一百八，他的衣服對你來說可能稍微小了點，但是應該也差不多。」

宿溪一邊從衣櫃裡拿短袖出來比劃在陸喚身前，一邊道：「先將就一下，明天我帶你去商場買。」

陸喚任由她比劃，心中只覺得溫馨，撣了撣袖袍，笑道：「無礙。」

宿溪被他笑容一晃，心中失而復得的滿足感靜靜流淌，她這段時間眼睛哭得有點腫，還以為徹底失去了自己的遊戲小崽呢，但沒想到柳暗花明又一村，他出現在了她的世界。

她這段日子心中空蕩蕩的感覺總算稍稍好了一些。

在醫院看到他時，宿溪驚愕無比，同時心裡還有種難以言喻的感動——他就這麼過來了。

面對一個一無所知的世界，如果是自己的話，沒有萬全的準備，根本不敢過去，也無法捨棄身邊的親人和朋友。但是他卻毫無顧忌地就這樣來尋自己了。

或許是差點失去，才讓宿溪明白，有些差點被自己當成習慣的人和事，在自己心中的地位究竟有多重要。

她心裡有些酸澀，又有些難以名狀的悸動。

宿溪挑來挑去，幫陸喚挑了一身霍涇川買了後還沒拆的短袖和長褲。可能大了，所以霍涇川還沒穿過，但是陸喚穿應該剛剛好。

但是問題來了，陸喚的頭髮太長了，在燕國洗澡都是用浴桶，烏黑的長髮若不想淋溼，可以放在浴桶後方，但霍涇川家裡是淋浴，他長髮披肩，肯定會弄溼。

宿溪愁苦地皺了皺眉，讓他在自己面前蹲了個馬步，然後扯下一條橡皮筋，把他頭髮紮了個高馬尾。

陸喚：「……」

「確定要如此嗎？」陸喚進浴室照了照鏡子，臉有點黑。

宿溪拿起手機幫他拍了兩張照，憋笑憋得肚子疼，推他進去，跟他解釋熱水器怎麼用，說：「免得弄溼頭髮嘛。」

陸喚想解開，但看她一臉笑容，還是無奈地認了。

浴室裡很快升騰起氤氳的霧氣，陸喚先前透過幕布看過這個世界的神奇之處，當真的觸及水龍頭，發現一擰開便有熱水或者冷水湧出來時，還是覺得奇妙萬分，於是在浴室裡研究了一下，才開始沐浴。

宿溪坐在沙發上把電視機打開，翻看剛剛幫陸喚拍的紮頭髮的照片，烏黑長髮的少年臉色難看，紮了高馬尾的畫面讓宿溪笑得快喘不過氣。

她等了半天沒見陸喚出來，就先喝了點感冒藥。

本來宿溪在醫院就有點昏昏欲睡，喝了感冒藥後，頭沒過多久就一點一點的。

陸喚將頭髮擦乾，穿上不大合身的短袖與長褲出來之後，便見到沙發上的少女睡著了。

他走過去，放輕了呼吸，怕打攪到她。

他在她身前蹲下來，視線靜靜地落在她臉上，勾勒著她的輪廓。

以前陸喚做夢都在盼望這一天到來，而當她真的就躺在他觸手可及的位置時，他心臟跳得比誰都宛如擂鼓，卻渾身僵硬，只敢靜靜地望著她。

就像是捧著一件寶藏，生怕碎掉了一樣。心中狂喜而覺得不真實。

是真實的吧。

陸喚小心翼翼地伸出指尖，輕輕碰了一下她的鼻尖。

宿溪覺得鼻子有點癢，皺了皺眉。

有溫度，是真實的。

陸喚放下心來，像小孩子守著糖葫蘆一樣守在她身邊，眼巴巴地看著她。

陸喚想了想，她去醫院買藥應該是有些感冒，不可以再著涼了。而且霍涇川家的沙發有點硬，睡得很不舒服。

他站起來俯下身，輕手輕腳地將一隻手從她脖頸後方穿過去，另一隻手勾起她的膝蓋彎，輕輕鬆鬆地將她打橫抱起。

陸喚這才發現小溪很輕，不如他拎起的水桶的重量。

他以前沒有抱過別的女子，所以也不知道，都說世間女子柔軟似水，原來是真的。他一將她抱起，她便自動滑落到他懷裡，令他渾身一僵。

陸喚心旌微亂，定了定神，竭力不弄醒她，一步步朝著臥室走去。

可就在這時，宿溪也感覺自己身體好像突然騰空起來，她本來就沒怎麼睡著，這下便立刻睜開了眼睛。

一睜開眼，她嚇了一跳。

陸喚已經洗完了澡，換上了現代的短袖和長褲，如畫的眉目中古韻與貴冑之氣終於被沖淡些許，但因為長髮青絲如瀑，仍有種混亂的俊美感，

四目相對。

陸喚一張俊臉頓時猶如滴血，懷裡還抱著她，放下也不是，不放也不是，他道：「我

並非故意輕薄，我——」

本來被公主抱不是多大件事，但陸喚從小受到的禮儀教導是男女授受不親及非禮勿視。因此他俊臉這麼一紅，宿溪本來沒多驚，也被他弄得有些臉紅心跳了。

慌亂之中，他飛快地轉移話題，雙臂掂量了下，道：「小溪，妳大約有兩個水桶重。」

宿溪的臉紅心跳一剎那終結：「……」

第二十八章 怎麼可能不喜歡

陸喚來到這個世界，所有的一切對他而言都很新奇，宿溪很想多帶他去幾個地方，看看現代世紀的文明，吃一吃現代好吃的東西。要不是現在放暑假，學校門都鎖了，還可以帶他去學校旁聽一節課，肯定很有趣。

但是目前的當務之急是搞清楚穿越的機制。

陸喚這次穿過來，到底是滿足了什麼條件？是因為滿了兩百點嗎？以及什麼時候會穿？還能回去嗎？

回去了之後，下次還能過來嗎？

還有，他從那邊消失之後，那邊承州的官吏發現九皇子殿下不見了，肯定亂成一團，現在還不知道是什麼情況。

如果兩百點之後時間流速比例還是二比一的話，那麼他在這邊多耽擱一日，他那邊就流逝兩天。

消失超過三日以上，必定就會鬧大，驚動京城裡的人了。到時候再回去便很難解釋。

所以，還是要先解決這些問題，否則這些始終像是大石頭壓在宿溪心上，宿溪總怕他下一秒就消失不見了，也沒什麼心思帶著他閒逛。

不過不管怎麼樣，他能出現在宿溪面前，對宿溪而言，已經是一場終生難忘的奇蹟。

當天晚上宿溪不得不先回家，而陸喚先住在霍涇川家裡。

等走了之後宿溪就有點後悔沒有買部手機給陸喚，這下聯絡不上了。萬一穿越機制突然啟動，他忽然消失了怎麼辦……

但等宿溪剛回到家，她家裡電話就響了，是用霍涇川家裡的電話打來的，不過撥打的人卻是陸喚。

宿溪心中一喜，匆匆換了拖鞋就趕緊跑過去接電話。

宿爸爸宿媽媽回家了宿溪還在煲電話粥，不過現在已經暑假了，宿媽媽以為她在和班上哪個女同學聊天，也沒管，但等到飯都做好了，宿溪還坐在沙發上眉開眼笑地和電話那頭的人聊天，宿媽媽就有些忍不住了，喊道：「溪溪過來吃飯，和誰聊呢？」

宿溪怕她媽聽到電話那頭是男生的嗓音，於是低聲道：「我要吃飯了，先掛了啊，晚上讓霍涇川帶你下樓吃飯，不要餓著。」

陸喚微笑道：『小溪不用擔心，我已經會用廚房裡的用具了，晚上不必麻煩霍——』

可還沒說完，聽筒裡便傳來「嘟嘟嘟——」的斷線聲音。

陸喚皺眉，拎著電話去臥室找霍涇川：「霍兄，這東西怪異地叫，恐怕是壞了。」

霍涇川：「我家用了五年都沒壞，怎麼可能你一用就壞了？」

他往電話上拍了一下。

見狀，陸喚以為這是什麼治療手段，便依樣畫葫蘆也要往電話上拍一下。

掌心還沒落下去，被霍涇川一把攔住：「你別拍！你一掌拍下去我家電話都要爛了！」

陸喚蹙眉：「品質竟然如此糟糕。」

霍涇川：「……」媽的，還嘲諷他家電話品質差！

霍涇川拿起電話隨便撥了個號碼，結果聽見裡面傳來「嘟嘟嘟您的電話已經欠費」的聲音，他頓時欲哭無淚：「什麼壞了？是欠費了啊！我說陸兄你都和宿溪講三小時電話了，我家電話都被你打欠費了！有那麼多話要說嗎，有什麼話不能明天再說嗎？！」

陸喚瞧他哭喪的模樣，也大約理解了「欠費」之意。

想了想，他走回自己的床鋪，從自己換下來的衣袍上，將明玉銀紋腰帶輕輕一掰，掰下來一顆小小的珍珠，走回來，遞給霍涇川：「夠嗎？」

霍涇川差點從遊戲椅上摔下來，目瞪口呆道：「你家暴發戶嗎？這珍珠，怎麼感覺像是真的。」

陸喚見他財迷模樣，變得理直氣壯：「我需要通訊。」

「給給給。」霍涇川激動地掰著珍珠，掏出自己手機給他：「前段時間才儲了一百元話費，陸兄你省著點打。」

陸喚接過手機，回到自己的房間，不過沒再打電話，而是打算傳訊息給宿溪。

中途霍涇川推門進去問他明天要幾點起來，發現他盤膝坐在床上，脊背猶如武人一般挺拔，氣勢若孤松，十分懾人，但走近一看，卻發現……他傳簡訊都傳得十分困難，一邊傳，還一邊搜尋該如何使用九宮格鍵盤……

「晚安」二字，他花了半小時才傳出去。

霍涇川：「……」

霍涇川緩緩退出門，整個人的表情宛如老爺爺看手機般迷惑……他真的懷疑，這小子是從古墓裡出來的「小龍男」吧。什麼年代了，打字都不會？！

在霍涇川風中凌亂時，終於到了第二天早上。

一大清早，宿溪就拎著早餐過來找兩人了。她自己已經吃過了，買了三碗餛飩拎過來，霍涇川還在睡懶覺，於是她把兩碗半都倒進陸喚碗裡，對他道：「多吃點，我們這裡這種做法你沒吃過吧。」

陸喚先前半年在行軍打仗中度過，吃飯一向很快，在時間上能省則省，但即便如此，吃相看起來卻仍是很好看，舉手投足間都有種古代少年將軍的氣度，即便已經脫掉了昨天的明黃色龍繡長袍，穿著簡單的短袖與長褲，但看起來仍很不像是這個世界的人，當然，不知道他來歷的人只把這當作他渾然天成的貴氣。

宿溪坐在茶几旁邊的小凳子上，笑咪咪地托腮看著他吃飯，感覺光看這個都可以看一整天，果然長得好看，去做吃播都可以紅。

陸喚放下碗筷，一抬起頭，看見她盯崽一般的欣慰眼神，心中便十分無奈。

不知道到底要何時才能徹底從她腦中將自己先前那侏儒形象挖走。

想到這裡，陸喚從正襟危坐到站起來，垂下頭，對宿溪道：「小溪，借過，我將這些收拾扔掉。」

宿溪仰頭看他：「啊？」路這麼寬，還要借過？

不待她反應過來，陸喚便緩緩俯身逼近，將她的凳子，連同她一起騰空搬到旁邊——他雙臂用力時，少年薄薄手臂上的肌肉線條便出來了，卻並不誇張，而是有種介於少年與成熟男人之間的力量感，以及皮膚白皙的美感。

他在空中刻意停頓了下，垂眸看了眼宿溪。

宿溪雙眼瞪大，就這麼被他輕輕鬆鬆地搬到了一邊放下：「……」

？？？幹什麼，是在炫耀力氣大？真的好臭屁！

可不得不說，陸喚近在咫尺的胸膛緩緩靠近，屬於少年荷爾蒙的清香氣息撲面而來，便讓宿溪完全沒辦法將眼前這個一百八十幾的頎長少年，與那張包子臉聯想起來了。

陸喚等到她臉頰慢慢變紅，才老神在在地收拾了塑膠碗筷，踱步進了廚房。

而等睡完懶覺起來後，發現宿溪帶過來給他的那碗餛飩中只剩下了兩個孤零零的餛飩的霍涇川：「……」

靠！

昨天從醫院回來是搭計程車回來的，而維修手機的地方離宿溪家不算遠，所以宿溪是推自行車過來的。

她本意是看自己能不能載得動陸喚，但萬萬沒想到，陸喚坐在後座之後，她連推都推不動，更別說騎了——這再一次讓宿溪有點淩亂。

她看了眼身後俊眸皓齒的修長少年，發現陸喚坐在後座上，兩條長腿完全是委屈地蜷縮起來，才不至於拖在地面上。

……為什麼這麼高啊？！這和她想像的完全不一樣！

陸喚故意等到宿溪充分認知到了「他是一個能文能武且快要成年的男子，而並非只到她膝蓋的團子崽」之後，才假裝對宿溪的懊惱一無所知，微微一笑，站起來道：「我來吧，小溪妳坐後面。」

宿溪撓了撓頭，不太信任地讓他來，走到後座去，嘮叨道：「你小心點，之前沒騎過——」

可話還沒說完，陸喚抬腳，將自行車停在原地，然後握住她的腰，輕而易舉地將四十五公斤的她放上了自行車後座，接著，跨上自行車便帶著她騎了兩條街。

宿溪的後半句話消散在空氣中：「……小心抓不住把手。」

坐在後座的宿溪暈頭轉向，不由自主地抓住了陸喚腰側的衣服——為什麼這麼熟練？這和她想像的完全不一樣？！

陸喚的聲音傳來，道：「騎馬與這個大致相同，腿長的人恐怕更好駕馭。」

宿溪默默低頭看了眼他的腿，又看了眼自己的，終於勉強將腦海中在螢幕裡一直用兩隻小短腿蹦躂的團子崽劃掉，換上少年的長腿。

即便騎著自行車，兩人在自行車道上也十分引人注目，一路上經過的人都忍不住看向陸喚，等到自行車經過之後，才如夢初醒地收回驚豔的目光。

宿溪瞧著滿大街的女孩子，心情有些鬱悶，怎麼已經把皇子長袍換成了普通的短袖長褲，還這麼多人盯著崽崽看——肯定是他一頭瀑布頭髮太長的緣故。

宿溪從隨身帶著的包裡翻了翻，翻出兩頂帽子，將白色的反手戴在自己頭上，然後微微靠近陸喚的後背，將黑色的鴨舌帽按在他頭頂。

「戴上這個，防曬。」宿溪才不會說自己有別的小心思。

陸喚倒是挺開心，等紅燈的過程中，回頭看了她頭頂的帽子一眼，又將自己頭頂的帽子摘下來反覆看了一下，最後興致勃勃地戴回頭頂。

若是他沒記錯，這樣一黑一白的兩頂帽子，在她這個世界，應該叫做「情侶帽」。

宿溪根本不知道他在開懷什麼，只是見他眉目飛揚，神采奕奕……要是她知道崽崽在想什麼，肯定會一臉無語：一個是漁夫帽一個是鴨舌帽，情侶帽個鬼啊崽崽！

等取到手機之後，宿溪才知道，為什麼陸喚會穿過來了，只見舊的手機主機板雖然已經進水報廢了，但是在徹底報廢之前，資料的確都被維修師傅盡心盡力地轉移進了新手機裡面。

因此，新手機一打開，竟然找到了遊戲的圖示。而遊戲圖示打開之後，畫面上赫然停留在，已經到達兩百點、即將開啟大禮包的系統通知上。

她擔心了整整七天！就怕這款遊戲從此消失在自己手機裡，此時見到它恢復在了新手機裡，宿溪心情激動，恨不得多加幾百塊錢給維修師傅。

「你穿過來之後，直接到了我家，那麼要想回去，也只能從我家回去。」宿溪分析道，拉著陸喚往回走，道：「所以我們現在還是回一趟我家，把穿越機制研究出來。」

「今日嗎？」陸喚一愣。

他皺了皺眉。

他穿過來算是一場意外。目前從系統給出的關於兩百點的資訊上並沒辦法看出，大禮包是能夠穿一次，還是多次來回穿——萬一，他這次回去了，以後再也無法過來怎麼辦？

……小溪難道不擔心這一點嗎，今日便急著催他回去？

陸喚看了眼宿溪。宿溪心裡也有些說不出來的慌，誰也不知道這穿越時效是多久，萬一這一試，把崽崽送回去了，他就再也過不來了怎麼辦？但她即便有這種擔憂，也不可能說出「不然你別走了」這種話，於是只好硬著頭皮催促陸喚：「快，趁著我爸媽還沒回家，我們趕緊先回去試試怎麼把你送回去。」

「嗯。」陸喚跨上自行車，表情與來時的唇角飛揚截然不同，他抿著唇，沉默不語。

陸喚其實有些不大願意回去。

然而，他亦知道，這個世界終非自己的歸宿，自己在這個世界並無身分憑證。何況，那邊承州洪水過後還有一大堆事務要處理，河海未清，朝政雖不至於漏得像個篩子，但六部上下，蛀蟲無數。

鎮遠將軍等人對自己寄予了厚望，燕國自北境勝仗之後也總算有了點起色，若是自己就此一去不回，很多事便沒有別人來做。

他若是為了一己之私，留在這個和平的朝代，便對不起燕國的百姓。

將自行車停在社區公寓大樓下之後，陸喚將公寓大樓的門推開，與宿溪一起往電梯裡走。

本來一整天都開開心心的，但一談到離別，兩人都變得有些沉默。

宿溪確認家裡沒人之後，掏出鑰匙，帶著陸喚進去。

之前他透過幕布看過她家不下百次，但今日與她一起站在這屋內，又是另外一種感覺。

家。

陸喚心弦微動。

來到宿溪房間，兩人並肩坐在床上。

宿溪打開手機螢幕，將畫面調到陸喚穿過來之前的承州屋內，外面有很多小人跑來跑去，九皇子殿下突然消失，承州當地官員害怕出什麼事，暫時不敢上報，私下趕緊加派人手尋找。於是外面一片混亂。

宿溪咬了咬唇，看了眼身側沉默不語的陸喚，問：「決定好要回去了嗎？」

「對。」陸喚抬起眸，似是承諾，對她道：「但我還會想辦法回來的。若是有兩全其美之策，能自由穿梭於兩邊，便再好不過。」

宿溪看他這樣承諾，心中多少安下心了，笑道：「回來？說錯了吧，是『回去』才對，你府邸在那邊……」

陸喚望著她，卻低聲道：「府邸不過安身之所，於我而言，我沒有別的親人了，妳就是我唯一的親人。」

宿溪呼吸一窒，猛然聽見他這話，心裡面一下子顫了顫，不知道該說什麼才好。

就在這時，外面大門忽然響了一下，宿爸爸宿媽媽的大嗓門老遠傳來：「溪溪，妳已經回家了？怎麼門口還有男生的球鞋——霍涇川來我們家了？」

宿溪陡然驚嚇得跳了起來，跟即將被抓現場似的，慌忙把陸喚往桌子底下推：「完了，我爸媽回來了，讓他們看到你我們就完了！」

陸喚狼狽不堪地躲進桌子底下，修長的個子委屈地蜷成一團，道：「不能出去與妳父母──」

「不行！」宿溪斬釘截鐵，臉紅心跳地將外套脫了，蓋在腿上，努力將陸喚擋住。

宿媽媽聽見房間裡有窸窸窣窣的聲音，疑惑地走到房門口敲了敲門：「溪溪，在嗎？」

宿溪慌不擇路地將椅子往左邊挪了挪：「在。」

宿媽媽推開房門，就見房間裡只有宿溪一個人，宿溪正老老實實地坐在書桌前寫作業，可能是房間裡冷氣溫度開得太低了，還在膝蓋上蓋了件外套，這丫頭倒是知道在冷氣房裡不要穿短褲，一到夏天就在冷氣房裡穿短褲，等老了鐵定會老寒腿。

宿媽媽覺得很欣慰，走過去看了眼宿溪正在寫的卷子。

宿溪心驚膽跳，暗地用餘光瞟了桌下一眼，緊張得手心都在出汗。

她的書桌靠窗，兩側都有櫃子，站在門口和側邊是看不見桌子下蹲著的少年的，但是如果走到她身後，肯定能看見。

萬一當著老媽的面，被發現房間裡突然多了個俊俏的男孩子，那早戀加上往家裡帶人的帽子肯定會扣下來，她跳進黃河都洗不清。

但好在宿媽媽懶得多走幾步，就只是隨意看了眼她的作業，問：「我看到玄關處有男生的鞋子，還以為小霍來了，怎麼他不在？」

宿溪在草稿紙上亂畫，裝作在演算，道：「哦，他下午來玩過，已經走了。」

「走了？怎麼不留下來吃晚飯？」宿媽媽轉身出門，隨即又覺得不對：「他走了，那怎麼鞋子還在我們家？」

宿溪心裡捏了一把汗，裝作若無其事地道：「可能忘了吧，他應該是不小心穿著我們家拖鞋走了。」

宿媽媽：「……」

「現在的孩子整天打遊戲，精神都恍惚了，小霍怎麼也這麼粗心大意……」宿媽媽沒多想，嘀咕著幫宿溪關上門，去廚房做飯了。

房間裡這才恢復安靜。

宿溪怦怦直跳的心臟宛如經歷了一次雲霄飛車，她拿掉膝蓋上的外套，膽戰心驚地溜到門邊，朝門外看了眼，見老爸老媽並沒有懷疑，這才鬆了一口氣，把房門鎖上，回到桌旁。

她蹲下來，小聲道：「陸喚，好了，我媽媽走了。」

卻見桌子底下，陸喚抱著膝蓋，頭靠著抽屜櫃，漆黑的眼睫闔著，睡著了。

宿溪蹲在他面前不叫醒他了。

雖然陸喚對於承州洪水一事只是一筆帶過，但宿溪知道，他為了盡快達到兩百點，應該又是許多天不眠不休，疲憊不堪，來到這裡之後又完全換了個陌生的環境，昨晚在霍涇川家也未必能睡著，所以才這麼一下子便睡著了。

宿溪心中心疼，想讓他再瞇一下，便輕手輕腳地將手機關了靜音。

她席地而坐，手肘撐著膝蓋，托腮瞧著他。

桌子上的檯燈照不到下面，只在陸喚的下巴處有些許的光亮。

他的五官是隱在陰影之中的，俊俏的眉宇，挺拔的鼻梁，是個冷漠的豔麗長相。

他闔著眼時安安靜靜的，讓人不由自主放輕了呼吸，怕打擾到他。

他濃如鴉羽的長睫不自覺輕顫，在眼瞼上落下一片陰影，也掃得人心中發癢。

隔著這麼近的距離，宿溪認真地看著他，心中不由得再次感嘆，崽崽長得真是好看啊……

和學校裡只會打籃球的男孩子不同，他手臂上的肌膚有一些淺淺的疤痕，因為穿著短袖，這些便都露了出來，右邊手臂上疤痕較深，是一道不起眼的箭傷。

他抱膝坐在那裡，都像是靜謐的覆蓋了皚皚白雪的松柏，若不是桌子略微矮了一些，他即便不小心睡著了，脊背也是挺直的。

可能是太安靜了，宿溪只聽見自己竭力放輕的呼吸聲，於是心跳慢慢地快起來。

她忍不住腰身向前輕，伸出手摸了一下他右手手臂上那塊淺淺的疤痕。

當時在軍營裡包紮時，這塊傷口是血肉模糊的，宿溪就十分心疼，好在商城裡的金創藥效果很好，兩個月的時間就恢復了。只是在少年過於白皙的肌膚上，還是留下了一些痕跡。

冰涼的手指觸及他的手臂，宿溪撫摸到了一些略微凹凸不平的傷痕。

宿溪輕輕地吸氣，有些犯愁他是不是容易留疤體質，這些陳年舊傷什麼時候才能徹底消失呢。

宿溪感受著指尖傳遞過來的觸感，聽著近在咫尺的陸喚落下的細微呼吸聲，看著他被冷氣的風輕輕拂動的額前的幾根髮絲，再一次深深地感知到，他在她面前，是活生生的人，有著血肉。

可以擁抱，可以牽手，也可以輕而易舉地將她打橫抱起來。

……喜歡嗎？

喜歡上一個紙片人，或者說另一個世界見不到面的人，宿溪是不敢想像的，但是現在，他就這麼真實地睡在自己面前，有著真實的呼吸，真實的血液流淌，真實的溫度……

那麼，怎麼可能不喜歡呢？

畢竟，抱著膝蓋坐在自己面前的少年長得這麼好看。

宿溪都能想像得出他睜開眼，看向自己時的樣子，神情必定宛如初雪消融。

事實上，宿溪與他互相陪伴了那麼久，幾乎能想像得到他任何時候的樣子……

還沒開原畫還是個團子時的警惕模樣，看向別人時眼眸微帶幾分漠然的樣子，仰頭透過螢幕注視自己時滿腹心緒的樣子……

開了原畫後穿著鎧甲渾身血跡的樣子，處理軍務行事冷厲的模樣……見自己來眸子裡壓不住的璀璨模樣……

崽崽很溫柔。無論對待別人如何，漠然陰鬱，還是冷若冰霜……也無論他情緒如何，高興還是發怒，對待自己卻永遠都是溫柔的，彷彿可以擰出水。

所以，怎麼可能不喜歡呢？

原本在他還沒來到自己這邊之前，宿溪心中還不確定。她不知道自己情緒為之牽動，那是怎樣一種感情，或許更偏向於陪伴兩年的感情？但是顧沁有一句話說得很對，友情是沒有占有欲的。

只是，她仍下意識地想要逃避，畢竟跨越時空對宿溪而言，是一件匪夷所思的事情。

當陸喚在那邊努力學習現代文明，想要盡早融入時，她也從沒想過，有朝一日，他可以真的這樣活生生地站在她面前……但現在，他的確就在她眼前，她的手指，正觸碰著他的肌膚，他的肌膚下流動著滾燙血液……他的眼睫輕輕顫動，一下一下落在宿溪飛快跳動的心臟上。

他已經走完了百分之九十九點九了。

而她……

宿溪看著他好看的臉，腦子裡不知不覺就變成了漿糊。

就在這時，陸喚似乎是感覺到肩膀上冰涼的指尖的觸覺，眼珠轉了轉，倏然睜開眼。

宿溪還傾身向前，眼睛一眨不眨地盯著他看，這坐姿就像是什麼癡漢一樣。

兩人距離實在太近。

就好像，彼此的呼吸一下子落到了彼此的臉上一樣。

宿溪嚇了一跳，同時陡然面紅耳赤起來。

她慌忙想要站起來。

慌亂之下，完全忘了頭頂是桌子，腦袋猛然撞了上去，但好在她頭頂即將「砰」地撞上桌板之前，陸喚眼疾手快地用手擋了一下，於是宿溪只將他的掌心撞出一聲悶響。

宿溪一屁股坐在地上，緊張地握住陸喚的手：「你沒事吧？疼不疼？」

「無礙。」陸喚眸子裡隱隱藏著一些璀璨之意，瞧著她，剛要說話，忽然聽見外面又傳來了腳步聲——

陸喚的嘴猛然被宿溪捂住。兩人頓時雙雙住嘴，屏住呼吸。

房門被宿媽媽敲了兩下：「吃飯了溪溪。」

宿媽媽奇怪地看了眼門把，道：「好端端的鎖門幹什麼？」

宿溪的心臟一下子提到喉嚨，也不知道是被門外的老媽嚇的，還是因為近在咫尺的屬於朝氣蓬勃的少年的呼吸有些熱，落在了她掌心。

兩人實在靠得太近了，只聽見「撲通撲通」跳得很快的心臟聲，卻分辨不出到底是誰的。

「我馬上就來！馬上！」宿溪趕緊揚聲道。

宿媽媽這才走開：「快點，等下飯菜冷了哦。」

等宿媽媽走後，宿溪這才鬆了一口氣，她坐在地上，慢慢鬆開捂住陸喚嘴巴的手，臉頰有些發燙。

陸喚不知道在想什麼，耳根也有些紅。

片刻後，他站起來，將地上的宿溪扶起來，他壓低聲音道：「抱歉，我剛剛是不是打盹了。」

「你回去之後好好休息。」宿溪生怕外面的爸媽聽見，用氣音說話：「我先出去吃飯，不然等等我媽又要來叫了。」

「好。」陸喚幫她關了冷氣，笑了笑：「去吧。」

本來是想讓陸喚沐浴完，換上來時的衣服再回去的，但沒想到宿爸爸宿媽媽提前回來，現在陸喚顯然沒辦法出房門去浴室。而且他還沒吃晚飯。

宿溪心裡一方面很忐忑，怕被爸媽發現，宛如做賊，一方面又很心疼陸喚沒吃好也沒睡好。

她走到房門口，不放心地回過頭。

陸喚立在房間裡，望著她，眉目宛如乾淨的初雪。

宿溪聽見外面父母在說話，心驚膽戰，定了定神，拉開房門。

可出去之前，她卻又再一次定住了腳步。

她再一次回過頭。

陸喚仍站在那裡，望著她的背影，眼眸裡有些不捨，似乎是想等著她出房門後，再去動手機離開。

但沒想到她一步三回頭。

不由得揚了揚眉，示意她：怎麼了？

宿溪望著他，腦海中不由自主地回想起，自己讓他很失望的那一幕幕。

京城城外兵營那一次、兵部院子裡那一次、御花園那一次。

每一次，他都是目送自己離開，就像現在這樣，等自己先下線。緩緩淡出的螢幕上，他竭力不讓失落的神色顯露出來——就像現在這樣。

以前就知道他等自己上線等得很辛苦。但現在卻因此隱隱有了些心疼的感覺……

喜歡是心疼嗎？

不想讓他不開心，也不想讓他等太久。

那麼，喜歡應該也是勇氣才對。

總不可能，他做了那麼多，自己卻什麼也不做，無動於衷地看著他宛如奔月，不顧一切地來到自己的世界。

宿溪忽然又輕輕關上了門，快步走回陸喚身邊。

陸喚還沒來得及反應，便見宿溪拽住他短袖衣角，低聲道：「你來之前，皇后那邊不是要讓你選妃嗎？你是怎麼解決的？」

此前宿溪從不在意這個，從不在意他身邊是否有別的女子，甚至還讓陸喚以為，如果有一天自己真的娶妻生子，她只怕會拍手稱快，比自己還興高采烈。

因此，此時聽到宿溪問這個，陸喚下意識以為，她要勸他回去之後不要抗旨。

他手腳冰涼，心頭無邊的失落齊齊湧來，一時之間心中有些抽痛，但定了定神，努力壓抑住，只啞聲道：「為何問這個？即便妳……」即便她如那日所言，她只把他當朋友、當崽，可他眼裡無論如何都無法容下除她以外的任何人。

已經知道了這一點，她居然還要勸他娶別人嗎？

從她口中聽到這樣的話，無論何時於陸喚而言都不亞於一場凌遲。

他想讓她不要再這麼說。可即便再怎麼惱怒，也對她說不出重話。

然而，陸喚話還沒說完，卻聽宿溪小聲道：「不准選。」

陸喚愕然，一時有些不敢相信自己的耳朵。

他懷疑自己聽錯了。

他垂下眸倉促地盯著她，有些茫然。

宿溪微微仰著頭，看著他，有些緊張地再次重複了一遍：「回去以後不許選妃，不准。」

陸喚宛如聽到了什麼石破天驚的話一般，直愣愣地看著她。

等到腦子慢慢運轉，等到理解她說的話是什麼意思之後，他窒住的呼吸一點點急促起來。

宿媽媽還在催，宿溪生怕老媽催得不耐煩，突然進房間來揪人，只好快速衝出去。

陸喚看著她關上門出去。

過了好久，他仍定定地立在她房間裡，滿腦子都是宿溪剛才那句話，心臟狂跳。

他想問明白，她到底是何意，可聽到外面她父母的聲音以及電視機打開的聲音，也知道此時實在不是時候。

宿溪在餐桌邊拉開椅子坐下，拍了拍自己有些滾燙的臉頰，才端起碗筷。

房間裡藏人，玩的簡直就是心跳！

知女莫如母，宿媽媽覺得宿溪怪怪的，但具體哪裡怪又說不上來，瞧了她兩眼，問：「妳下午幹嘛啦？玩了一下午遊戲嗎？」

宿溪扒了一口白飯，心猿意馬地道：「出去取手機了。」

宿媽媽又問：「怎麼臉上這麼紅？」

宿溪驚了一下，簡直不敢抬頭，竭力鎮定地道：「下午太陽太大，曬了一下。」

宿媽媽狐疑地看了她兩眼，但也看不出來有什麼異樣，於是幫她夾了兩筷子菜，道：「多吃點。」

陸喚前天消失時，正站在承州的官衙議事廳的屏風後，等承州刺史與另外兩個下屬前來回話。

一路上承州刺史將阿諛奉承、感恩戴德的話在肚子裡打了無數腹稿，背得滾瓜爛熟，正要去對九皇子磕頭謝恩，可誰料推門進去，卻發現──議事廳空無一人！

通知他們帶著督公與帳本前來的九殿下本人居然並不在。

而議事廳外的守衛又說，九皇子進了議事廳之後，就沒出來過。

九皇子難不成憑空消失了？

承州官衙上上下下頓時心急，生怕這位如今在京城正當勢的九皇子在承州這裡有個三長兩短，那麼，可就不只是滅九族的事了！

陸喚來承州時，帶了一列羽林軍。承州刺史生怕保不住自己的項上人頭，於是並不敢告訴他帶來的這些下屬，只敢一邊拖延，一邊暗中派人趕緊去找人！眼看著快要瞞不下去了，承州刺史急得團團轉，這才突然聽見官衙那邊來報，說九皇子查事情回來了。承州刺史提起的腦袋這才放回脖子上，忙不迭地去拜見了。

於是又是一番人仰馬翻。

多虧了承州刺史的隱瞞，因此知道陸喚無故消失的也就只有其餘幾個守衛。陸喚回來之後匆匆換了身衣服，這才開門傳人，對承州刺史道自己是去查事情了，這些守衛便以為是自己眼花，九殿下明明出去過，他們卻打盹沒看見。

這事便就此揭過。

「回來便好，回來便好。」承州刺史抹了把冷汗，道：「殿下今後有什麼想查的，何必親力親為？只管使喚下屬便是。您兩日不在，臣差點急昏了頭！」

陸喚問：「兩日？」

承州刺史回：「對，整整兩日了。」

陸喚頓了頓，道：「沒別的事了，你先退下吧。」

承州刺史這才鬆了一口氣，退了出去。

將人都遣出去，屋內空無一人之後，陸喚在桌案後坐下，和原先一樣打開幕布，而這一次，時隔十幾日，幕布終於再次出現了。且畫面上的所有東西與之前一樣，沒什麼大的出入。陸喚這才放下心。

不過，如承州刺史所言，他才不在了兩日。那麼也就是說，兩百點之後，他和小溪的世界的時間流速比似乎又發生了變化。現在，應該是徹底變成了一模一樣的時間流動了。

陸喚心中有些高興，他先前還思考過，若是自己這邊的時間瘋狂流逝，小溪那邊的時間卻流淌得極慢，那麼豈不是小溪還正年輕，自己卻已經垂垂老矣了？但現在看來，當兩百點之後兩個世界的通道徹底打開之後，兩個世界的時間也終於變得一致了。

最後一個問題便是，今後如何再去往她的世界——

四下無人，陸喚不由得起身，朝著幕布走去。

以前他試圖穿過幕布時，都會直接撲空，可現在，陸喚訝然地看著幕布彷彿變成了一道無形的門，他一腳踏進去，便回到了她的房間裡。

而此時此刻，外面的客廳裡還傳來她家電視機、洗碗的聲音，以及她母親說話的聲音。

這些聲音如此的鮮活真實，他清楚地知道她就在一牆之隔的客廳裡。

陸喚心中陡然狂喜！

他轉身再次回到自己的世界，而後又轉身，又一腳踏入她的世界。

來回數次，終於確定，之後只要幕布不消失，便可以輕而易舉地去到她的世界！

這一切對於陸喚而言都是莫大的幸運，他心中對這連接了他與她的世界的幕布感激不已，便又點開了任務系統，想看看兩百點之後，是否還有什麼任務。

就見畫面上飛快地彈出一行文字，並伴隨著熟悉的機械語音。

『請繼續接收任務十六（高級）：請促進燕國完成輕徭薄賦的法例。金幣獎勵為三千，點數獎勵為十五！』

燕國近些年來國庫較為空虛，但無論是賑災還是打仗都需要金銀糧草，於是先前皇上曾數次頒布聖旨，加重徵收各類稅賦，如此一來，民怨積累，怨聲載道，惡性循環。

若要解決這個問題，必須將層層中飽私囊的蛀蟲官員揪出來。

可這樣一來，又勢必牽扯各類勢力，牽一髮而動全身，就怕因此引來造反。

更何況，燕國地域廣闊，除京城外一共七十個大州，每個州底下又有十幾個小縣，光是入朝為官的官員便有幾千人，若是一一查起來，也不知從何查起。

這系統所頒發的任務倒是層層遞進，為國為民。

不過，陸喚心中詫異的是，竟然還有任務嗎？那麼，是否完成三百個點數之後，將會有第三個禮包？

似乎知道他心中所想，幕布上又跳出一行文字：『『十七歲已經可以娶妻生子的陸喚』請努力完成任務，三百點之後將會有第三個大禮包，穿越通道將會變成雙向。』

雙向？

意思是，此時只有他可以從他的世界去往她那邊的世界，但是若是達到了三百點，她也可以來到他的世界嗎？

陸喚心情澎湃，迫切地想要告訴她，下意識便從幕布進了她的房間。

但是房間裡空蕩蕩的，她似乎剛吃完晚飯，還在客廳。忽然聽到她房間外響起她母親的腳步聲，陸喚便又趕緊回到了自己這邊。

第二十九章 妳想看就看

承州地處燕國腹地，是連接九州之地，一向富庶，但是正因為靠近長江，所以夏季雨水旺盛時極容易洪水氾濫。

此次若不是陸喚提前得知，上書一封，匆匆趕來承州。在洪水還未釀成大患之前，提前部署官員沿河檢查，維修加固堤防。事後疏散人口，引水灌溉。恐怕承州要遭受更大的天災人禍。

因此，陸喚算是立下了一件大功。

此時承州感恩戴德，京城中也為此議論紛紛。

先前陸喚急著來承州，錯過了那道要為他甄選皇子妃的聖旨，既然是錯過，便不存在抗旨不尊，反而是太監遲來一步，回宮之後恐怕要被皇后數落。

但現在他在承州的事情已經大致結束了，下屬送來了召他回京的書信。

等到回京之後，皇帝龍顏大悅之下，勢必又要提起甄選皇子妃一事。

到時候，再找由頭拒絕，那便是真的抗旨了。

除了宿溪之外，別的女子陸喚從來都是離得遠遠的，就連府上皇后送來的丫鬟，他都為了眼不見心不煩，找個理由直接打發到看不見的地方了。

他反而更怕宿溪開原畫，興致勃勃地盯著那些稍微俊一點的羽林軍、稍微貌美一點的丫鬟瞧。因此他巴不得自己身邊都是醜人，都是侏儒，就只有自己一人玉樹臨風。

他自然從來都沒想過娶妻納妾一事，更別說甄選皇子妃了。

這次為他選妃是皇后竭力促成的，在宿溪什麼也沒說之前，他便已經打算想辦法拒絕掉了，便是抗旨，也要想出辦法。

因而前幾日還未去到她那個世界之前，他便已經修書一封，讓較為信任的一名羽林軍快馬加鞭帶回京城遞給兵部尚書。

當時陸喚的出生時辰，除了長春觀那名道姑，便沒有別的人知曉。他需要兵部尚書找到那名道姑，讓那名道姑將他的生辰八字稍稍改動一番，再散布出去。而皇上年歲已高，較為信道，他自會命宮中道長算出陸喚的命格，在二十歲弱冠之前，不宜娶妻。如此一來，此事便可大事化小，小事化了，近三年皇后都沒辦法以此事做文章。

若不是更加凶煞的命格會惹朝臣非議，被算成孤獨終老、終生無法娶妻的命格，他也無所謂。不過他已然做了萬全的安排，待到三年後，皇后那邊便未必有能力插手此事了。

但他沒想到，在他回來之前，小溪對他說了那話。

她說，不准他選妃。

陸喚心中回味著宿溪的話，心中充斥著緊張與忐忑……她的那話，到底是何意，是他所想的那般意思嗎？

他是否該問一下，問得更清楚一些？

可若她說那話，僅僅只是不希望他受到皇后擺布呢？她並沒有什麼特殊的意思，他若是弄巧成拙，豈不是丟人？

陸喚腦中胡思亂想，一下全身滾燙，一下又猶如被潑了一盆冷水，反反覆覆，心情上上下下，片刻後，他忍不住推開門，到庭院之中看著月光空明灑在青石磚上吹一下冷風。

不過無論如何，現在兩個世界已經連通，他可以自由去往她那個世界，這便足夠令他狂喜。

陸喚定下心神後，心中想著，若是今後經常去往她那個世界的話，在那邊便必須要有立足的根本。

用她那邊的話來說，便是「必須有房有車」。

他已發現，他這邊的銀票在她那邊完全無用，她那邊有另外一套紙幣當作貨幣。但是，兩個世界的金銀珠寶等物卻是通用的。

他府邸之中的銀兩大多是官銀，若是出現在她那邊，恐怕會被人發現是來自於千年以前，因而只能將一些普通的金銀帶去她那邊，兌換成她那邊的貨幣。

有錢可使鬼推磨，在她的那個世界應該也不例外。自己下次去，應當想辦法弄來一張她那個世界被稱之為「身分證」的卡片了。

這兩日陸喚不在，要處理的政務堆積不少，他點了蠟燭，一冊一冊地處理。

等到將最後一冊堆上去，窗外的月亮已經高高懸掛。

陸喚放下毛筆，坐在床榻上，打開了幕布。

此時，宿溪那邊也是深夜了，她已經穿上了柔軟舒適的棉麻睡衣，在涼被裡蜷縮成一團。

陸喚靜靜地看了她一下，有些紛亂的思緒終於得到了幾分安心。

他見宿溪在床上動來動去，似乎睡得有些不安寧，一腳便將被子踹開，小腹和腰都露在外面。睡衣稍稍掀起了一個小角，露出一些白皙的皮膚。

陸喚耳根微紅，不大敢看，但抬眼看了眼正對著她吹的冷氣，便忍不住踏進她房間裡。

他走到她床邊，俯下身，輕輕為她蓋被子。

蓋好被子，陸喚放下心來，轉身欲走，可寬大的衣袖卻被人拽住。

宿溪吃完晚飯洗完澡之後，就打開遊戲，看到系統畫面彈出一連串訊息，知道兩百點之後，陸喚應該是可以自由來到自己的這個世界了，心中興奮得根本睡不著。

本來想找陸喚說話，但見他在專心致志地處理政務，便想等他處理完後再說，可誰知就這麼歪在床上睡著了。

不過因為睡得不太沉，所以很容易就醒了。

「你來了。」宿溪裹著涼被，坐起來揉了揉眼睛，目光灼灼地看著陸喚，有些激動，壓低聲音：「我看到系統上提示三百點之後有禮包，是什麼意思？會不會是我也能去你那邊？」

陸喚被她拽得在她身邊坐下來，莞爾道：「應該是。」

宿溪頓時更加興奮，喜上眉梢。

房間裡不算烏漆墨黑，窗簾拉開著，外面的月光流淌進來，因此兩個人靜悄悄地小聲說話，這麼近的距離，還是可以將彼此看得一清二楚。

陸喚視線落在宿溪披散在白皙脖頸上的烏黑長髮上，她睡衣是長袖的，但是很薄，她一手拽著他，一手撐著床，畫了小兔子的睡衣便將她的身材勾勒出來。

陸喚喉嚨發緊，幾乎不敢再看，倉促地移開了視線，看著地板。

但宿溪怕在房間裡說話，主臥的爸媽聽見了，於是在床上用膝蓋挪了挪，又湊得離陸喚近了點，跟做賊似的小聲問：「我還沒來得及問你，選妃的事你怎麼處理的？」

陸喚聲音有點啞，解釋了下。

宿溪聽完心裡一陣難受，小聲說：「可是這樣的話……以前在寧王府的那個生辰就不是你真正的生日，現在好不容易恢復了身分，又沒辦法過真正的生日……」

陸喚心中動容，這個世上，大概就只有她會在意自己冷冷清清的生辰了吧。

他抬起眸來看她，兩人小聲說著話，就像是在夜深人靜說什麼祕密一樣，但距離實在太近了，少女柔軟的身子近在咫尺，於是陸喚渾身有些燙，又倉促地去看地板。

宿溪覺得奇怪，用手肘捅了他一下，關心地問：「你一直看地板幹什麼，我房間裡的地板有什麼嗎？」

陸喚不知道該如何回答——他匆匆站起來，說：「我先回去了，小溪，妳好好休息。」

陸喚有些懊惱自己深夜將她驚醒，原本深夜突然闖進女子的閨房，便是他唐突了。但古人這些禮義廉恥的東西，在宿溪眼裡根本不存在，所以她有些莫名的看著陸喚，不知道他怎麼說話說得好好的卻突然要走。

「別啊。」宿溪有些不滿，抓住他袖子：「我都睡不著了，不能說一下話嗎？」

陸喚望著跪坐在床上的她，心中像是燒開了翻滾的熱水，反覆思量她的那句「不准選妃」而不得安寧。她以前……不是極力撮合他和別人的嗎……
或許是心中隱隱藏著某種奢望，他終於忍不住，脫口而出地低聲問道：「小溪，我回去之前，妳……為何說那句話？」
宿溪恍然了一下，突然想起來，自己心裡糾結一番之後，主意定了，以為說了那句話就算挑明了，但是他好像還不篤定，還在患得患失——
或許是自己一退再退，讓他不敢確定吧。
她忽然有些心疼，因為這份心疼，便忍不住大膽一點，更加有勇氣一點，給他一個更加肯定的答案。
宿溪忽然跳下床站在陸喚面前。
她踮起腳，湊到他臉頰旁邊，輕輕啄了一下，笑道：「我都這種程度輕薄你了，你還不懂嗎？」
柔軟的觸感在臉頰上稍縱即逝。
陸喚陡然睜大眼睛，瞳孔裡閃過一絲不敢置信，一瞬間懷疑自己是在做夢還是什麼。他怎麼會得到他一直以來渴望的東西呢。老天從來沒這麼眷顧他過……
可是月光落在她臉上，又分明是真的。
他怔怔地看著宿溪，眼裡漸漸染上一些壓抑的狂喜。

半晌，他啞著聲，半是哀求半是克制道：「我不懂……小溪，妳把話說得再明白一些。」

宿溪臉頰很燙，心中抓狂，她難道說得還不夠明白嗎？還要怎麼把話說得更明白一點？！難不成要拿個大喇叭廣而告之嗎？！

可是事已至此，還不如一鼓作氣。

宿溪兩隻手抓著睡褲，豁出去了般小聲道：「意思就是……陸喚，我覺著我也喜歡你！」

陸喚屏住呼吸，終於聽到了她的這話，他腦中轟隆一聲炸開了。像是等了很久很久，缺水到嘴唇乾裂的乾渴之人，終於等來了他的綠洲。

他眼眶不自覺的發紅，但嘴角卻不自覺的上揚。

世間感情很少會對等，多的是求而不得，陸喚一向懂得這個道理。

因而他雖然輾轉反側，渴望有朝一日能離她更近一點，但是心裡也清楚，絕對沒有他心悅她，她便要對他付出同等感情的道理。

她將他當作一個遊戲裡的虛擬人物也罷，將他當作陪伴許久的朋友也罷，他雖然失望難過，卻從來都沒有催促的心思，更不可能去怪罪。

他只是想，只要他有足夠的耐心，一天一天地等待下去，有朝一日，總會精誠所至，金石為開。

那天幕布消失之前，見到她有意躲避自己，他心中便有些慌張。

他這幾日也有話按捺在腹中，沒來得及對她說——本來想對她說，他已想辦法拒絕掉了皇后安排的選妃，但只是因為他暫無娶妻生子的想法，希望她不必有任何心理負擔。

但沒想到，她此刻站在他眼前，對他說，她也喜歡他。

陸喚宛如眼巴巴等了許久，終於等來心愛的糖的小孩一般，雙眼發紅直勾勾地盯著宿溪，忍不住乞求更多一點：「是妳亦心悅我的意思嗎？」

宿溪不好意思地低著腦袋，小聲道：「是。」

陸喚又問：「是以後妳不會再和霍涇川之輩去相親，也不會接受除了我之外的男子的電影票的意思嗎？」

宿溪覺得哪裡怪怪的，但抬眸，看陸喚眼巴巴的，便還是答應道：「……是。」

陸喚喜上眉梢，竭力繃住神情，然而眼角眉梢的歡喜與璀璨卻根本抑制不住。

他啞聲問：「是以後會成為我的皇子妃，並且不許我多看別的女子一眼的意思嗎？」

宿溪：「……」九殿下，你是不是有點太得寸進尺了？

而且，到底為什麼那麼執著於逼我成為妒婦？！

宿溪忍不住解釋道：「陸喚，你可能不太清楚，我們這邊女生結婚的法定年紀是二十歲，跟你們那邊不太一樣……」

陸喚眼眸一下子暗淡下來：「我明白小溪妳的意思了，妳是說心悅我，但日後卻不願意嫁給我。」

「那麼，這和你們世界的『玩弄』、『PUA』有什麼區別？」

宿溪：？？？

宿溪風中凌亂地問：「PUA是誰教你的？」

陸喚道：「霍涇川。」

宿溪簡直想打死霍涇川。

眼見面前的少年越來越失落，肩膀都塌下來，一副被玩弄了而失魂落魄的樣子，宿溪只好趕緊道：「嫁嫁嫁，但是這種事也要以後再說吧，現在誰能說得準……」

然而陸喚看起來像是只聽進去了前面三個字。

他目光灼灼地盯著宿溪，歡喜快要將他的胸腔填滿：「我們那邊的人一旦許諾，便是一生，小溪，妳不可反悔。」

宿溪幽幽地道：「不反悔——但打個商量，你那邊那麼多女子，街市上走的遍地都是，我要是不讓你多看別的女子一眼，豈不是要把你眼珠子挖出來？」

宿溪沒想到她說完這話之後，陸喚心中的煙火看起來都快要炸開了。

近在咫尺，宿溪都能聽見他狂跳的心臟聲了。

他倉促地轉過身，深吸了一口氣，努力使自己稍微冷靜一點，才回過身，啞聲道：「若妳是真的因吃醋想挖，我很開心。」

宿溪：「……」

宿溪剛要討價還價，那麼以後她都不能和霍涇川一起去看電影了嗎？霍涇川應該可以排除在男性生物之外吧，但還沒來得及說，忽然聽見主臥的開門聲——

宿媽媽半夜想上廁所，卻聽見宿溪房間裡傳出來小聲說話的聲音，她忍不住走過來敲了敲門：「溪溪，妳還沒睡嗎？妳是不是又熬夜看電影？」

宿溪渾身一激靈，生怕宿媽媽下一秒就要開門進來，她睡覺前也沒鎖門，要是進來了，桌子底下完全藏不住，自己總不可能大半夜的坐在桌前，櫃子裡也全是衣服——

她心臟狂跳宛如做賊，到處看，慌亂之下只能將陸喚往床上一推。

陸喚配合地蜷起來，抓起角落裡的一大堆被子，往身上蓋。

然後宿溪光著腳，輕手輕腳地抓了個熊在床頭，製造出一大堆被子裡全是熊的樣子。

「溪溪？」聽見沒聲，宿媽媽又站在房門外問了句：「還在看劇？」

「沒。」宿溪嚇得魂飛魄散，連忙跳上床，對房門外用迷迷糊糊剛醒來的聲音道：「沒，我睡了，媽妳聽錯了，可能是樓上傳來的。」

宿媽媽有些狐疑，但也懷疑自己出現幻聽了，她對宿溪叮囑了句：「趕緊睡，快開學了，高三了別熬夜。」

然後轉身去了廁所。

老媽居然沒推門進來？！宿溪鬆了一口氣，忙道：「好！」

宿溪大氣都不敢喘一下，被壓在被子下的陸喚同樣也屏住呼吸，聽著宿媽媽從廁所裡出來，回到房間，關上了主臥的門之後，兩人才同時鬆了一口氣。

但接下來，房間裡陷入了心臟狂跳的死寂。

宿溪的床不算大，一百四十乘兩百公分，她一伸手就碰到了陸喚的身體。

陸喚剛才被她推倒在床上，混亂之中顧不上別的，一身長袍被壓得皺巴巴，他緩緩將蒙在臉上的被子拿開，抱在懷裡，看向宿溪。

也是這時候，宿溪清晰地意識到，男孩子和女孩子是不同的。

她平時躺在這床上，覺得已經很大了，怎麼翻身都不會掉下去，但是陸喚抱著被子躺在她身邊，儘管少年身形修長，薄薄肌肉精悍而並不顯得壯碩，可床卻仍一下子變小了……

也是到這個時候，宿溪才意識到，身邊的少年不只個子很高，肩膀也很寬，他能拉得動長弓，躺在自己旁邊一下子侵略性十足，自己怎麼還一直把他當短手短腳的幼崽——

實在是遊戲系統誤人！

再加上臉頰發熱、不知道是她還是陸喚的心臟怦怦怦快要跳出來的聲音，就導致這床顯得更小了。

古人云，發乎情，止乎禮，更何況小溪這邊的世界要到二十歲才能談婚論嫁。陸喚的理智告訴他，應當迅速起身，趕緊回去，可是他又怕今晚宿溪對他說的那一切，像是一場美好的夢境一般，待他回去了，這夢就醒了。

宿溪也從來沒有和男孩子躺在一張床上的經驗，儘管衣服都穿得好好的，但是仍讓人心驚膽跳。

她的理智告訴她，應該一腳將陸喚踹回他那邊的寢殿去，但一旦情竇初開，便會生出許多依依不捨的心思。

她竟然半點都不覺得睏，還想用被子蒙著腦袋，和陸喚聊聊天什麼的。

陸喚翻身下床。

宿溪卻忍不住攔住他，小聲說：「你要走了嗎？我們在被子裡說說話吧，小聲一點，裹著被子，我媽媽不會聽見的。」

「我不走。」陸喚蹲在床邊，眸子璀璨地看著她，小聲道：「妳沒趕我走，我才不離開。」

宿溪這才高興了。

陸喚伸手幫她把枕頭弄平，幫她蓋上被子，壓低聲音：「妳躺下睡覺吧。」

宿溪躺下了，把手放進被子裡，扭頭看向他：「那你呢？」

「我就在床邊。」陸喚單膝跪在床邊，手肘撐在床上，撐著腦袋，又重複了一遍：「我不走，可以嗎？」

這正合宿溪的心意，她高興地道：「好。」

少年個子很高，即便蹲在床邊成一團，也是很大的一團。

月色從窗戶透進來，落在他臉上，雖然烏黑長髮如瀑，長袍如仙，但光看臉上神情，他倒不像是穿過千年光陰而來，而是朝氣蓬勃的陷入了戀愛的年輕男孩子。

他看著宿溪，宿溪也歪著腦袋看著他。

宿溪忍不住爬起來，趴在床上，將被子扯過肩頭，蓋住自己腦袋，也蒙住床邊陸喚的腦袋。

宿溪和陸喚距離靠得很近，呼吸落在彼此的呼吸上。

陸喚耳根有些紅，像是要滴血，低聲問：「怎麼了？」

「沒什麼，感覺很神奇。」宿溪小聲道：「別看我爸媽老是把我和霍涇川配對在一起，但要是知道我真的早戀了，肯定會打死我。」

陸喚道：「十七歲在你們這邊，原來竟是早戀，燕國十七歲的那些世子們早已妻妾成群。」

宿溪說：「你還說，你看看人家，人家十七歲妻妾成群，你呢，你還在強制別人不許你多看其他的女子一眼。」

陸喚笑了笑。

他注視著宿溪，忽然道：「小溪，我想一直與妳在一起，一直陪著妳……」

「無論今後會發生何事，橫亙在我們之間的有什麼，光陰也好，困難也好，我只要妳一個。我固然放不下燕國，但若當真要做出選擇，我仍會來到妳的世界……」

——即便很自私。

他有很多很多的話想說。

他明白，對宿溪而言，他並非這個世界經常在操場上打籃球的男孩子，也並非可以請她去看電影的校草之類的男生，和那些人談戀愛，定然會輕鬆很多，不必去思考兩個世界的事情，也不必去擔憂對方有一天突然消失在這個世界。

但他也想說，若她喜歡，他也會學習，如同這個世界的普通男孩子一般，去考駕照，開著那種有四個輪子的馬車，從後車箱拿出一束花，對她提出看電影的邀約……

和他在一起，或許會出現一些挫折，但無論出現什麼困難，他都會用跑的來找她。

他別的什麼都不怕。

唯獨怕有一天讓她覺得為難。

怕有一天，他和他的那個世界，成了她想要逃避的東西。

被子蒙著兩人的腦袋，有些熱，也有些面紅耳赤的灼熱感。

陸喚話沒說完，可宿溪卻理解他所有的不安。

她心裡軟軟的，忍不住用鼻尖蹭了蹭他挺拔的鼻尖。

她將被子拽了拽，小聲說：「無論發生什麼，我都會陪你一起的。你還不明白嗎，這是我因為終於意識到自己喜歡你而做出的選擇，並不是你逼迫我的。」

再度從她口中聽到「喜歡」二字，陸喚宛如吃到了最心愛的蛋糕，心中一片饜足。

他心想，他想要將世間最好的一切都給她，但是這話他可不能說出來。

宿溪近距離地瞧著陸喚，些許月光從被子的縫隙中照進來，讓他俊美無儔的臉龐近在咫尺。

宿溪盯著他的眉毛、眼睛，一路下滑，落到他嘴唇上。

宿溪不由自主地變成了一個快要昏過去的外貌協會。

她想到了什麼，忽然捂著臉美滋滋地道：「等弄好了身分證，你出現在我學校一次吧。」

陸喚伸手將宿溪被棉被壓得亂七八糟的頭髮撥了撥，低聲問：「怎麼？」

他還以為小溪是希望他和這個世界的男生一樣，去接她放學，但——

只見宿溪眼睛放光地道：「來自古代的男朋友長得這麼好看，我不炫耀，太虧本了。」

陸喚：「……」

陸喚心中幽幽地想，他恨不得全世界的人眼睛都瞎了，只有他一個人能看到她，或是將她帶回燕國藏起來，誰也瞧不見她。

可她卻像是完全不介意別人看他一般。

但好在「男朋友」三個字，令陸喚稍稍振奮起來。

無論如何，被承認的男朋友總比不被承認的男朋友好。

「好。」陸喚允諾道。

他將被子從宿溪頭頂輕輕扯下來，讓她躺好，幫她蓋被子：「睡吧，我守著妳。」

宿溪以為陸喚在自己身邊，自己無論如何都睡不著，畢竟要注意形象，但萬萬沒想到，或許是心中安心的緣故，竟然沒多久便睡著了。

一夜好夢。

翌日，她醒來時，見到窗簾被拉上了，陽光沒有曬在自己臉上，只溫和地從窗簾中透進來些許。

桌子上的筆記本留下了一行字。

陸喚寫道：我今日從永州啟程回京，回京之後來找妳。

他用慣了毛筆，不習慣用中性筆，因此這字跡沒有平日寫得好看。可即便如此，仍是一撇一捺，很有風骨，和學校裡的臭男生很不同。

宿溪盯著桌上的紙條看了很久，又看了眼窗外的豔陽晴天，心中像是快要溢出來的溏心蛋，暖洋洋的。

她將筆記本放進抽屜裡，伸了個懶腰，換上運動裝束，出門去晨跑順便買早餐。

戀愛使人心情好，在社區門口遇到散步的爺爺阿姨們，宿溪都笑吟吟地主動打了招呼，但是排隊買餛飩，一轉身遇到隊伍後面打著呵欠的霍涇川時，她想到昨晚的事，忍不住瞪了霍涇川一眼。

霍涇川被瞪清醒了，伸手搶宿溪買好的餛飩。

宿溪將餛飩拎得老遠，讓他碰不到。

霍涇川擰眉問：「妳幹嘛？大早上的吃炸藥了？」

宿溪拎著餛飩往回走，對他道：「你別教陸喚那些有的沒的，他還沒受到網路社會的汙染，還很乾淨。」

「乾淨？我看是空白吧。我還想問妳呢，妳那朋友長得跟大明星似的，怎麼讓人感覺像是從山裡來的一樣。」霍涇川笑了：「他剛開通網路嗎，我問他有沒有社群帳號，他竟然還問我那是什麼，我問他知不知道某個女星是誰，他一本正經地跟我說他只知道宿溪是誰。」

宿溪快被霍涇川氣死了：「你讓他了解這些幹什麼？！」

古代的那些後宮也就罷了，被崽崽親手掐死在腹中了，但是二十一世紀的漂亮女明星可多了，萬一崽突然覺得哪個漂亮呢？

「不僅是這個，還有籃球，現在即便是山上的暴發戶男生也會打籃球吧，為什麼他連幾個球星都不知道？」霍涇川道。

宿溪聽不得霍涇川嘲笑的語氣，不由自主護犢子：「他騎射很厲害，帶兵打仗很厲害，你要和他比嗎？」

「帶兵打仗？」霍涇川納悶地問：「遊戲裡他玩將軍角色？」

宿溪：「……」

宿溪什麼也不想說了，扭頭就走，然而霍涇川十分無聊，追上來對她道：「附近球場被我們班上幾個男生占了，但是這幾天一直缺人，妳要是有陸兄的聯絡方式，讓他來打籃球唄，他一百八十幾的身高，不打籃球真的可惜了。」

宿溪才不想讓陸喚和霍涇川他們打籃球，男孩子們打籃球總是會發生碰撞，膝蓋撞得青一塊紫一塊，想想就讓人心疼。霍涇川皮糙肉厚也就罷了，陸喚皮膚那麼白，擰一下都會瘀青，打籃球肯定容易撞壞。

但宿溪又想，陸喚他未必不願意，他或許比自己想像中的還更迫切於融入這個世界。於是她想了想，對霍涇川說：「好。」

霍涇川很高興，扭頭往餛飩攤那邊走，一邊走還一邊傳訊息給籃球群裡的幾個男生說拉到人了。

男生們的友誼十分容易建立，打一場籃球就是生死之交了。

宿溪懷疑他追著自己說了這麼多，根本就是想要到陸喚聯絡方式，好約他打籃球……要怪只能怪陸喚太討人喜歡……但是很快想到能文能武、這麼討人喜歡的俊美少年是自己一個人的，宿溪又高興了起來。

吃完晚飯，宿溪洗完碗，掏出手機打開購物軟體。前幾天陸喚來得匆忙，先跟霍涇川借衣服穿，但是如果以後他會經常來到自己的世界的話，還要先幫他準備一些衣服和日用品。

宿溪的審美還行，買女孩子的衣服還不錯，但是買男生穿的衣服，卻有些摸不著頭腦——主要是她不知道陸喚具體的身高尺碼。

擔心買了之後退換貨很麻煩，宿溪便先選中了一些款式，但還沒下手。

白日她打開手機遊戲，見螢幕裡的陸喚一直在趕路，馬匹日行千里，倉促奔忙，便也不好打擾。

夜裡，陸喚和一列羽林軍在贛州一間客棧夜宿，他沐浴完後，穿著中衣坐在床上，遲遲未眠。他想過去找宿溪，但又怕去得太頻繁打攪宿溪。畢竟昨晚已經去過了，若是今晚再去——可終究忍不住，陸喚心想，只打開幕布看一看，並不過去。

可誰料，他剛打開幕布，宿溪就等著他了，對他勾勾手指頭：「過來。」

陸喚迅速起身穿好外袍，束好腰帶，裝作若無其事，並沒有眼巴巴地等待的樣子，一腳踏入宿溪房內：「小溪，怎麼？」

這時爸媽還沒回來，宿溪為了以防萬一，還把房門鎖上了，對他道：「把外袍脫下來。」

陸喚：「……」

陸喚耳根紅欲滴血，遲遲未動。宿溪有點不解，問：「怎麼啦？脫一下。」

陸喚努力讓自己心無雜念，轉過身，將剛剛束上的腰帶解下來，放於旁邊的桌上，隨後開始脫外袍。宿溪生怕等等量尺寸量到一半，爸媽回來了，於是不停催促：「快點。」

還忍不住踮起腳，幫陸喚把外袍拉下來。

古代的衣服和現代的並不同，比現代的還寬鬆、鬆垮很多。大約是她過於心急，動作粗魯了些，再加上陸喚在客棧也剛沐浴完，中衣只穿上，並未束腰帶，以至於被她這麼踮起腳一拉，半邊肩頭便滑落下來。

於是陸喚的肩膀到鎖骨，以及半邊胸膛猝不及防地裸露在宿溪面前。

宿溪：「……」

陸喚：「……」

上一次見到還是隔著一層螢幕，這一次卻是直接帶著溫度的，視覺衝擊力非常大，宿溪清心寡欲了十七年，別說看到男生的胸膛了，就連男生的手都沒牽過——平時跟著顧沁開黃腔，其實都是吹牛而已，實際上她連色情漫畫都沒看過！

眼睜睜地看著衣袍散落後，面前少年線條優美的薄薄的肌肉露了出來，宿溪臉上的猴急還沒收拾起來，頓時慌張，臉頰燙得不行，七手八腳地幫他把衣服拉好：「我不是故意的。」

「無礙。」陸喚在她頭頂紅了耳根，靦腆地道：「如今妳想看就看。」

宿溪：「……」

雖然不懂「外貌協會」為何物，但是陸喚早就發現，宿溪喜歡「美人」。不只是喜歡盯著他的臉看，還喜歡去看拋繡球的那種美女，更喜歡去煙花之地尋覓美女。上次看到萬三錢之女，雖然當時看不到宿溪的表情，但是光從宿溪的反應，陸喚便知道螢幕前的她必定是兩眼放光。

對於宿溪的這個喜好，陸喚心中有些咬牙切齒。

燕國俊男美女那麼多，若非她一直沒開原畫，恐怕她早就在萬花叢中迷了眼，可能根本不記得自己了。

不僅是燕國，她的世界，英俊之人也很多。霍涇川拿著幾張女明星的照片來問陸喚，認不認識她們時，陸喚才意識到，這個世界有一種職業，以外貌謀生，好看的人不比燕國少。

陸喚心中的危機感上升兩倍。

他讀古書時，見到「以色侍人」的古例，素來會皺起眉頭，然而，他如今卻有些理解那些「以色侍人」之人的心理了。

被別人盯著瞧，他會心生不悅。可唯獨在宿溪這裡，他希望宿溪多盯著他，只盯著他。別人覺得他俊美，他只覺得渾身疙瘩快要起來了，可小溪說他好看，他心中卻怦怦直跳。

他看著宿溪不敢抬起的腦袋，定了定心神，道：「即便妳是故意的，也無妨。」

宿溪：「……」

宿溪心中抓狂，要怎麼解釋她不是動不動就拉人衣服的色情狂魔？！她雖然是外貌協會，但也是一位頂天立地、純潔的外貌協會！

「快穿好衣服！」宿溪吼道。

陸喚慢吞吞地穿好了中衣：「好了。」

宿溪這才抬頭，看他衣衫整齊，鬆了口氣，掏出捲尺幫他量尺寸。踮腳量完了手臂，去量胸圍，然後將他上身中衣微微掀起，從他腰間量到腳踝。陸喚穿著一身雪白中衣，立在原地很挺拔，乖乖讓她擺弄。

宿溪將量好的尺寸記錄在小本子上，鬆了一口氣，抬頭對陸喚道：「好了，需要你的事情做完了，你走吧。」

她腦子裡剛才那一幕揮之不去，需要靜靜。

陸喚：「……」

陸喚委屈地看了她兩眼，但見她沒有留他的意思，便只好回去了——初始畫面在她家裡，實在諸多不便。

不僅要時刻擔憂她父母何時回來，而且這樣始終不符禮儀，虧待了她。

陸喚心想，必須早日在她的那個世界買下一處住宅了。

承州水患成功治理而歸，京城官員對此諸多嘉許，上奏表彰。皇上下旨，讓陸喚盡快回京，不過，陸喚回京當日已經是夜裡了，於是最早也要等到翌日才能進宮面聖。

因而，當晚他趁著這個時間，去了一趟京城外的農莊，見了仲甘平等人一面。陸喚當初以別的戶名寄存在錢莊的銀兩如今已經猶如滾雪球一般，越滾越多。皇宮中賞賜的官銀不可典當，但是民間的一些碎銀卻可以拿出去用。

他取了一些碎銀，又取了一些珊瑚鎮紙之類的古董，換上那日霍兄的衣物，來到宿溪這邊。

宿溪正在熟睡，他並未打擾，大步流星地拎著包袱，去了宿溪這個世界城中的一處小巷。

他用霍涇川的手機查了一些資料，得知這個世界的身分資訊需用「加密演算法」等現代科技，雖然不擅長上網，不過他也甄別出了一些有用的資訊，從中篩選出一個應該能幫得上忙的人的聯絡方式。

至於身分，登記一張孤兒身分資訊應該不是什麼難事。

名字便用「衍清」二字。

第三十章　覺得你可愛

有鎮遠將軍等人的支持，陸喚在朝中處境並不艱難，反而勢頭漸起，逐漸成為除了太子和五皇子之外的新勢力。

他尚未去承州之前，便已有許多門客想方設法投入他的府中，待到他又立下承州的大功，在金鑾殿上讓龍顏大悅之後，每日登門拜訪的官員更是踏破門檻。

這些人送來的大禮也是千奇百樣，送雲霧毫尖、金雕珊瑚珠寶的也就罷了，竟然還有送來匠人，想要替他改造皇子府。陸喚喜靜，自然不喜歡一大堆人天天往府裡搬假山，於是將這些人統統拒之門外了。

皇上倒是對此樂見其成，燕國並無必須傳位於長子的律法，一向是能者居之，新出來一個老九，激起太子與五皇子等人的鬥志，未嘗不是一件好事，至少能讓太子更加專心於朝政，不再認為碌碌無為就可以輕鬆坐擁天下。

而陸喚透過兵部尚書對皇上傳達了自己的生辰八字之後，皇后在皇上那裡吃了個閉門羹，知曉若是再試圖透過選妃一事安排人到陸喚身邊，恐怕會惹怒皇上，於是只好暫時作罷。

陸喚恢復九皇子身分之後，京城中的官員上門議親也不在少數，但皇后和太子那邊沒動靜之後，這些踏破九皇子府門檻的，也漸漸消失了。

陸喚在府中，總算可以清淨一段時間。

趁此機會，他處理了許多政務，又抓緊時間在系統中接收了新的任務。

最近京城中發生了幾起流寇作亂導致的偷竊搶劫事件。

原本這些若是發生在各州，只算是普通的民事案件，但因為發生在天子腳下，且前幾日太后前去禮佛時剛好撞見，差點受到驚嚇暈厥過去，所以皇帝對眾官員責令下去，盡快處理此事。

將幾個流寇抓進大牢，只是一件十分簡單的事情，京兆尹派幾個人便可以。

但若是想要從根本上解決此事，還要徹查京城各大賭坊與煙花之地，胡商來往極多的東西市，以及管理混亂的外城及城外。頻頻作亂的流寇大多藏匿於城外。

範圍不可謂不大。

可即便徹查這些地方，在流寇還未作亂之前，也分辨不出來到底誰是普通百姓，誰是歹人。

一來二去，刑部和京兆尹拿不出主意，在金鑾殿上吵成一團。

而短短兩日，京城中再度發生了兩起命案。

系統發布的任務十七便是有關於此：『請接收任務十七：京城中命案頻發，引起百姓惶恐，請盡快想到辦法，降低犯案率，並推行至各州！獎勵金幣加三千，獎勵點數加十五。』

陸喚接下這個任務之後，一時倒也沒有輕舉妄動。先讓屬下去大理寺將近段時間以來，犯下命案被抓進大牢裡的犯人的檔案卷冊取來，查看一下原因為何。

近段時間五皇子有意和他爭搶，這件事皇帝已經交給了五皇子去辦，他明面上不能查案，因此他特地讓下屬去兵部尚書府中，繞了個彎才弄來了卷冊。

等到卷冊被呈上來，陸喚花了一晚上時間，將其翻閱了一遍，大致有了些頭緒。

天亮之前，他讓人將卷冊送了回去，同時對底下吩咐一些事情。

宿溪打開手機見到他在處理政務，也知道他大概是在調查任務十七。

宿溪懶洋洋的，都不打算參與了。反正不管發生什麼事，他都會處理得很好。以前宿溪事事都很緊張，都要幫襯著，是因為老母親的心態，總覺得對崽崽不放心，怕他受傷。但自從北境一戰之後，宿溪發現他在這些事情上已經不怎麼需要自己了。

尤其現在是在京城，即便五皇子和太子等人看崽崽不爽，也不可能在天子腳下刺殺。玩心計，他們哪裡玩得過崽崽，誰弄死誰還說不準呢。因此更沒有宿溪操心的機會了。

她在北境時還為此難過、鬱悶過，覺得崽崽不再需要自己了，但是現在宿溪已經很順利地從親媽粉調節到了女友粉的心態——男朋友有能力有擔當，不需要自己操心還不好嗎？！多欣賞他的外表不好嗎？！

而且實際上，看宮鬥、政鬥的電視劇宿溪看得很開心，但是真讓她參與進去，她是一臉呆滯腦子不太夠用，因此反正家裡另一半腦子聰明，她這一半就躺平了。

陸喚這邊的事情還需等待，他亦不是每日都需要上朝，因此這日白天，他上午處理完政務之後，便讓自己下班，交代外面的守衛不要讓人進來，自己打算小憩，但一轉身，就來到了宿溪這邊。

宿溪爸媽都不在家，宿溪正在房間裡悄悄拆快遞，見到陸喚來，眼前一亮，對他神祕兮兮地道：「快來，幫我拆包裹。」

陸喚拂起衣袍在她身邊蹲下來，將面前的一個箱子轉了一下，看了眼發貨地址。發貨地址是兩個省之外的地方，距離宿溪家幾乎有幾千公里了，他不由得感慨道：「前日購入，今日便到，竟然如此之快。」

宿溪放下手中的剪刀，看向他：「陸喚，你怎麼知道我前天買的？你又偷看我！」

視訊就是這點不好了，隨時隨地可以看到對方。

宿溪剛知道陸喚只要一打開幕布就可以看到自己時，臉頰發燙得不行，一連堅持洗了好幾天的頭，每天在沙發上規規矩矩地坐著，竭力做個精緻女孩。

但是還沒堅持四天，她就堅持不住了……維持形象真他媽太累了……她還是恢復了躺在沙發上吃洋芋片的懶散樣子。

為此，她逼迫陸喚不要隨時隨地打開幕布看自己，要看的話一定要提前和自己說，至少讓自己衝進浴室往臉上抹點化妝品吧！

陸喚沒想到自己一不小心說漏嘴，頓時語塞。

宿溪氣成球：「而且還是在上朝的時候！」

她買衣服給陸喚，是想給他一個驚喜，不想讓他在幕布裡看到，所以特地挑了他上朝不可能打開幕布時下單。

陸喚一邊將面前的快遞徒手撕開，一邊抬眸，有些委屈地道：「金鑾殿上朝廷百官吵來吵去，實在是讓人頭疼。」

吵得他腦子嗡嗡響，他只想打開幕布看看她在做什麼，圖個清靜。

宿溪將快遞包裝扔在一邊，將裡面的十幾件衣服拿出來，懊惱地說：「可這樣就完全沒辦法給你驚喜了。」

陸喚看著她拿出衣服，頓時意外地睜大眼睛，露出喜上眉梢的表情，驚喜地問：「小溪，這是買給我的嗎？！」

宿溪：「……」

宿溪被他故作亮晶晶的眼神逗笑，往他肩膀上捶了下：「好了，別裝了。」

陸喚見她笑了，也才笑起來。

他見到宿溪一直蹲在地上，忍不住將她拉起來，說：「坐床上，小心腿麻。」

他不說宿溪還沒覺得，一站起來果然覺得兩隻腿都麻了，便一屁股坐在床上，但是越是坐下來，從腳趾到膝蓋更是猶如布滿了麻點一般，宿溪忍不住吸了口氣。

「果然麻了嗎？」陸喚又扶著她站起來，讓她走兩步，等她恢復了一些之後，才讓她在床上坐下，順勢在她面前蹲下來，左手按著她的腳踝，右手將她的拖鞋摘了，輕輕揉起她腳掌上的湧泉穴。

宿溪有點不好意思，但他力道不輕不重，被按得很爽，彷彿連她多年痛經的毛病都能緩解一般，她不由得別開臉。

過了一下宿溪抽出小腿，對他道：「你快試試。」

陸喚扭頭看了眼一地的衣服，心中動容，回頭問她：「原來那日妳幫我量尺寸，是為了這個。」

「不然是為了什麼？」宿溪笑著道。

陸喚依然蹲在她面前：「我還在寧王府的時候，忽然有一天見到破舊的衣櫥裡多了一排大氅，那時我便想，不知道是誰在暗中幫我。當時我無論如何都想不到是另一個世界的人，也想像不出來妳的容貌。」

他說這話，宿溪的視線忍不住落在他衣襟處露出來的一小片鎖骨上，那裡還有淺淺的鞭傷疤痕。宿溪笑著道：「胡說，你以為當時我不知道你的心理活動，你明明是警惕萬分，覺得送東西給你的人是大壞蛋。」

陸喚聽她這話，莞爾了一下。

宿溪見他好看的笑容，心神蕩漾，但同時又有些酸楚，她張開手對陸喚道：「抱一下。」

宿溪太跳躍，陸喚沒反應過來，耳根陡然一紅：「為何突然要抱？」

宿溪惱羞成怒：「快點，抱不抱，不抱算了。」

她話音未落，陸喚就陡然站起身，俯下身擁住了她，宿溪坐在床上，被他壓得微微往後仰，腰脊有些難受，發出了一聲輕哼。

陸喚感覺得到，於是翻了個身，在床沿坐下來，掐住宿溪的腰，輕而易舉地將她放在了自己膝蓋上。

他緊緊抱著宿溪，將腦袋埋在宿溪脖頸處。

宿溪感覺到貼著自己的少年胸膛裡的心臟跳動，感受到他的快樂和慰藉，無關乎任何欲望，他就只是單純地擁抱他的唯一罷了。宿溪的手放在陸喚的脖子上，說：「都過去了。」

陸喚搖搖頭，道：「不必安慰我，我並不覺得那時苦。」

宿溪：「為什麼？」

陸喚道：「前十四年只是受了一些皮肉之苦罷了，而且我現在都快不記得發生過什麼了，我感覺我的人生是從一個風雪之夜，我的茶壺裡突然多了水才開始的。那之後喜怒哀樂才開始清晰起來。至於先前——寧王府中有多少下人，長什麼樣子，我半點也沒留心。不過，要是可以的話，幕布早點出現在我面前就好了。」

宿溪不解，從陸喚的胸膛裡將腦袋抬起來，看著他。

陸喚也抬起頭來，垂眸看她，莞爾：「想多幫妳跑幾次八百公尺，偷偷往妳口袋裡塞零用錢。」

「零用錢？！」宿溪頓時眼睛亮了：「說話算話！我幫你買衣服花了好多錢，快窮了。」

陸喚將手伸入懷中掏了掏，忽然掏出一張銀行的卡遞給她。

宿溪一頭霧水。

陸喚：「我有身分證了，開了戶，這是金融卡，裡面應該有——」

陸喚讓人幫忙倒賣了一些銀兩和辨不清楚年份的寶石，賣來的人民幣全放進了這張卡裡，他不大記得有幾位數，但是應該在六位數以上。

他道：「應該有一些錢，密碼是妳生日，妳改天去看看。」

宿溪頓時從他身上跳起來，兩隻眼睛興奮地充滿了金錢的符號，對啊，她怎麼沒想到，陸喚隨便從古代帶點什麼過來，都能賣好大一筆錢了——遊戲系統是他的親爸爸吧，憑什麼兩百點是他能夠穿過來，而自己還要等三百點才能過去啊！

「買手機！」宿溪拽著陸喚往外走，興沖沖地說：「有錢了我們去買部手機吧，我先教會你手機的更多功能，你別跟著霍涇川學了，我怕他把你教壞。」

陸喚笑了笑，無奈道：「先換衣服。」

「對對對。」宿溪已經被突如其來的橫財沖昏了頭。

她美滋滋地捏著卡，道：「你快換，我轉過身去！」

「穿哪一件？」陸喚看著地上的一堆還沒拆封的衣服，這些短袖、休閒衣在他眼中看起來差不多，也分辨不大出來衣服款式。

「今天好像降溫……」宿溪轉過身，幫他挑了一件黑色骷髏騎士休閒衣，一條淺色的褲子，然後一雙白色運動鞋。她興致勃勃地遞給他，然後就關上房門出去了，在外面催促他趕緊換，宿溪有點興奮——又到了她最愛的環節，看男朋友變裝的環節。

過沒多久，房門開了。

陸喚將地上那堆包裹收拾了下，放在床腳，然後將快遞包裝壓縮成一堆，拎著走出來。

「換好了？」宿溪目光灼灼地看著他。

他烏黑頭髮宛如瀑布一般，實在太長，這一時片刻也不能剪短，畢竟還要回到燕國處理政務。於是只能從包裹中拿了頂鴨舌帽戴在頭頂。幸好他鼻梁又高又挺，一張英俊的臉不會讓人錯認性別。

宿溪第一次看陸喚這樣穿，一百八十五的身高穿著加大尺碼的休閒衣，和乾淨的白色運動鞋，寬肩長腿，看起來就像是機場走秀的年輕偶像一樣，無論往哪裡的人群中一站，都絕對鶴立雞群。

「怎麼？」陸喚見宿溪目不轉睛，有點局促，他不怎麼穿得慣這個朝代的裝束，尤其是胸前閃閃發亮的兩個大骷髏，不知道是什麼審美，但偏偏是宿溪買的，他不能表現出偏見。

「好帥。」宿溪眼睛發光。

陸喚心知她喜歡自己有一半大約是因為自己的臉，自然願意在她面前將臉露出來。

但他不喜歡被外面的人圍觀，於是微微皺眉，考慮是否出去買一個口罩。

但這話還未問出口，就見宿溪忽然雀躍地朝他懷裡奔過來，一下子撲進了他懷裡。

「嗚嗚嗚好帥，我好喜歡。」宿溪抱著他的腰不放手，腦袋在他懷裡蹭來蹭去。

陸喚：「……」

他方才要說什麼來著，他已全然忘了。

不像燕國那邊，約會還可以逛胭脂鋪、看花戲、放河燈，現代社會情侶們約會無非吃飯、看電影、KTV三部曲，無聊至極。

平時班上同學約宿溪出去做這些，宿溪都沒什麼興致，覺得還不如宅在家裡睡懶覺。但現在她才知道，不是這些事情太無聊，而是一起玩耍的人實在是太常見了，宛如天天都要吃的白飯，在學校裡天天朝夕相處也就罷了，放假了還要約出來，哪能讓人提得起興致？

但是和喜歡的人在一起做點什麼，那感受就完全不一樣了啊。

宿溪拉著陸喚去商場，在電扶梯前，兩人止住了腳步。

陸喚雖然已經花了半年時間，對現代文明有了些研究，但是畢竟時間不夠充裕，大廈裡面的事物都只是匆匆掃過的，還沒仔細研究過這種竟然能載人緩緩向上的階梯。

他單腳踏上去，過了幾秒之後，另一隻腳也踏了上去。

他眉梢上挑，對電扶梯的動能饒有興趣。

宿溪光是看他這副樣子，都覺得可愛，都覺得看得津津有味、興致盎然，哪裡還會覺得無聊？只恨時間不夠用，他到時候又要回燕國上班，不能跟她去學校。

大約是平日的緣故，商場人不太多，但是兩人所經之處，櫃姐與顧客們忍不住紛紛看向陸喚和宿溪。只覺得這兩人鶴立雞群，男孩子高大俊美，女孩子膚白可愛，站在一起非常吸引人的目光。雖然男生鴨舌帽下的長髮有些突兀，但不知道為什麼，那女生站在他身邊，眼眸彎彎的，便奇妙地中和了這種突兀感。

上電扶梯後，宿溪和陸喚並肩朝一家飲料店走去。

宿溪想讓來自古代的陸喚也嘗一嘗她這邊現代的美食，第一大特色當然是各種好喝的飲料。

走在他們前面的看起來也是一對從學校裡出來的情侶，那兩人親密多了，還穿了情侶帽T。陸喚抬手壓了壓帽檐，盯著那兩人一大一小尺寸的衣服看了一下，又看了眼宿溪，眼裡閃過疑惑，竟然還有這種操作？

畢竟燕國的男女服飾涇渭分明，從來沒有男子與女子穿著一大一小同樣的衣裳。

宿溪被他求知欲十足的眼神逗得心中一樂，忍不住朝他靠近了點，然後扭開頭，假裝若無其事地……抱住了他的手臂。

確認關係之後，牽手擁抱分明應該是一件很自然的事情，但大約兩人都是青澀的新手，導致第一次做起來，一切都像是放了慢動作一般——

這一瞬空氣中的氣味、周遭路過的店鋪、所穿的衣服，都因此而變成了記憶裡鮮活的一道風景。

「……」陸喚同手同腳了一下，才努力恢復正常行走。

他怦怦的心跳聲在胸腔和耳膜裡咚個不停，方才在家裡宿溪突然撲上來抱住他，只是抱了一下下，他便已經花一路的時間來平復心情了，而現在，宿溪還直接用兩隻手宛如無尾熊抱尤加利樹一般拖著他手臂，可能、大概、應該會抱很久？

陸喚修長的手指垂在身側，緊張地捏了捏，震顫和歡喜隨著血液抵達頭頂，猶如過電。

他咳了下，竭力讓自己自然一點。

就是平日裡平衡極好、上能騎馬帶兵、下能力挽長弓的四肢居然有點不聽使喚，走得不太順暢。

以及……嘴角控制不住地上揚。

宿溪也有點緊張，畢竟大庭廣眾之下嘛。但是礙於身邊的九殿下繁文縟節太重了，分明很想和自己親近一點，都快想瘋了，但硬是一直忍著，自己要是不主動一點，什麼時候才能和別的情侶一樣晃手手。

她也毫無經驗，但是即便外強中乾，也要若無其事地裝出很熟練的樣子。

於是她將陸喚的手臂抱得更緊了。

陸喚手臂被掐得有些疼，但漆黑的眸子極亮，心中宛如豔陽晴天。

兩人心照不宣，耳朵緋紅、竭力裝作很自然的樣子，走進了飲料店。

宿溪指了指幾個招牌飲品，對應著圖片，對陸喚介紹道：「這是珍珠，這是椰果，這是奶蓋，都是一些可以加在飲料裡的東西。你可以將飲料理解成一種調料手法比較特殊的飲用之物。你想喝什麼，菜單上有很多圖片，你看看。」

陸喚看著她：「妳想喝什麼？」

宿溪毫不猶豫道：「霸氣芝士草莓。」她百喝不厭的只有這個了。

陸喚轉頭對服務員道：「兩杯霸氣芝士草莓，一杯微糖去冰，另一杯隨意，多謝。」

宿溪忍俊不禁，來這個世界久了，連怎麼點飲料他都學會了。

兩個服務員都是男生，抬起頭看他，有些被他大約一百八十五的身高驚到——其實這身高也不算突兀，畢竟現代營養好，長得高的男孩子一大堆。

但不知道是不是因為櫃檯外面這位穿著黑色休閒衣、戴鴨舌帽的男孩脊背格外挺拔，渾身有種說不出來的馬背挽弓、滿月長劍的氣質，以至於讓人感覺他格外的高，而且儘管他神情溫和，眸帶笑意，但他往那裡一站，無形中便已有了壓迫感。

兩個服務員將發票遞給宿溪，還沒從中反應過來，陸喚便拉著宿溪在角落坐下了。因為人不多，兩杯芝士草莓很快便好了。

陸喚去拿過來。

「這是吸管。」宿溪耐心地教他。

這些細節之物，即便陸喚此前沒見過，可初次見到，還是能夠一點就通。他修長白皙、骨節分明的手指，將宿溪面前那根吸管的白紙套子摘掉了，俐落地插進那杯微糖去冰的芝士草莓飲品中，隨即遞給她，感嘆道：「科技改變生活。」

宿溪懶洋洋的用手托著腮，看著他：「嗯啊。」

陸喚遞到她嘴邊。

宿溪喝了一口，笑眸彎彎。

雖然被伺候周到的是宿溪，但陸喚神色看起來比她還要高興，精神振奮，像是恨不得衝到櫃檯前面，再買一千杯，一杯一杯幫她放進吸管似的。

「你快喝啊。」宿溪捧過自己的那杯，慫恿他。

陸喚這才嘗了一口。

宿溪期盼地看著他，問：「怎麼樣？」

「第一次嘗，有些甜，沒什麼果味。」陸喚評價道：「不過我很喜歡。」

宿溪高興道：「你大概喝不下了，下次來再帶你嘗嘗別的味道，還有，我們這裡好吃的好喝的可多了，還有火鍋、烤肉、壽司、吃到飽——你都沒吃過吧，都可以一個一個去嘗了。」

這些對於陸喚來說的確都是新奇之物，不過他素來對美食佳餚沒有過多的欲望，因此聽見這些神色一直如常，他只是喜歡和宿溪一起做些事情罷了，無論所做之事為何。

而宿溪自己都把自己說得有些饞了，她看陸喚一直笑意璀璨地瞧著她，有些不好意思地抹了抹嘴角。

以前聽別人說談戀愛時無論做什麼小事都覺得快樂，宿溪還嗤之以鼻，可現在卻發現原來真的是這樣。

來商場買杯奶茶坐下來喝，原本只是件稀鬆平常的事情，但因為做這件事情是和陸喚一起，於是再平凡的事情，都讓她覺得很快樂。

心裡像是住進了一隻莽撞的貓，她看著陸喚時，那尾巴撓一撓她的心尖，讓她心尖癢癢的，其他時候又慵懶地趴成一灘，讓她每一分每一秒都有種饜足感。

喝完飲料原本打算看電影，但是宿溪看到今天也沒什麼好看的電影上映，於是取消了這個計畫，反正等有好片上映，再把陸喚從那個世界拽過來，也來得及。

於是兩人散步往回走。

一路上宿溪剛好可以對陸喚介紹各種城市建築物，美術館、手工店、人行道、紅綠燈之類的。

上次陸喚來得匆忙，且不確定穿越機制，宿溪心裡掛著事情沒心情閒逛，但現在一切塵埃落定，知道他隨時可以來到她的世界，她就變得悠悠然了。

陸喚也一樣，雖然仍然與這個世界格格不入，很多戀愛技巧他也不懂，但他見到飛速飛過去的汽車，便下意識走在了靠近汽車道的那側，將宿溪護在內側。

等到有綠化帶的地方，他帶著宿溪走在裡面。

這些完全是無師自通的東西。

夏末秋初，天上蔚藍無雲，天氣涼爽不熱剛剛好，不過散一下步也容易覺得累。

陸喚忍不住停住腳步，轉頭看著宿溪，宿溪拿著還沒喝完的草莓奶茶，喝了一口，問：「怎麼了？」

「距離家裡還有一段距離，我背妳嗎？」雖然是問句的語氣，但陸喚耳廓微紅，眸子裡是期盼之意。

他早就想這麼做了，還在另一個世界宿溪讓他做伏地挺身時，他就想這麼做了。

後來才知道，他根本沒有背過宿溪，當時壓在背上的不過是宿溪的一根手指頭，他在宿溪眼中還是個短手短腳的侏儒……

光是這麼想，陸喚就覺得有些氣結。

他竭力不去想這些丟臉的事情，沒等宿溪反應過來，便抱住她的腰，將她提起來放在綠化帶旁邊的臺階上，然後轉身在她面前蹲下來，撐了個氣定神閒的馬步。

陸喚非要背她，那她恭敬不如從命了。

宿溪笑嘻嘻地跳上他的背：「接穩我了啊！」

她跳上去，重量也不算輕，但陸喚下盤極穩，晃都沒晃一下，兩隻手握住她的膝蓋彎，將她穩穩當當地背在了背上。

接著，少年大步流星，健步如飛。像是為了證明什麼一樣，走得極快極穩。

宿溪拿著飲料和他的帽子，下意識用兩隻手臂圈住他脖子，他脖頸一僵，呼吸漏了一秒，才宛如達到什麼目的般，稍稍放慢了腳步。

宿溪趴在他背上，悶笑出聲。

伏地挺身那次沒能把「速度、力氣、動作」炫耀成功，他肯定會想辦法炫耀回來，還是熟悉的臭屁男孩配方。

「笑什麼。」陸喚聽著宿溪的笑聲，耳廓不由得也有些紅。

莫非她發現了他從她看的那些肥皂劇裡學來了這一招？他見那些男子騎摩托車騎得飛快，就能讓身後的女子摟腰。他便記在了心裡。

宿溪摟著他脖子，用空著的那隻手捏著他通紅的耳朵，哈哈笑道：「沒什麼，就是覺得你可愛。」

陸喚不大樂意：「堂堂九尺男兒怎可用『可愛』形容？」

還不如像之前那樣用「帥」形容，「可愛」二字未免過於娘炮，他不愛聽。

「誇你就不錯了，你還挑三揀四？」宿溪笑著道：「你不是剛學會了搜尋嗎，你去搜尋下，一個女生形容一個男生可愛，表示什麼？」

陸喚單手撈著宿溪的雙腿，另一隻手空出來，掏出剛買的新手機，茫然地搜尋了下。

他學習速度很快，第一次用手機，打字非常費力，但是現在打字速度已經可以和中老年人比拚了。再熟練之後，應該就可以變成霍涇川他們的飛快速度。

他笨拙地按著手機，查了下。

只見頁面上說：『形容一個人可愛，通常是非常非常喜歡那個人，喜歡到了極點，才會這麼說。』

陸喚看到這行字，心裡轟隆一下，幸福得不知所措。

他面紅耳赤又激動，想了想，腳步稍稍放緩。

最後他立在原地，微微扭頭，對身後的宿溪用十分認真的口吻道：「可我認為，妳才最可愛。」

宿溪自認為心裡的小鹿撞了好多天之後，已經練就鐵頭功了，但是猝不及防地撞見他漆黑溫柔的眼眸，趴在他肩膀上，感到他耳廓擦過自己臉頰……

她心裡的小鹿還是重重地砰砰砰撞出了一臉血。

這一刻，宿溪心中想，天啊，她都想要親親他了。

陸喚查閱完近來京城中發生的幾起搶劫與鬥毆傷人事件之後，直覺這些案件有些異樣。

若是真按照大理寺已經捉拿歸案的那幾人來看，這些案件應該毫無共同點，只不過幾個亂民在不同時間點及不同地方忽然起亂罷了，誰預料得準下一起又會發生在什麼地方呢，要說有什麼對策，便只能提醒一下百姓注意安全罷了。

看似毫無關聯，但其中有一個細節卻有些突兀，引起了陸喚的注意——其中兩起案件犯事之人按照大理寺記錄的卷冊，家中處境貧困潦倒，可犯事的地點卻在內城西市。

京城內有兩大集市，分為東西市。

西市因擁有一條漕運之河，素來與胡商貿易良多，久而久之，西市所售之物幾乎都是一些奇珍異獸、金銀寶器這類開出天價、只有皇宮內的人以及達官貴人才買得起的東西。

而東市一條天街貫穿，才是城內百姓採購交易、舉辦燈會、熱鬧聚集的地方。

西邊的土地也是高價，只有朝廷重臣的府邸才能安置於此。先前陸喚在寧王府中，因寧王府沒落，府邸也只是在較為偏僻的東邊。

換句話說，尋常百姓大多都在外城買物美價廉之物，即便手中還算有點銀兩，算是京城中的半個富人，頂多也只是去往東市，採辦一些物資。畢竟西邊來來往往的大多都是貴官子弟，若是不小心衝撞了，沒有命賠。

因此，這兩個犯事之人分明家徒四壁，可卻在西市犯事，便很奇怪了。

犯事那日他們去西市幹什麼呢。

陸喚讓手底下的兩個人祕密地查了查。查的卻不是案件發生當日，西市周遭酒肆以及煙花之地的老闆們的說辭。這些大理寺應當已經查過了，才能將犯事之人捉拿歸案。而這些人也極容易被收買，再問一遍也是白費功夫。他讓人查的是幾起案件發生當日，西市所有進出人員。

西市人流量眾多，管轄並不算嚴格，這一點極為難查，需要戶部的人配合。因而過了兩日陸喚才將卷宗拿到手。他讓部下將幾次案件發生當日，都在西市的人挑選出來。這樣一篩檢，便從來往的幾萬人中挑出了一百九十八人。

這一百九十八人中，有幾個人引起了陸喚的注意。

其中有一個尖帽長袍、神鼻高目的胡商，是兩月之前運送樹木與地毯來到京城的西域商人，來京城多達數次，近兩月卻沒有任何交易記錄。

陸喚去了兵部尚書府上一趟。西域來的人踏入燕國疆土之時都必須有通關文牒，且要經由駐守將士的評估，若是容易作祟者，不會輕易放入燕國疆域內。因此這胡商的評估兵部尚書應該收到過。

兵部尚書忙不迭地帶他去了庫房，讓兩個下屬花了許久的功夫，才從積壓成山的通關文牒中，找出這名胡商的評估紀錄。只見北境將士對其的評估是性情暴躁，但雙目如鷹隼，鑒賞能力極強。

兵部尚書知道陸喚最近在暗中調查此事，見他闔上通關文牒副本，便轉身關上門，問他道：「九殿下，如何？」

「恐怕這事不是大理寺查到的那般簡單。」陸喚道。

這樣一番調查之後，他心底對近來京城中流寇作案一事，幾乎有了完全不同的推測。

他擰了擰眉，對兵部尚書道：「那兩個此前從未去過西市，卻偏偏在西市玷汙並殺害兩名女子商販，應當只是替死鬼。」

兵部尚書聽了，道：「天之腳下犯罪不同於州郡犯罪，辦案的人本就是提著腦袋辦案，更何況前些日子太后被衝撞，皇上勃然大怒，勒令盡快查清此事，捉拿犯人入獄。若是有人膽敢包庇，可就是欺君罔上的罪名了。風口正緊，誰那麼大的膽子？！」

陸喚看了兵部尚書一眼。

兵部尚書這話雖然是個問句，可他心中已然轉過彎了。

這事在京城中鬧得沸沸揚揚，目前是五皇子和大理寺在查。現在大理寺已經將犯案之人全都捉拿歸案，上報給朝廷，但其實只是抓了個替死鬼來頂罪。皇上那邊還以為事情解決了，暫時龍顏大悅，覺得大理寺辦事十分有效率。

但是若是深查一下，肯定就能發現抓錯人了，那胡商背後有人在包庇。皇上已不惑之年，雖然疏於朝政，但也不是什麼愚笨之人，否則也坐不上這個位置，被他發現只是遲早的事。即便他過了半月還沒能發現，必定也會有人捅到他面前去，讓他發現。

到時候這件事要麼是大理寺疏漏之下抓錯了人，要麼是大理寺被買通，包庇那胡商構陷無辜百姓。

五皇子也難辭其咎。

皇上盛怒之下，應當會革大理寺的職，禁五皇子的足。

但若事情真的那麼簡單，反而就奇怪了。

陸喚道：「我查了下這名胡商，見他近兩月在京城沒有任何交易，關係很乾淨，幾乎查不出他是誰的人，只是太子去年生辰時，他剛好路過太子府，便抬著奇珍異寶進去給太子賀壽。若非得查，便只有他和太子這層關係了。」

他能查出這一層，皇上也能查出來。

兵部尚書道：「您的意思，莫非是太子連同這胡商一起構陷於五皇子？可太子沒那麼多心眼，這種事情，若非丞相那邊所為，反倒更像是五皇子使出苦肉計，將自己設計進去以此來扳倒太子。」

「你的猜測沒有錯，但目前證據缺乏，誰也不能確定這胡商是誰的人，幫誰辦事，說是皇宮裡的另外幾人也未嘗不可。」

兵部尚書道：「二皇子一向低調，不大與人往來，三皇子雖然聲色犬馬，卻也同樣讓人看不穿心思，說是這兩位，倒也不是沒有可能。但如今——」

兵部尚書倒是被提醒了，陡然一個激靈，如今樹大招風的不正是陸喚嗎？！若是到時候按照他二人的推測，皇上開始調查起此事，這胡商突然一口咬定是陸喚所為，那麼事情便大了！這確實很有可能。太子雖然是唯一與胡商有直接關係的，但朝廷皇子們中，卻只有陸喚一個人在皇宮外還有一層富賈身分，說是這胡商在北境之地與陸喚有什麼聯絡，也能生搬硬造出來一些。

到時候，無論查出來這胡商是誰的人——或者說這胡商一口咬定，他是誰的人，那麼那位皇子都會變成借刀殺人、構陷太子、推責給五皇子之人。

到時候就不知道皇上會信誰了。

兵部尚書如此一想，冷汗涔涔，說道：「我竟還沒想到區區一件京城流寇作案，竟能引出這麼多。如今也沒有太多的證據，也查不出來是誰設下此計。」

仔細想來，竟然感覺太子、二皇子、三皇子、五皇子這幾位都有可能。而若不是他與鎮遠將軍了解陸喚的秉性，恐怕會覺得陸喚嫌疑最大，畢竟，一石二鳥地將太子和五皇子拖下水，他便是京城名望最大之人，這樣看來，他會是受益最大者。

他會這麼想，只怕到時候皇上也這麼想。

雖沒有證據表明這件事是衝著陸喚來的，但是陸喚算了算，他回京已經四月有餘了。除了太子與皇后那邊想藉由選妃，在他身邊安插人沒成之外，另外幾位皇子恐怕也曾試圖安排眼線進他府中，只是他府中駐守的都是一起從北境歸來的羽林軍，眼線根本擠不進來。四個月過去，藏在暗中的人一開始不敢輕舉妄動，但到現在也該開始按捺不住動手了。

陸喚對這些爭來鬥去倒盡了胃口，深覺無趣，但既然兵來，將自然要擋。

他對兵部尚書道：「暫且先不去管是誰設下此計，只管破局便可。」

他讓兵部尚書翌日上朝時，在金鑾殿上提出幾項舉措——將東西市劃分更清晰的區域方便管理，並試行宵禁，待到太陽落山之後，由大理寺帶頭，六部每部派出人手，在京城內巡邏。若是在宵禁之時，抓到可疑犯案之人，輕則打板，重則殺頭。

除去先前流寇作案一事，京城內偶發犯罪也著實不少，此舉可以一定程度降低犯案率。

若是此舉在京城內試行後發現可行，還可推行至各州。

金鑾殿上兵部尚書提出此舉之後，有官員贊同，覺得此舉可極大程度維護治安，也有官員大力呵斥，認為宵禁影響民生，暫時還沒辯論出個所以然來。

這個暫時不管，陸喚翌日拜託雲太尉，讓其帶幾個官員去西市談事——或者說，裝出談事的樣子。

雲太尉與丞相是政敵。雲太尉一旦前往，丞相那邊必定會想方設法打聽他與那幾個官員在密謀何事。

這破局的重任，便落在了太子政黨中，唯一頭腦還算清醒的丞相身上。

陸喚安排了一些事之後，靜待事情發展。

除了此事之外，先前的任務十六，推進輕徭薄賦的律例，也不是一天兩天就能成事的，還需要一個契機。陸喚想早些達到三百點，於是在政務上越發的宵衣旰食。

不過宿溪這邊正在放暑假，等過一陣子她高三開學了，兩人約會的機會可就不多了。

於是陸喚每日快速地處理完政務之後，都會直接穿到宿溪這邊。

第三十一章　陸喚是大力水手

夏末，漫長的暑假快要結束了，最後幾天格外炎熱，知了在宿溪的社區、在陸喚的府邸，都用同一個音調聒噪地叫著。霍涇川央求了宿溪好長一段時間，宿溪無法拒絕他的軟磨硬泡，把陸喚叫來和他們打籃球了。

籃球場在學校，放假之後，教學大樓沒辦法進去，但是學校還是可以進的。

霍涇川見到陸喚就眼睛一亮，過去打招呼：「陸兄，我可想死你啦！」

他們球隊前段時間有個隊員腳扭到了，一直缺人，導致班上幾個男生半個多月都打不了籃球。老早就想叫別的球隊的人來，但是彼此之間不熟悉，容易發生衝突。

而陸喚簡直是再合適不過的人選了。他個子高，能夠震懾住對面球隊的人，但是打籃球他又是新手，不會蓋過自己的風頭——

霍涇川暗地裡想著，還一邊看逐漸聚集在操場周圍的女生們，心中小算盤打得叮噹響。

陸喚大帥哥長著一張俊臉，可以吸引來好多漂亮女生，但等等開始打籃球了，那些女生就會發現，這人雖然長得帥，但是打籃球完全就是個菜鳥，還不如長得僅次於他、但是打籃球技術比他漂亮多了的高二十六班的霍涇川——本人。

這樣一來，那些女孩子的目光定然全都集中在自己身上。

霍涇川這麼得意洋洋地沉浸在自己的美夢裡，看向陸喚的眼神也更加熱絡。

陸喚紮起烏黑長髮，戴著頂鴨舌帽，穿著宿溪幫他挑的蠟筆小新短袖，圖案是野原廣志，露出線條優美、白皙結實的手臂。

雖然穿得有點幼稚，但臉上的表情又冷又酷，一下子吸引了操場附近很多回學校拿東西的女生們。

很多人圍到籃球場旁邊，還傳了滿是尖叫聲的語音訊息給自己的朋友。

霍涇川雖然和陸喚同齡，但霍涇川在溫室中長大，哪裡比得過陸喚這種在政鬥中長大的小狐狸。

陸喚大致能猜到霍涇川的心思，心中覺得有些好笑。不過霍涇川對宿溪平時諸多照拂，陸喚在確定了他並非是能威脅到自己的人之後，便對他也有幾分善意。

他對霍涇川點了點頭，道：「霍兄，跟我講解規則吧，麻煩了。」

霍涇川已經習慣了他文縐縐的說話方式，跟他講解三分球、投籃、犯規等。而另外幾個隊員都用看新大陸的眼神看著他。

宿溪穿著短袖短裙，抱著外套擋在身前，守著一箱礦泉水站在操場旁邊。顧沁就站在她身邊。

宿溪有點緊張，上次見到商場裡有人穿情侶裝之後，陸喚就讓她刷他的卡買兩件。軟磨硬泡了好久，宿溪就買了兩件蠟筆小新的，自己身上是美伢。

陸喚雖然不認識這兩個卡通人物，但是眼眸很亮，顯然高興得不得了，宿溪見他這麼開心，也就隨他去了，跟著他一起穿了情侶裝出門。

但是萬萬沒想到今天操場這麼多人，宿溪做賊心虛，臉頰發燙，用外套將身前的圖案擋著。

那些女孩子盯著陸喚眼睛發亮，議論紛紛，但顧沁已經見過陸喚好幾面了，免疫力提升了，就沒那麼移不開視線了。

她在和宿溪小聲說放假之前的八卦：「聽說校草遞電影票給妳的第二天，就故技重施約隔壁學校的女生看電影了。」

「是嗎？」宿溪一邊因為身上穿的衣服有些緊張，一邊盯著球場，怕陸喚第一次打籃球，撞到碰到，就沒怎麼聽進去顧沁的話。

顧沁比她義憤填膺，翻著學校裡的八卦，說：「現在的男生怎麼都這樣，我看那根本不是喜歡，只是消遣吧，幸好溪溪妳當天沒和他去看電影，要不然就成笑柄了。」

說著說著，顧沁的視線忽然落到操場旁邊一個穿針織長裙的女生身上，突然揪住了宿溪的手臂：「我靠宿溪妳快看，那個女生好漂亮。」

比起剛才的話題，宿溪顯然對這個更感興趣，她緊張的注意力稍稍被轉移，眼睛頓時「唰」地亮了，反手握住顧沁的手問：「哪裡哪裡？」

「那邊。」顧沁伸手指了下，道：「不知道她裙子哪裡買的，顯得身材好好，我應該是穿不出來這種感覺，溪溪妳倒是可以嘗試下這種風格，不要整天休閒風了。」

宿溪目不轉睛地盯著那個女生，讚嘆道：「確實漂亮，黑長直可真好看啊，以前怎麼沒在我們學校見過啊，是不是隔壁學校的……妳去打聽一下……」

她這話還沒說完，不知怎麼感到身上有一股涼颼颼的冷氣。

她下意識看向製冷來源，就見場上還沒開始打籃球，其他人都在熱身，而陸喚一邊熱身，轉動手臂，一邊幽幽地看著自己。

宿溪：「……」

她突然想起來陸喚行軍打仗，耳力眼力都極好，十幾公尺的距離，他都能聽見。

宿溪話到嘴邊，陡然變成瘋狂的吹捧：「不對！身材是好，但沒有陸喚好！長得是很好看，但我覺得沒有陸喚好看！」

顧沁：「……？」

陸喚表情舒展開來，但接下來的熱身，一直有意無意擋著宿溪看向那小姐姐的視線。

宿溪：「……」

霍涇川是真的不知道陸喚從哪個山間出來的，居然連三分球、罰球這種規則都是第一次聽！他抱著敷衍的想法，草率地講了一下之後，發現陸喚竟然還聽得非常認真——難不成陸喚說他「不會打籃球」其實不是自謙，而是真的不會嗎？！

自己的確是想叫個不怎麼會打籃球的帥哥來襯托自己，但不是想叫個拖後腿的啊！

霍涇川的表情頓時十分難以言喻。

他看著陸喚，忍不住問：「我有個問題很早就想問了，你是不是從哪個朝代穿越過來的？」

陸喚看了霍涇川一眼，不慌不忙地從褲子口袋中掏出自己的身分證。

霍涇川見他跟掏什麼寶貝似的掏出一張卡片來，不禁湊過去看了眼，陸喚在他頭頂氣定神閒地道：「本市人，童叟無欺。」

霍涇川：「……」

他心中：我信了你的邪！哪裡有本市人連方言都聽不懂的？！

吐槽歸吐槽，籃球賽還沒開場，霍涇川和一群隊友圍著陸喚，讓陸喚先試著投個籃——看看等等將他安排在哪個戰略位置。

陸喚已然明瞭規則，無非在敵軍包圍下，將籃球擲入那個框內。他接過籃球，只覺得實在過於輕，裡面像是充盈了什麼氣體一般，捏在手裡毫無重量感。比起長纓槍、重石箭等，堪稱輕若無物。

這樣的話，需要將力道放輕，否則只怕會一舉扔到校外，惹人非議。

這樣想著，陸喚朝後走了兩步，將籃球捏在掌心裡。

他手臂垂著，可籃球彷彿有什麼吸引力一般，緊緊扣在他手中。

霍涇川身邊的隊友道：「你帶來的帥哥看起來不像是不會的樣子啊！單手捏籃球可不是誰都能做到！你就做不到。」

「……」霍涇川抱著手臂，面子有點掛不住：「他媽的，我也懷疑他在騙我……」

話還未說完，陸喚手一抬，手指輕輕一點。

投球了。

那顆籃球在空中劃出一道準確無誤的拋物線。

還沒砸進籃框裡，籃球場上的人便都知道這顆球十分準。

場外的人也睜大眼睛，剛要喝彩：「好球——」

可誰料喝彩的話剛說出口，那顆球確實進籃框了，可砸在地上反彈起來後，徑直將籃框砸飛出去！籃板上的螺絲都鬆了，四顆劈裡啪啦的全掉在地上！

過了零點零幾秒，「哐噹」一聲，籃框也掉在了地上！

籃球在地上反彈了好幾次，宛如殺傷力極大的武器，周圍的人紛紛驚恐躲避，終於，它才彈飛進遠處的草坪。

有人撿起來，舉起來對霍涇川這邊的人說：「裂了。」

籃球裂開了。

籃球場上的眾人：「……」

籃球場外的圍觀者：「……」

宿溪：「……」

霍涇川倒吸一口氣，衝過來對宿溪道：「妳從哪裡認識這種可以倒拔垂楊柳的人物啊？手輕輕一抬，籃球都被砸裂了！這籃球是我們班體育股長帶來的，一百多塊！」

宿溪：「……」

陸喚看了眼自己的手，微微皺了皺眉，也意識到自己力道還是大了。原因很簡單，無論是挽弓還是勒馬，或是在校訓場上擲出長槍，都需要千斤石的力氣，他這幾年來已習慣成自然。方才分明已經竭力將力道放輕了，可沒料到這球狀物和籃框簡直如風中徐柳，不堪一擊。

這話說出來自然十分招打，因而陸喚主動道歉：「這球我賠。」

眾目睽睽之下，他負責任地去教學大樓搬來一張桌子，放在籃板下面，隨後撿起籃框和幾個釘子，徒手將籃框裝上去。

還用力擰了擰。

被他擰過，原本微微鬆動的籃框立刻固若金湯，只怕是學校倒了籃框都不會掉。

宿溪哭笑不得，對霍涇川道：「你體諒一下，陸喚天生神力，以前又沒打過籃球，凡事都有第一次嘛，再給個機會。」

霍涇川不太信她，很怕接下來他們打籃球，陸喚打他們。

幸好打籃球的男孩子們都不是很計較這顆籃球，反而驚嘆至極，圍著陸喚想看一下他的手臂怎麼長的——明明也沒有太多誇張的肌肉啊，白皙修長又好看，甚至比他們中的兩個大個子清瘦多了，可為什麼能有砸壞籃板的爆發力？

有人提議道：「陸兄，你走遠一點，投個三分試試看，說不定遠一點就能輕鬆投中了。」

陸喚又撿了個籃球，走到三分線之外。

這一次他微微斂了斂神，將力道放得更輕，幾乎是用手指彈出去的。

一道優美流暢的拋物線之後——

「哐噹！」籃球果斷進框。這一次力度控制得剛剛好，從地面上回彈的籃球依然帶著勢如破竹的力道，但是在空中加速度減至了零，在快要接觸到籃框時，速度也變為了零，重新落回地面。

操場上看到這一幕的人都驚呆了。

長的帥的人果然不走尋常路。一分二分球不屑投，還要投三分才能投得中。

陸喚眉心鬆展開來，感覺自己基本上已經知道該用何種力道了，他饒有興致地撿起籃球，對霍涇川等人道：「可以開始了。」

說實話，霍涇川內心是不信陸喚能擔當後衛或者前鋒任何一個位置的，畢竟他連投籃都是現學——

可萬萬沒想到，接下來的半場賽，陸兄一頓操作猛如虎。

無論是防守還是猛攻還是剛練會的投籃，他幾乎沒有死角。

但凡他站在防守位，對方球隊幾個人帶球衝過來都沒辦法突破，反而還被他輕而易舉地伸手一撈搶走球了。

但凡他猛攻，連自己這邊的隊友都不需要，他一個人就可以衝破對方球隊好幾個人的防守線，三分命中。

半場球賽打下來，霍涇川聽著場外激烈的喝彩聲，神情恍惚。

他跑來跑去，球都沒摸過，懷疑自己不是來打籃球的，而是來跑步的。這他媽根本不需要自己吧，陸兄一個人一個球隊就夠啦。

中場休息。他和眾人跑得氣喘吁吁，大汗淋漓，陸喚額頭上一點汗水都沒有，清清爽爽，看起來也不累，還走到宿溪身邊擰開礦泉水瓶蓋。

霍涇川看著場外已經完全被陸喚吸引走目光的女生們，愁得吐血。

這和他想像的完全不一樣嘛！

球場上的其他男孩子心思也一樣，他們專門來學校打籃球是為了什麼啊，為了聽女孩子們幫一個不認識的帥哥加油？這樣還不如在社區附近的破爛籃球場打呢。他們想慫恿霍涇川，讓霍涇川去跟陸喚商量下，下半場就別讓這高富帥上場了吧。不然他們還有什麼活路。

不過霍涇川還沒商量，陸喚看了眼天色，就主動跟他說換人了。

他道：「天色已晚，我要送小溪回家了。」

晚了的話宿溪父母回來，兩人就不好進宿溪房間了。

霍涇川這才鬆了一口氣，第一次感覺宿溪有點用處，對她道：「快快快，把妳家大力水手領回去。」

宿溪白了他一眼：「有事鐘無豔，無事夏迎春，你自己軟磨硬泡讓我們陸喚來打籃球的。」

她扭頭問顧沁：「要一起回去嗎？」

顧沁心思完全在場外一些好看的漂亮小姐姐身上，對她敷衍地道：「你們先回吧，我再看一下。」

剛好宿溪也怕和顧沁一起回去會露餡，等等顧沁發現她居然直接將陸喚領進她家的門，那可就尷尬了。

她拉著陸喚往校門口走。

陸喚好知好問：「大力水手是何物？」

宿溪對他說：「是一個動畫，主角吃了菠菜，力氣就會變得很大。」

陸喚莞爾：「如此看來，妳是菠菜。」

宿溪一下子沒明白他是什麼意思，和他並肩朝著校門口走了幾步之後才反應過來，他的意思是，如果自己不在他不會打得這麼認真，就不至於狂進幾十個球，一個都沒漏給霍涇川等人，結果被隊友趕走了。

宿溪頓時臉頰一熱。

陸喚欲言又止，看了她一眼。

宿溪有些好笑，說：「帥的。除了第一個球把籃框砸壞了，後面打籃球都打得很帥！我就沒見過比你更帥的！」

陸喚這才心滿意足。

以陸喚這種級別的顏值，在學校裡走一圈，沒有人大著膽子上來要聯絡方式，是絕對不可能的。兩人從操場走到校門口，這短短的一路，跑過來要聯絡方式的已經好幾撥人了。

即便陸喚視而不見，但次數多了也很煩人。

宿溪心中吐槽，她明明就站在陸喚身邊啊，為什麼這些妹妹們都視若不見，都當她死了嗎？！她忍不住將擋在身前的外套丟給陸喚，氣勢洶洶道：「幫我拿著。」情侶裝一祭出，果然，前來要聯絡方式的人都消失了。周圍驚豔的眼神變成了對宿溪的豔羨，以及若有若無的可惜。

宿溪：「……」

雖然霍涇川說再也不找陸喚打籃球、活活受虐了，但是他口嫌體正直，接下來幾天又央求宿溪把陸喚叫過來幾次。

只不過打籃球的地點不再是學校，而是社區附近。

被一群中年大叔阿姨圍觀，霍涇川和另外幾個男生菜得理直氣壯，終於可以享受由陸喚帶著他們虐殺對方隊友的爽感了。

話分兩頭。京城中平靜的湖水之下暗流湧動。

丞相得知雲太尉與幾個官員下朝後私下去了一趟西市的醉花樓，雲太尉與這幾個官員府中近來也沒有婚嫁喪宴等大事，無故在府外聚首，行蹤還故意不為人知，不知是要密謀什麼事情。丞相放心不下，於是叫府中眼線去盯著。

然而這一盯，卻叫丞相盯出了件大事情。

他的眼線告知他，醉花樓附近的茶坊底下有間私人開設的賭棧，有位胡商的脾氣大得很，贏了便將錢通通攬於懷中，若是輸了便對贏他錢的人拳打腳踢。

這一次是踢了郴州知府在京讀書的次子。

這郴州知府的次子也不算什麼無名無姓之人，按理說應該是要鬧大將這胡商捉拿起來，但不知為何，這胡商一介草民，背後竟然像是有靠山相護，以至於郴州知府走投無路，連夜逃出了京城。

官商勾結的事情在京城並不少。朝廷裡有官員想要洗錢，便會透過一些商人。

而這些商人中，又屬從西域來的胡商是上好的人選。

因為這些胡商來去自如，辦完事情之後，一紙通關文牒便可離開京城，讓人捉不到任何證據。

因而，有些胡商靠上了這樣的大靠山，便以為自己在京城能橫著走了，不將京城百姓的性命當回事。

丞相聽了眼線所說之事，第一反應便是這胡商有貓膩，從他順藤摸瓜地查，說不定可以揪出什麼貪贓枉法的官員。

而且這事說不定與五皇子及大理寺近段日子正在處理的京城流寇傷人一事有關。若是查出來五皇子包庇之罪，剛好可以趁此機會削弱他在京城中的力量，而即便查出來與五皇子沒什麼關係，也是一件功勞，可以順水推舟地記在太子那邊。這兩年太子雖然被封了東宮之位，但是地位實在不穩，比起老五和被皇帝帶回來的老九，太子可以說是毫無政績，丞相也怕長此以往，動搖東宮地位。

於是，他派人祕密地去查了。

卻沒料到，查來查去，那胡商竟然只和太子有些關聯。

難不成在背後庇佑胡商、借胡商和賭棧之手洗錢的、暗中下手將郴州知府次子趕出京城的是太子不成？

——這怎麼可能？

丞相是萬萬不會相信的。他倒不是不信太子忠廉無雙，不可能幹出貪贓一事，而是不相信以太子草履蟲般的腦子，畏手畏腳、優柔寡斷的性格，會周全萬分地將郴州知府次子趕出京城，還處理得乾淨俐落，嫁禍給大理寺捉到的那幾個人。

這事，必定是有人打算對太子下手，陷害太子。

丞相如此一分析，坐不住了。

他先讓親屬傳信去東宮，信中隱晦提及此事。

太子當夜回信，聲稱自己絕對與此事無關，請舅舅不要誤信小人謠言。

丞相這才徹底放下心來。

他怕到時候皇帝也查到此事，治太子與胡商相勾結的罪。太子的確與此事無關，但難保有人要嫁禍於他啊！於是丞相當晚便進了宮，決定先發制人地將此事告知皇上。無論是誰下的這盤棋，先將太子摘出來就是。

這事，陸喚借由丞相之手，終於捅到皇帝那裡了。

郴州窮鄉僻壤，缺吃少穿，郴州知府次子在功名和金銀之間選擇了後者，帶著仲甘平給他的一包銀子，連夜離開了京城。必須讓他這樣的人與那胡商對上，卻戰戰兢兢地示弱，丞相才會起疑，才會去查。他是陸喚拋出的一道餌。

這晚，皇帝震怒。

震怒之一是居然有人膽敢在天子腳下勾結胡商大量洗錢吞私。震怒之二是五皇子與大理寺查案，沒捉到真正傷人的人，卻捉了幾個替死鬼回來，竟然有人膽敢在皇城底下偷梁換柱。震怒之三是此事顯而易見並非那麼簡單，肯定涉及皇子們之間的廝殺陷害。

皇帝先革了五皇子與大理寺調查此事的許可權，令自己身邊的御林軍首領親自去查。

本來只是一件小事，卻陡然牽扯出這麼大的一件事，一時之間，京城官員人人自危，生怕站錯了邊。尤其是五皇子政黨的人。即便胡商背後的不是五皇子，但五皇子查案不力的罪名躲不了了。

五皇子在金鑾殿上臉色不大好看。

但此時正觸皇帝霉頭，沒有官員敢上前寬慰。

皇帝這邊查著案，京城中有些官員摸著風聲，忍不住偷偷摸摸地上門拜訪陸喚。

畢竟，先前覺得最有希望登上那個位置的，不是太子就是五皇子，但這件事情一出，卻讓人衡量之下覺得不動聲色的九殿下可能才是希望最大的。

即便不能如鎮遠將軍等人一早便站在他身後，但臨時抱佛腳、或是亡羊補牢地去逢迎一二，或許也能起到作用呢。

只是九皇子府一律不見。

陸喚對此事置身事外。除了上朝、處理政務，便是待在寢殿內去宿溪那邊。

而每每此時，對外宣稱自然是倦了早些歇下了。

或許是他睡覺的次數實在太多，不知怎麼的，京城逐漸傳出九皇子從小被養在長春觀，身體虛弱，面色蒼白，再加上在北境負傷未癒，終日氣力不足……

這消息傳出去，京城中打著陸喚主意的貴女們，也紛紛退了幾分……再怎麼天潢貴胄，未來夫君也不好是個不行之人啊。

雖說這些傳聞亂七八糟、荒唐至極，但既然為陸喚提供了便利，陸喚也就讓下屬們對這些謠言睜一隻眼閉一隻眼了。

他將這事對宿溪說了，宿溪笑得肚子疼。

宿溪視線忍不住向下看了眼。

陸喚臉有點黑：「……我行。」

十日之後，京城中陡然發生一件大事，令文武百官震驚不已，沸騰議論。

原來是半月前的流寇一案水落石出。

背後牽扯官員眾多，其中以太子為首，竟與胡商勾結，在府中斂財無數！

這胡商在西市數次狐假虎威地傷人，卻沒有官員去捉拿，因太子幫忙偷梁換柱，讓大理寺誤抓幾個替死鬼。

五皇子查案不力，當真誤抓了幾個清白之人。如今京城腳下民怨沸騰，請願之一：讓大理寺放了無辜的替罪羔羊；請願之二：天子犯法與庶民同罪！

皇帝為了平息民怒，將那胡商及其從西域帶來的人格殺勿論，並奪了太子的掌印，勒令其禁足思過，五皇子辦案無作為，罰俸祿一年！其他有貪汙斂財行為的官員，情節嚴重者抄了九族，情節較輕者削了官職。

這些官員大多與太子、丞相一族有所牽扯。太子黨損失慘重。而丞相被念在主動上告此事，免過查家一劫。

這件事在金鑾殿上由皇上派去查案的御林軍首領告知，水落石出之後，丞相根本不敢相信。他在金鑾殿上大呼：「太子性情忠廉，絕非斂財之人，此事必定是栽贓陷害！」

主要他不相信頭腦簡單的太子能做出洗錢斂財、偷梁換柱這一連串滴水不漏的事情。

更何況那晚他抓緊時間進宮之前，分明還讓親衛去東宮傳信過，太子對此事一問三不知。

可皇帝震怒，將供詞證據以及去年災害時缺少的帳簿摔在他面前：「證據確鑿，丞相還要為太子說話嗎？！」

丞相翻完那些帳簿，腿都軟了。

京城下了場大雨，天色陰沉沉，因最近這件事，無人敢去觸皇上的霉頭，幾個太子黨甚至告病不出，竭力減少存在感。

物證俱在，御林軍從太子府查繳到去年賑災時他趁機攬獲的金銀財物，已經翻不了案了。丞相走出金鑾殿之後，與皇后以及其餘的太子黨產生了深深的嫌隙——畢竟，是他深夜進宮告發此事。這怎麼解釋？

丞相無法解釋，他憋著一口鬱氣，一氣之下病倒了，躺在床上整整三日沒去上朝。

他始終不信太子能以一己之力幹出這些事情。

即便斂財之事是太子做的，可後面的偷梁換柱、找來替死鬼、陷害五皇子辦事不利又是怎麼回事？

皇上也不想想，太子蠢裡蠢氣的，有這個腦袋嗎？

背後必定有推動之人，可是誰呢——老五？老二？還是九皇子？

丞相直覺自己那晚與太子之間的信，恐怕根本沒傳到太子手上，恐怕是被誰陰了一把。此時太子已經被禁足，沒人能去東宮，他沒辦法去問太子。

不過還有那名親屬——他這才想起將傳信的親屬叫過來，可卻沒料到，下人面色蒼白地衝進來跪在他面前，說那名親屬昨晚失足，巡邏時淹死在河渠裡了。

丞相一口氣差點沒上來。線索就此中斷。

雨珠宛如連線一般，劈裡啪啦地砸在京城各地，洗去西市死掉的人血。震驚整個京城的事仍在官員之中發酵，只是無人敢明面上討論。

這日深夜，九皇子府的側門小道停了一頂低調的青簾小轎。

九皇子府的下人原本遵從陸喚命令，無論誰人前來，一律不見，也不通傳。可當青簾小轎裡的人露出一隻手，拿了腰牌出來之後，門口那幾個下人頓時猶豫，過沒多久匆匆進去稟告了。

可半炷香後，下人回來，誠惶誠恐地對轎中人道：「殿下睡了，二殿下，您還是請回吧。」

轎中的人微笑的嘴角頓時有些僵住，隨後眸光微冷。

片刻後，青簾小轎打道回府。

這件事從頭到尾，說簡單也很簡單。

陸喚去見兵部尚書那日便猜到了。

胡商前後與自己、太子、五皇子都有沾連，唯獨徹底不見蹤影的是誰？

這件事起因於京城幾個平民百姓深夜接二連三無辜被殺，其中一次，有一具屍體躺了一夜，剛好衝撞了微服禮佛的太后，使得太后受驚，一病不起。皇上這才發怒，讓五皇子和大理寺去徹查此事。

五皇子可不是什麼蠢人，早就查到了這件事應該與太子那邊有關。但他選擇按捺不動，而是按照太子那邊拋出的線索，放過胡商，將幾個替死鬼捉拿歸案。

他並非放過太子，而只是在等這件事發酵，等民怨鬧大，到時候再將真相引出，告到皇上那邊去，將太子及其部分黨羽斂財一事告發。

否則，只是死了區區幾個人，怎麼能扳倒太子呢？皇上只怕會大事化小小事化了。勢必要民怨沸騰，謾罵到天子腳下，朝廷無法交代了，皇上才會大發雷霆。

只是五皇子沒想到，還沒等他將此事收尾，突然冒出來個深夜進宮的丞相，讓事情提前東窗事發。

五皇子臉色難看，這樣一來，他什麼功也沒立下，還啞巴吃黃連，變成了「腦袋糊塗、抓錯了人、辦事不力」的蠢貨。

皇上罰了他的俸祿。

不過令五皇子心情好的是，太子這麼一禁足，不知何年何月才能重返朝政。連太子印都被剝奪了，看來皇上怒氣很重。

他唯一不明白的是，丞相一向站在太子那邊，為何突然反水？

他不明白，皇后以及太子其餘黨羽也全不明白，因此和丞相幾乎斷絕了往來，有了隔閡。

然而，這件事，丞相在金鑾殿上說中了一點，太子腦子平庸，不可能這樣完美善後。

太子貪財，二皇子低調，三皇子貪色，五皇子好功。

去年趁著災荒之時大量斂財，這件事的確是太子所為，御林軍翻出來的帳簿也證據確鑿。開春之後，太子按捺不住聯絡了胡商，藉由胡商之手洗錢，也確有其事。

只不過，接下來的一切事情，便與太子無關了。

二皇子查到太子斂了財這一點之後，籌謀了一個很久的局。胡商進城之前，他祕密綁了那胡商的妻兒，讓胡商聽從他的派遣。這件事追溯到胡商進城之前，胡商沒有行蹤，根本查不出來。那胡商明面上是被太子選中洗錢，但實際上是二皇子送到太子跟前的。

太子蟄伏了一個冬季，好不容易找到了一個洗錢的突破口，再加上這胡商辦事能力極強，便在幾月前的那宴席上，與之合謀。

太子只做了這一件事。

接下來找到身家清白的替死鬼、屍體衝撞太后一事，全是二皇子暗中所為。原因無他，和五皇子一樣，是為了激起民怨，等到民怨足夠之時，再一舉揭發此事，這樣太子才能死得更快。

原本在他的計畫裡，挑破這件事的要麼是五皇子，要麼是陸喚。

若是五皇子挑破，他便能讓太子倒臺，五皇子與太子黨結下血海深仇。

若是陸喚挑破，他不僅能讓太子倒臺，還能讓五皇子落下個辦事不力的壞名，還能讓陸喚與太子黨結下仇恨。

無論如何，鷸蚌相爭，他都能坐享其成。

然而他將別人當棋子時，卻沒料到陸喚先他一步。

陸喚將丞相的眼線引到西市醉花樓，將這把刀轉移到了丞相手中。

陸喚其實也只做了這一步，還是相當於自保的一步。他見過皇帝，其實很了解皇帝的秉性，要說眼線，哪個皇子府的眼線都沒有皇宮裡的那位眼線多。在京城裡，無論做什麼，都不可能瞞過皇帝。

因此，半路換了丞相的信的，其實是皇宮裡那位。

太子本人可能不信，一門心思想讓丞相倒臺，削弱丞相與太子黨之間聯絡的，其實是皇帝。

皇帝見陸喚將丞相送上門來，順勢推舟，將告發此事的帽子安到了丞相腦袋上。之後太子無論如何，太子黨與丞相之間的嫌隙算是大了，極大程度地將太子、丞相、皇后、太子黨這股繩沖得四分五裂。

不過，在二皇子那邊，大約以為最後補刀的是陸喚，因此今夜特地前來，想看看是否有聯盟的餘地。

二皇子、五皇子、丞相、太子那邊全都看不清全貌。

皇上和陸喚這邊大約是唯二知道事情始末的。

皇上倒是沒動二皇子，陸喚大約可以琢磨到他心中的考量，倒不是因為不捨，而是此事牽扯已經夠大，若是再牽扯進一位皇子進去，只怕皇族顏面損失太重。

陸喚在這邊默默揣測著聖意時，皇上在大明宮裡，對著卿貴人的畫像，也同樣覺得老九深不可測——這件事中陸喚做了什麼嗎？他什麼也沒做，若是細細剖析，甚至無法治他的罪。因為他無非是對雲太尉傳了一句話：聽聞醉花樓的酒好喝，雲太尉不如邀幾個官員去嘗一嘗，銀子本殿下付了。

能因這麼一句邀請，治他的罪嗎？

但就是用這樣一句邀請，他卻四兩撥千斤地將老二和老五試圖捲到他身上的是非撥了出去，也將刀子送了出去。

甚至，皇上懷疑他揣測到了自己的意思，所以才會選中丞相。

大明宮裡，皇上眸色不明。

就在這短短幾日，京城發生了許多大事。太子被禁足三日後，受到驚嚇的太后在坤寧宮崩逝。舉國哀悼。

京城中連下多日大雨，宗親提議應有人前去為太后守皇陵。

皇上在一眾人選中，選中了陸喚。聖旨降下來，稱唯有九皇子如今沒有妻室，且九皇子大孝大仁，特此破了燕國皇子弱冠之後才能封號的例，封為燕清王，守孝一年。

旨意降下來之後，滿朝文武震驚，為何會是派近段日子以來在京城中聲望威重的九皇子去守皇陵？這不是被貶嗎？

鎮遠將軍與兵部尚書在朝堂上極力勸阻，稱九皇子年少，應另派宗親前去守皇陵。

皇上卻執意如此，讓陸喚七日後便隨靈柩出發。

鎮遠將軍與兵部尚書並不知曉守皇陵一事是陸喚主動對皇上提出。他的想法很簡單，一年而已，這一年宿溪升學考，自己要想考上那個世界的大學，最好是去她身邊讀一年書。這一年內如果政務繁多的話，恐怕就不能順利讀完高三了。

除此之外，上次自己為了完成任務十七，恐怕引起了皇上的警惕，這個時候暫避鋒芒是好事。

這一下，皇上就猜不透陸喚的想法了，但是他心中覺得，老九去守孝一年也是好事。

太子、二皇子、五皇子之間的鬥爭暗潮湧動，不是一下子能結束的。老九回京之後，局面更加混亂。老九簡直將另外幾個兄弟全都玩弄於鼓掌之間。等老二和老五反應過來了，肯定會聯起手來對付他。

皇上的心理很矛盾，一方面他不希望任何人覬覦自己的位置，一方面他又知道必須要選出一個合適的繼承人。

他一邊覺得衍清在幾個皇子之間，是最合適肩負天下的人選，但一邊又有些忌憚這個十幾年後才認回來的兒子。

而現在陸喚主動提出守皇陵一年，無疑讓皇帝稍稍鬆了口氣，立刻同意了。

第三十二章　陸喚是個敗家子

守皇陵的事情還在爭執之中，但宿溪不知道，她這幾天在趕作業，沒有一直打開手機。

炎熱的暑假即將結束，她在為另一件事情頭疼。

昨晚她的班級群裡彈出來一則訊息，說是按照傳統，高三統一要住校了。

『還有三天開學，請各位同學們通知家長，等到開學當天，帶上行李和日用品來學校，班導師會在教室等待同學們，統一分配住校寢室。』

這的確是宿溪學校的傳統，只是放暑假之前，老師說今年政策可能有變，不一定住校，於是宿溪和顧沁她們沒怎麼在意，但沒想到暑假快結束了，學校想清楚了，還是要住校。

宿爸爸宿媽媽有點不放心，工作回來後，不滿道：「幹什麼突然要住校啦，學校學生餐廳營養能跟得上嗎？都高三了，萬一營養不良怎麼辦？」

宿溪倒是對住校這件事充分理解，說：「可能就是因為高三了，學校想抓緊時間吧。」

宿爸爸宿媽媽一想，這倒也是，即便他們後來買的這間房子離學校只有幾條街，不再像之前那間那麼遠，但宿溪每天上下學，花在路上的時間的確很長。而且家裡有電視機有wifi，專心念書也不太現實。

他們商量了一番之後，簽好名字了。宿媽媽趁著還沒開學，去幫宿溪採辦日用品了。住校這事宿溪沒有異議，她只愁一件事——

她去學校住了，那陸喚每次怎麼過來呢，起始畫面要還是她家裡的房間的話，那陸喚遲早會被自己老爸老媽抓包。

這個起始畫面，有沒有辦法改掉？

但是要改掉的話，改到哪裡去？她去住校了之後，肯定和班上另外三個女生住在一間宿舍的，沒有單人房，總不可能讓陸喚憑空出現在自己學校宿舍吧——

問題大了。

開學的前一晚，夏蟬在社區樹上叫個不停，十分聒噪。

宿溪的暑期作業已經寫完了，在網上下載了幾套高三的講義，在社區旁邊的影印店列印出來，慢慢地往後預習。

氣溫已經漸漸變得涼爽，她沒有開冷氣，而是打開了窗，十點多的涼風習習，將卷子捲起來。

宿溪用手肘壓住卷子，有點浮躁，半天沒看進去預習的內容。

她還在琢磨住校了之後，陸喚怎麼辦的問題。

除了這個之外，高三了，自己肯定也不能頻繁用手機了，即便宿爸爸宿媽媽不太管，但是宿溪為了對自己負責，還是要將全部的注意力放回到念書上。

她倒是可以在每天中午吃飯時間見陸喚一面。

只要給陸喚一把自己家中的鑰匙就可以，那時爸媽也不在家，陸喚可以直接透過自己房間出入。

但是——唉。

宿溪覺得，那樣的話見面機會可就變少了。這還沒分別呢，她就已經感覺到淡淡不捨的滋味了。

宿溪之前也沒考慮太多和陸喚之間以後的問題。

也不能這麼說，她其實也思考過一些……她本以為，她這邊順利通過升學考，讀完大學以及研究所，應該會找一份工作，偶爾回家看望父母。而陸喚那邊上朝處理政務，和上班也沒什麼區別，等到她和他都下班了，可以一起做很多事情。

經濟上也不用擔心，他那邊隨時可以將一些銀子帶出來。而即便有一天他帶不出來了，自己也可以賺錢養活他。

但是突如其來的住校讓宿溪發現，自己還是想得有些簡單了。

自己先前的計畫，相當於完全將陸喚劃為那個世界的人了，他在這個世界的作用只是待在自己身邊、陪伴自己。

但事實上，陸喚如果在這邊生活，也會需要這邊的朋友、人際往來。他出去後，會有人問他做什麼工作，從哪裡畢業。如果他這些經歷完全空白的話，那麼和自己的這個世界就會永遠存在格格不入的隔閡感……

更重要的是，到時候自己爸媽那邊怎麼說呢？

宿溪咬著筆尖，有點煩躁。

她喜歡陸喚，像那天晚上她承諾的那樣，無論發生什麼事，她都不會和他分開。爸媽不同意？那是什麼大不了的問題嗎？他沒有這個世界的學歷？那也不是什麼問題吧，只要兩人在一起，慢慢解決就行了。

這樣想著，宿溪放下筆，決定先不寫卷子了，她打開手機，打算趁著爸媽已經洗完澡進了臥室，把陸喚叫過來小聲商量下。

結果彷彿心有靈犀一般，陸喚忽然出現在她的房中。

宿溪嚇了一跳，壓低聲音：「你怎麼突然過來了？」

「妳明天快開學了，我想帶妳去個地方。」陸喚也壓低聲音道。

他熟門熟路地在宿溪的床底下拉出一個紙箱子，裡面裝著一些他的這個世界的衣服。

「現在？」宿溪看了眼手機：「都快十一點啦。」

陸喚身上穿著一身白色的長袍，束髮的布條也是白色，宿溪反應過來，應該是兩天前太后死了，他還在守孝，晚上才能回一下皇子府，也不知道今天守孝一整天，餓著沒有。

宿溪立刻道：「你餓不餓，我去煮點麵吧？」

「不餓。」陸喚摸了摸她腦袋，道：「只是今日白日裡實在抽不開身，所以只能這時間來。」

他拿著衣服，看了宿溪一眼。

宿溪立刻臉頰發燙，轉過身去，什麼也不看。

現在爸媽都在主臥，自己出房門會弄出聲音，陸喚就不好換衣服了，反正自己轉過身也一樣的。

宿溪問他：「去哪裡？不會太晚回來吧？」

陸喚道：「就一下下。」

宿溪看了眼自己身上的睡衣，又看了眼房門外，有種做賊的雀躍感。她小聲說：

「可是我們怎麼出去，從房間到大門會走出聲音的。」

陸喚從椅背上拎起她的外套，像幫小孩子穿衣服一樣幫她穿上，宿溪順從地伸長手。

「這樣就不會發出聲音了。」陸喚俯身，撈起她膝蓋彎，將她打橫抱起。一回生二回熟，第一次公主抱陸喚耳廓紅遍，還十分忐忑，怕唐突了宿溪，但現在儼然駕輕就熟，湊到宿溪耳邊道：「我走路很輕。」

宿溪緊張又刺激，點了點頭。

陸喚果然走路很輕，除了關門時發出了一點點的響聲，幾乎讓人察覺不到，更別說睡在主臥裡鼾聲震天的宿溪父母。

他熟練地拿了鑰匙，放進自己的口袋裡。

兩人出了社區。

陸喚攔了輛計程車，一路向前開。

宿溪發現他竟然讓司機開到了自己學校對面。

學校對面是一片高檔社區，本來因為地段好房價就貴，更因為是學區房而漲價許多。如果宿溪沒記錯的話，這裡一坪應該九萬人民幣了。

宿溪心裡隱隱預料到什麼，越來越激動。

陸喚帶著她進去，按了其中一棟公寓大樓的電梯，然後站在一套公寓面前，從另一個口袋裡掏出鑰匙開了門。

門一開，玄關處的燈光應聲而亮，是一套窗明几淨的美式裝修公寓。

宿溪有點怕踩髒了地面，也不敢大聲說話，興奮地驚呼道：「你什麼時候租下來的？」

「是買。」陸喚揚起眉梢，有些得意，但同時又有些忐忑，怕宿溪拒絕，想了想，他道：「還有件事想告訴妳。」

宿溪轉過身看他，覺得他說得十分認真，突然有種不好的預感，生怕他說出什麼再也來不了之類的話。

但卻沒想到，陸喚接下來的話讓她一下子對未來生活期待到了極點。

他眉眼灼灼地注視著宿溪，道：「我要作為轉學生，去你們班了。」

宿溪愣了兩秒，覺得十分的不真實，忍不住上前兩步，捏了捏他的臉——是真的。

可是怎麼說出來的卻是胡話。

陸喚頓時莞爾，一下子將她抱起來，在空中轉了一圈，等宿溪氣息不穩地被放下來後，他低下頭輕輕吻了下宿溪的眉心，雙眼注視著她，道：「我明白妳的顧慮。我在那邊向朝廷提出了守皇陵一年的請求。」

「可是守皇陵，會不會很清寒？電視劇裡的守皇陵不都是青燈古佛……」宿溪頓時心尖一酸，說不出是感動還是心疼。

她將陸喚抱得更緊了點。

陸喚心說，不能經常見到妳才清寒呢。

但他沒說，他心滿意足地感受著宿溪因為心疼，將他緊緊抱住，細軟的長髮掃在他脖頸，柔軟而溫暖。

萬籟俱寂，萬家燈火，又添了一家。

以前陸喚未曾感受過家的滋味，但他想，現在他有了。無論是在這個世界，還是在那個世界。有她的地方才是家。

陸喚買房過戶之前認真地查閱了一下這個世界的資料，發現並不如燕國只要出具銀兩和戶部的公文便可購買一塊土地和府邸那樣簡單，竟然還需要層層審核，十分的繁瑣。

於是他上個月中旬便已提前開始準備。

有兩天他趁著宿溪睡午覺時，透過仲介來看過幾次房。

這個地段的新個案全都是預售屋，想要買一間，就只能買中古屋。本來陸喚心中對中古屋十分不喜，但沒想到卻十分順利地找到了一套裝修風格非常乾淨，宛如全新的房子。

距離宿溪的學校很近，她中午可以過來午休，不用趴在桌子上睡覺。

陸喚這樣一想，覺得這房子十分合適，便迅速準備好了錢。

若是未成年的話，無論是買房還是開設銀行帳戶都需要監護人，很麻煩。為陸喚弄來身分證的中間人倒是可以將陸喚前十幾年的履歷安置在本市的育幼院，隨後還能為他找到一名姓陸的老頭，只要給一筆錢，那人便可以成為他的監護人。

然而陸喚在燕國便沒什麼親人，在這個世界，他希望他的戶口名簿上只有宿溪一個人。

於是陸喚在辦理身分證時，索性將年紀往後撥了幾個月，直接弄成了剛成年。如此一來，乾淨俐落，省去了很多麻煩。

仲介見到這少年竟然是全額付清，而非向銀行貸一部分款，簡直驚呆了。先前的房東生怕陸喚反悔，也很配合，因此事情很快便處理完了。買房前後辦理手續都沒有超過半個月。

在還沒塵埃落定之前，陸喚擔心出什麼意外，便沒有和宿溪講。

等一切事情都辦好了，今晚他就想帶宿溪過來，給她一個驚喜。

宿溪確實是驚喜到了，她在公寓裡轉了轉，興奮地打量著每一個角落，滿腦子都是這一塊要怎麼布置。

公寓裡前業主搬走之後，陸喚已經熟練地從網站上招聘了打掃人員，讓人來打掃過，因此現在公寓裡乾淨整潔，就是沒什麼傢俱。

宿溪走到廚房拉開冰箱看了眼，興奮地說：「明天放學後可以去超市一趟了，買些吃的把冰箱全都填滿！」

她已經能充分想像和陸喚一起癱在沙發上吃洋芋片、刷社群、打遊戲的生活！

陸喚跟在她身後，道：「還有床榻、桌案、燈這些傢俱，改天去置辦吧。」

「還有！」宿溪猛然轉身，地上剛上完了蠟很滑，她身子往後一仰差點摔跤，陸喚眼疾手快地將她拉住。宿溪的激動卻使她完全顧不上其他的，她仰起頭目光灼灼地盯著陸喚：「我可以在你這裡養貓嗎？！」

哪個女孩子不想養一隻軟萌漂亮的小貓咪呢，宿溪每次逛街，看到街邊的貓咪咖啡廳和寵物店都挪不動腳，但宿媽媽十分潔癖，是不可能讓她養的，她軟磨硬泡了十幾年都沒用。

但宿媽媽萬萬沒想到，妳不讓妳女兒養，自然有別人買房讓妳女兒養啊！

宿溪心潮澎湃，猛地抱住陸喚的腰，手腳並用地纏住，仰頭盯著他：「陸喚，讓我養貓吧！」

陸喚心臟跳得飛快，完全招架不住。

他想也沒想，直接就要答應了，但話到嘴邊及時剎住了車——她要是養了貓，是不是就有新的崽崽了？到時候還能分出視線給自己嗎？

陸喚心中很是懷疑。

他總感覺宿溪對自己的喜歡很不可靠，真的是那種女孩子對男孩子的喜歡嗎？莫不是把遊戲養崽的心態轉變為現實養崽了吧？

宿溪擰了下他的背，問：「你怎麼回事？不想答應？」

「妳衣服穿好。」陸喚伸手拉了下宿溪鬆垮外套下的睡衣，擋住她的鎖骨。

他喉結動了下，看向別處，臉上故意露出猶豫的神色：「唔，這個我得考慮下。」

「還考慮？」宿溪氣不打一處來，說好的有求必應呢，難道崽的翅膀硬了？！

「那怎樣你才可以答應？」宿溪問。

陸喚道：「第一，讓貓睡客廳或者陽臺，不可以鑽妳被窩。」

宿溪心想，養貓不就是為了從被子裡抓出一隻軟綿綿的小可愛，不讓貓鑽被窩這簡直喪盡天良！陸喚你喪盡天良！

但是管他呢，先答應，到時候陸喚還能衝進她房間把貓咪丟出去？

於是她笑咪咪地道：「那當然，沒問題，我懂，你怕貓掉毛，我洗床單時弄髒了洗衣機，連累到你的床單。」

陸喚：「……」

他心說，不，妳不懂。

宿溪問：「還有什麼條約嗎？第二和第三呢？」

陸喚理直氣壯：「第二和第三我還沒想好，等想好了找妳兌現。」

宿溪有點無語，懷疑陸喚最近用新買的手機看了《倚天屠龍記》，學起周芷若了。但眼看著小貓咪近在咫尺，她一併答應下來。反正陸喚還能提出什麼要求？好壞不過是過生日了要她送禮物，要吃她親手做的飯菜。

這晚，宿溪被陸喚送回家之後，懷揣著興奮和期待，在網上搜索了大半夜的正規貓舍，打算盡早去接一隻軟綿綿的小貓咪回來。

接一隻貓回來事情可多了，還要買貓窩、貓抓板、貓糧等等，於是宿溪刷完了貓舍，又立刻去逛淘寶，還喜滋滋地把一大堆營養品加入了購物車。

陸喚換上來時的白綢白冠，回到皇子府歇下之後，忍不住打開幕布看了眼她那邊。

當見到她淩晨四點還盯著手機螢幕上的貓一臉癡漢笑之後：「……」

雖說君子一言駟馬難追，但陸喚真真實實地後悔答應這件事了。

陸喚前往守皇陵之前，去拜訪了鎮遠將軍與雲太尉等人，與其商量交代了一下接下來的事情。

如今太子已經被禁足，丞相一派生了嫌隙，四分五散，外戚勢力不再如之前那般強大，正稱了皇上的心思。二皇子先前蟄伏許久，現在野心也漸漸露出水面。他與五皇子之間，勢必還要有所較量。

京城並不會風平浪靜，情勢只會越演越凶。

陸喚這一年待在皇陵，雖然是他自己請願，但外人皆不知道，皆以為他是被皇上貶黜，這倒是讓其他幾位皇子對他的警惕稍退。

這樣一來，在這些人爭鬥之際，他反而可以另外去做許多事情，不受干擾。

其中一件便是還未完成的任務十六，推進燕國的徭役賦稅改革。

陸喚與兵部尚書商討過，一時片刻想要減輕徭役賦稅、削減百姓壓力，幾乎不可能辦到。

上奏摺給皇帝，也會直接被扔回來。

畢竟，得從實際情況出發——燕國並非什麼富饒之地，國庫也並不空虛。前腳已經擊退的北境外敵近些年雖然暫時不會來犯，但是燕國卻還是需要養好兵力，以防萬一。

這些，全都是需要燒錢的。

要想做到這一點，前提條件是燕國國庫要先富裕起來。

正所謂開源節流。一方面要大力推動燕國農戶種植技術，加強生產力。另一方面也要從貪汙的官吏身上著手。正如先前查出東宮太子斂財無數，朝廷裡大貪小貪的蛀蟲還不知道有多少，一一去查，也需要耗費一些時間，還不能打草驚蛇。

陸喚前往皇陵，正好藉著這一年的時間，暗中派遣身邊下屬完成這些事情。

至於任務十七，在皇上採納了宵禁這個舉措，並讓各州試行之後，陸喚這邊就已經彈出了恭喜完成的訊息：『恭喜完成任務十七：查明京城中命案一事，降低犯案率推行各州！金幣獎勵加三千，點數獎勵加十五。』

宿溪和陸喚都發現，到了兩百點之後的任務，都變得非常的難，幾乎都與改善整個燕國的政策有關。

怪不得宿溪一開始做那些替陸喚獲取老夫人賞識的任務時，系統說難度只有幾顆星，到後來的官升從四品，難度也才二十幾顆星！

原來難的在後面！

現在的任務十七，難度都已經四十五顆星了！

更別說減輕賦稅推進改革的任務十六，難度已經達到六十五顆星。還沒滿格。

宿溪十分懷疑達到一百顆星難度的任務到底有多變態。

任務十七完成之後，總點數才達到兩百一十五，由於難度變大，進度開始變慢。陸喚又再接再厲地讓系統趕緊彈出任務十八。

任務十八是：『燕國在外貿、外交往來上一向沒有章法，請整頓來往交易的西域胡商，設立外貿監察機構。獎勵金幣為四千，獎勵點數為十八。』

燕國這些年尾大不掉，皇上也算不上昏庸，但的確無法照顧到燕國的經濟民生、軍隊外禦等方方面面。

於是許多從異國來的商人以非常低廉的價格從燕國買走了許多珍稀的木材、藥材，而與之交換的呢，卻是一些看似美麗，實則沒什麼用的寶石。

就連許多官員都被騙過，將寶石買回來，卻發現落地即碎。

外貿交易市場非常混亂，燕國因民間藥材大量被買走，國庫想要充實之時，反而不得不從異國購入。這樣長此以往，燕國自然越發貧窮，而異國卻逐漸富饒。

用宿溪那邊的說法便是，需將燕國的局勢逆轉為貿易順差，以強民生。

陸喚收下了第十八個任務，但是這個任務也是個長期任務，還要讓一些官員去皇上那邊遞遞奏摺。

暫時也急不得。

鎮遠將軍等人原本以為陸喚去守皇陵，是被皇上貶黜，但是經由陸喚解釋之後，他們倒是理解了。

陸喚所下決策的確沒錯。目前京城中的幾位皇子都想要得到皇位，原本這些野心可能還能稍稍按捺住，但是當陸喚以九皇子的身分回京之後，二皇子與五皇子便紛紛沉不住氣了。若是陸喚留在京城，接下來必定要承受他們的明槍暗箭。

對此陸喚倒是覺得不足為懼，兵來將擋，水來土掩即可，但是若是一直如此，便抽不開身去做別的事情了。比起與他們纏鬥，爭奪九五之尊之位，倒不如將時間耗在一些有助於黎民百姓的事情上。

他們想爬上皇位，這份野心本身沒錯，但即便將對手一個個鬥倒臺，做了皇帝，燕國百姓還是處於水火之中。人心亦不會歸順。

京城七日喪事已過，滿城白綾。

大雨停歇之後，皇宮裡派來兩列御林軍，賞賜給陸喚，護送他一路前往皇陵。

畢竟是皇子，守皇陵也不可能真的那麼清寒，相反，陸喚所居住之地名為臺山行宮，與京城中的皇子府沒有離很遠，但就是清冷了些，除了駐紮的御林軍和他從北境帶來的一些羽林軍部下之外，再看不到京城繁華熱鬧的街市。

沒了官員絡繹不絕地登門，陸喚將人派遣出去，身邊只留下了一個信得過的下人照應，開始清閒幽靜地閉關，按照守皇陵的例律，抄寫起了一些經文。

而這邊，宿溪開學報名有三天，她索性等到陸喚抵達臺山行宮住下之後，再等他一起開學。畢竟很多事情陸喚還不清楚，也沒去過她學校，宿溪怕他迷路。

這天早上六點多，陸喚過來了，宿溪等他換好衣服之後，拉著他一起出門，去做開學之前要做的第一件事——

剪頭髮！

陸喚這麼長的頭髮肯定連校門都進不了，教務主任鐵定會將他攔住。

「確定要剪短嗎？」宿溪伸手摸了把陸喚的烏黑長髮，看他一副氣定神閒的樣子，覺得自己比他還肉疼。

她問：「那你那邊怎麼辦？燕國男子全都是玉冠長髮，被發現你頭髮這麼短，會不會很奇怪？」

陸喚道：「臺山行宮冷清，幾乎沒人去，我身邊都是心腹，無礙，若是要下山，我戴上輕紗帽即可。待到明年回京，頭髮應當已經長長了。」

宿溪還是不太捨得，讓陸喚走遠一點，拍了幾張他長髮樣子的照片存在手機裡，才帶他一起去了一家自己提前預定好的網紅店。

早上八點多，網紅店剛開門，兩人進了店，沒有別的顧客，就只有造型師一人。

造型師見到陸喚驚為天人，表情十分誇張：「帥哥，想剪什麼樣的頭？」

陸喚道：「問她。」

宿溪從手機裡搜出自己最喜歡的年輕小鮮肉偶像的照片，讓造型師按照這個剪：「這種能剪嗎？」

造型師連忙道：「當然能啊，而且妳朋友剪出來應該比照片上的這人好看多了！」

陸喚也看了眼宿溪手機裡的那張照片，心中醋罈子打翻，冷冷道：「我不要與這人相提並論，隨意幫我剪個平頭吧。」

宿溪笑噴了，將他按在椅子上：「你比他帥！」

陸喚表情稍霽。

造型師開始幫陸喚剪頭髮，宿溪趁機去外面吃了碗小餛飩。

等吃完逛了一圈回來，一走進去，陸喚剛好扯掉蓋在身上的圍布站起來。

宿溪視線落在他臉上，驚豔得愣住。

陸喚長髮時已經足夠俊美，舉手投足間還帶著一股古人的氣度。但是剪了乾淨的短髮之後，似乎完全變了一種感覺。一雙眼睛漆黑凜冽，不自覺地透著一股涼意，站起身的那一刹那，挺拔得猶如風裡的白楊。

褪去了幾分千年光陰的氣質之後，他看起來就像是所有學校裡永遠鶴立雞群的那種乾淨大男孩。

然而又比所有長得好看的人，更增添了幾分清冷挺拔的氣度。

宿溪懷疑他一進校門，就會登上各大學校論壇，成為本市市草，再誇張點，說不定會有人投稿至社群。

宿溪開始想把他藏起來了。

陸喚覺得脖子涼颼颼，沒有頭髮披肩，十分不習慣，忍不住摸了摸刺蝟腦袋。

他朝宿溪走過來，問：「我現在像你們這裡的人了嗎？」

大長腿朝自己一邁，宿溪要眩暈了。

宿溪顧不上回答他，眼見就連造型師都忍不住直勾勾地盯著陸喚看，趕緊拽著陸喚的手離開網紅店。

頭髮剪短了，兩人回到社區樓下，陸喚在樓下等，宿溪偷偷摸摸上去，把陸喚的衣服等物用箱子裝起來，拿下去給他。

這些東西放在宿溪房間，她總覺得像是定時炸彈，生怕哪天被打掃衛生的老媽發現，現在讓陸喚帶到那邊的公寓去，她總算放下了一顆心。

接下來，兩人兵分兩路。

陸喚去處理轉學手續的事情，宿溪回家收拾東西，宿媽媽下午送她去住校。

宿溪想到以後在學校就能見到陸喚，說不定還能讓老師把她和他安排成隔壁桌，心中就異常雀躍，只覺得天氣明媚，腳步都十分輕快。

宿媽媽幫她收拾東西，見她還在哼歌，心中覺得匪夷所思，哪次開學宿溪不是垂著腦袋，怎麼今天這麼興奮？！

宿媽媽問：「妳高興什麼呢？」

宿溪臉不紅心不跳地答道：「想到即將可以投入到沒日沒夜、廢寢忘食的高三念書生涯中，我心潮澎湃！」

宿媽媽：「……」

宿媽媽十分欣慰，中午獎勵宿溪多吃一個雞腿，下午讓宿爸爸回來開車送兩人去學校。

學校不能進車，宿爸爸還有事，於是先走了。

宿媽媽與宿溪去教室報完名，聽班導師誇獎幾句之後，領了鑰匙，拖著行李箱去宿舍大樓。

臨走時宿溪暗地往班導師的登記表上看了眼，但是沒看到陸喚的名字，還想翻個頁看一眼，但班導師放下茶杯轉過頭來，她就做賊心虛地趕緊放下了登記表。

宿舍大樓一共好幾棟，分為女生宿舍和男生宿舍。

人來人往的全都是家長和學生，一眼分不清誰是誰，有些混亂。

宿媽媽拉著行李箱，宿溪拎著書包往寢室走，但是走到樓下，宿媽媽看著臺階，傻眼了：「妳們寢室在幾樓？」

宿溪看了眼鑰匙牌號：「五〇六……五樓。」

她趕緊上前一步拎自己的行李箱：「我來吧，媽妳腰不好，別拿了。」

「還是我來，我來，溪溪妳放下。」宿媽媽心疼女兒，不滿道：「怎麼妳的寢室在這麼高的樓層，爬上爬下不得累死？妳快放下，別折騰，我來。」

宿媽媽要去拎行李，宿溪已經兩隻手費力地拎了起來，挪上了幾階臺階。

就在這時，宿媽媽忽然聽到從身後傳來一個清沉好聽的男孩子的聲音：「宿溪，我幫妳們吧。」

宿媽媽還沒反應過來，就見一個身形頎長高大，面容俊朗到全社區的阿姨廣場舞都不跳了的男孩子大步流星地走過來，他將宿溪手中的行李箱單手拎過去，十分輕鬆的樣子，看了眼宿溪背上的書包後，他隨手又將宿溪的書包拿下來。

他抬起頭來，看向宿媽媽，露出笑容，溫潤有禮：「您好，您是……宿溪的姐姐嗎？

我是她班上的同學。」

宿溪：「……」戲精！

她心中瘋狂吐槽，回頭看了眼自己老媽，只見自己老媽已經笑得合不攏嘴了，老媽將頭髮捋到耳後：「你這孩子怎麼這麼乖巧，哪裡是姐姐啊，我是溪溪媽媽。」

陸喚像是唐突了她一般，立刻變得有些局促：「阿姨好，抱歉。」話還沒說完，宿媽媽理解寬容地道：「沒事，我的確長得比較年輕，那同學，就拜託你了，太感謝了，你叫什麼？」

陸喚看向宿溪，漆黑的眸子裡只有幾分宿溪才看得懂的得逞笑意：「陸喚。」

他拎著宿溪的行李箱，往樓梯上走，走得十分輕鬆，但出於禮節，始終在宿溪與宿媽媽前面幾步，還時不時停下來等宿媽媽。

宿媽媽在後面看著，忽然捅了捅宿溪的手臂，美滋滋地道：「看來我是真的年輕了，是不是最近做的頭髮顯年輕？不過妳這個同學，看起來學習成績就很好，有空讓他去我們家做做客。」

宿溪：「……………」

母親，妳的原則呢？

什麼叫看起來成績就很好？看臉看的嗎？

宿舍是四人間，兩個下鋪已經有人放了行李，但是人不在，應該是去學生餐廳吃午飯了，於是宿溪只好選擇其中一個上鋪。

其實將東西搬過來宿舍也只是走個過場，學校對面有公寓，還有陸喚，她回宿舍睡的次數估計不會太多。

但她總不能和老媽說自己打算高三一年去陸喚那裡睡覺吧？

老媽只怕會氣得心肌梗塞。

因此宿溪老老實實地挑選床鋪。

宿媽媽在寢室走了一圈，皺起了眉頭：「水槽有點髒，我去樓下福利社買掃把和拖把，幫妳打掃一下，妳先收拾下東西。」

宿溪點點頭：「好。」

宿媽媽一走，寢室裡只剩下宿溪和陸喚兩人，宿溪鬆了口氣，問：「你手續都辦好了嗎？」

「嗯。」陸喚下意識往懷裡掏去，但是掏了個空，這才想起來自己今日穿的是這個朝代的長袖休閒衣與長褲。

他從褲子口袋裡掏出來兩張卡片，遞給宿溪：「一張是學生餐廳的飯卡，已然充值一千，一張是公寓的門卡，若是卡掉了，密碼是妳的生日，也能開門，妳拿好。」

宿溪心中充滿了期待，興奮地看了陸喚一眼，陸喚垂眸看她，眼角眉梢也有幾分壓抑不住的神采，兩人像是背著大人偷偷早戀一樣，都有些心虛。

尤其是宿溪。她忍不住把陸喚往外推，小聲道：「好了，你快走啦，不要在我媽面前找存在感。」

幫忙拎個行李沒什麼，要是繼續待下去，媽媽肯定要起疑。

陸喚個子有些過高，站在狹窄的寢室走道裡，顯得寢室很小，再一次把宿溪心中短手短腳小包子的形象劃得淡了些。

他巋然不動，看了眼單薄的上鋪板床，道：「我來時去過樓下的超市，採購的人非常多，伯母可能半個小時都無法回來。妳爬上爬下諸多不便，我替妳把床鋪好再走。」

宿溪拗不過他，只能隨他去了。

宿溪將行李箱打開，把裡面部分衣物收拾進衣櫃，做個樣子，等老媽回來也好交代，剩下一部分她打算直接拎去學校對面的公寓。

陸喚動作飛快地將她那張床鋪欄杆的螺絲全都擰了一遍，然後從口袋裡掏出一卷粉紅色的防撞氣泡墊，一個一個細心地纏在鐵梯上。

那防撞氣泡墊上還畫著粉紅的熊本熊。

宿溪看見這一幕有些凌亂，就跟看見征戰沙場的少年將軍突然掏出一隻粉紅芭比一樣，她湊過去問：「你這從哪裡買的？」

陸喚道：「購物軟體。」

宿溪整個人都不太好了：「你什麼時候學會網路購物的？」

陸喚不以為然道：「此物極其方便，想要採購什麼便直接下單，翌日自會有人送貨上門，還算簡單，若有不會，再搜索即可，我一試便會。小溪妳可有想買之物，放入購物車，我隔幾日替妳清空一次。」

宿溪攤手：「你手機給我，我看看你都買了些什麼？」

陸喚將手機遞給她。

宿溪拉了把椅子坐下來，翻了翻陸喚的訂單，發現他竟然還是個敗家子，從淘寶上買了窗簾冰箱等物不說，還買了很多刀槍鐵劍什麼的，除此之外，還將很多毛茸茸的玩偶加入了購物車，忍不住問他：「你買這些幹什麼？」

陸喚道：「武藝不可丟。」

宿溪：「我是說這些玩偶！」

陸喚遲疑了下，看向她：「我以為，妳會喜歡。」

宿溪哭笑不得，但又有點感動。

逐漸學會去使用手機，對於陸喚而言就已經是較為艱難的事情了。

雖然說他用購物軟體用得很輕鬆，但是對於從未接觸過這些新奇事物的他而言，其實還是有些吃力的。

他這是在努力融入自己這邊的世界。

所以，雖然他買的這幾隻毛茸茸玩偶她沒什麼太大的興趣，但是她喜歡他。

「你猜中了，我很喜歡。」宿溪莞爾道。

陸喚這才鬆了一口氣，眸子裡露出些幫她買了胭脂之後如出一轍的驕傲神情，嘴角輕輕一勾，十分霸道總裁地道：「我就知道。」

臭屁！宿溪快笑死了，把他脖子猛地一勾：「過來。」

幸好陸喚腰力極好，否則被宿溪帶一個趔趄，他微微俯下身，就感覺宿溪在他左臉頰上親了一口。

陸喚睜大眼睛，耳根迅速紅了，他眼睛很亮，飛快地拿過手機，又下單了幾個，然後側過身，用右邊臉頰對著宿溪，悶不吭聲。

宿溪：「……滾啊！」

誰想要直男審美的死亡芭比色玩偶啊！

第三十三章　未來不足為懼

兩人正說著話，忽然有人來了，宿溪心頭一跳，趕緊一把將陸喚推開。

進來的是一個穿長裙的女生，她視線落在兩個已經被占據了的下鋪上，不高興地皺了皺眉。

宿溪報名時在班導師那裡看過寢室名冊表，五〇六四個人，三個是她班上的，另外一個是別的班上的，因為奇數不好分配，所以被分到她們寢室。

宿溪主動打了個招呼：「妳好，我是宿溪。」

那女生點點頭：「妳好，于霈。」

陸喚幫宿溪鋪好床，順便幫她把蚊帳掛上，現在還是夏末初秋，如果宿溪中午懶得出校門，想在寢室午休的話，有蚊帳會舒服得多。

上鋪距離天花板有些近，他個子太高，蹲在上面顯得有些難受，於是很快鋪好後他便跳下來了。

于霈眼睛一亮，注意力頓時全被這男生吸引過去了，她從沒在學校見過長相這麼優越、氣質這麼鶴立雞群的男生。

「妳哥哥？」于霈忍不住問宿溪。

宿溪笑了下，「我班上的同學。」

于霈的表情頓時更加熱絡：「新轉學來的？不然我不可能沒印象啊！」

她實在太熱情了，宿溪心說不好，這不會是看上我們家崽了吧。

陸喚則有些不滿於宿溪的敷衍，更正道：「男朋友。」

于霈的笑容頓時僵在臉上。

陸喚也看了眼于霈，見于霈不是什麼能吸引到宿溪移不開眼的漂亮小姐姐，長相還算普通，他放下心，拿了宿溪的保溫瓶，轉身出去幫她裝熱水了。

他出了寢室門，于霈還盯著他的背影看。

宿溪見到這一幕，心中嘆了口氣，這下完了。

陸喚留長髮時大多數時間都戴著鴨舌帽，所以見到他臉的人不算多，但自己帶他去剪了頭髮之後，他不用戴帽子了，完全露出他那張俊美得不像話的臉，要真的在她學校讀上一年書，還不知道有多少女生會遞情書給他。

禍害啊禍害。

宿溪手機響起來，宿媽媽在樓下買好了東西，拎不動，讓她下去接一下。她和于霈說了下，轉身下樓去了。

沒過多久陸喚拎著兩瓶熱水回來，又從宿溪的行李裡找出一條抹布，去水槽那邊弄溼後擰了擰，幫宿溪把書桌和椅子上的灰塵擦乾淨。

于霈看著他，連自己行李都不想收拾了，想搭話但是又不知道從何搭起。

盯著他看了一下，于霈臉頰有些紅，小聲問：「裝熱水的地方人多嗎？」

陸喚還沒意識到她是在和自己說話，抬頭看了眼發現宿舍裡就只有自己和她。

他答道：「不多。」

「你叫什麼？」

陸喚皺了皺眉，沒理她。

于霈又道：「帥哥，我還有一個箱子在樓下，實在太重了，還沒拎上來，你可以幫我個忙嗎？」

宿溪剛好提著老媽新買的拖把和掃把上來了，剛要推門，就聽見這話，頓時以女孩子的第六直覺敏銳地覺得自己這新室友對陸喚動了心思。她頓時有點不爽。

但是崽崽估計感覺不出來，畢竟現代女孩子和古代女孩子截然不同，古代女孩子動不動就羞澀萬分，而現代女孩子表達好感的方式是直接套近乎。

他分辨不出來，說不定會答應。

宿溪又覺得自己有點小氣，搬個東西也沒什麼，女孩子的確力氣小，崽崽一向與人為善，自己有什麼好吃醋的。

要不自己進去讓他幫于霈搬一下吧。

宿溪剛推開門，就見陸喚慢悠悠抬起頭，掃了于霈一眼：「妳無手無腳嗎？」

宿溪：「……」

于霈：「……」

宿溪心說，她錯了，她是產生了什麼錯覺，竟然認為陸喚與人為善。

于霈臉色一陣青一陣白，將行李扔在床上，奪門而出。

宿溪估計她被這麼一嗆，她不討厭崽崽都算好的了，哪裡還會喜歡崽崽？

她風中凌亂地走進去，看了陸喚一眼，一百八十五公分高的男生反坐在凳子上，見她來了，立刻站起來眼睛亮晶晶地邀功：「桌椅全都擦好了。」

宿溪覺得他站姿有點怪怪的，和自己說話不正面對著自己，而是側身站著……她抓狂道：「……陸喚，你幹嘛用右邊臉對著我？！沒有了！不親了，別想了！」

陸喚幽幽地看著宿溪，有些失望，原來一次只親一邊臉頰的嗎？

宿媽媽馬上就要上來了，陸喚也不便久留，他飛快地幫宿溪拖地板，就從另一邊的樓梯間下了樓。

宿媽媽進來之後，被宿溪的執行力吃了一驚，她才下去採購半小時不到，宿溪居然已經把床鋪好了，衣服收拾好了，甚至桌椅擦過了，水槽全洗過了嗎？！

宿媽媽欣慰至極，覺得宿溪在做家務上終於能獨當一面，而宿溪心虛無比。

宿媽媽叮囑一番就離開了，開學就這樣在打掃衛生中度過。

開學前兩天都只是報到，不上課，於是宿溪和陸喚一起去了一趟傢俱市場和大型超市，將公寓裡缺少的一些東西全補足。

公寓兩間房，她和陸喚一人一間。兩人非常忙碌，但是十分充實。

忙完這些，宿溪在貓舍定了一隻棕虎斑的扁臉異國短毛貓，心情激動地等待著半個月後貓咪打完疫苗，被貓舍送過來。

九月五日，班上正式上課。

陸喚轉校過來之前的身分是在育幼院長大，因此班導師不知怎麼的對這名長相俊美的少年莫名有幾分同情，還特地要去幫他申請補助，被陸喚溫和拒絕之後，班導師才作罷。

因為這一點，陸喚提出想和宿溪坐在一起的請求，班導師幾乎沒有猶豫就答應了——他說他在這個城市只認識宿溪，班導師聽這孩子這麼說，心都碎了！

因為早就和霍涇川、顧沁說過陸喚要轉過來，因此兩人都沒有太大的吃驚。

然而不出三人所料，陸喚踏進班上的這一天，他們班上頓時炸開了鍋。一百八十五公分的大帥哥！比霍涇川還帥！活的！班上的同學興奮極了，紛紛圍了過去，像是看到動物園裡的珍稀動物一樣。

女生表現得很明顯，第二天齊刷刷的都洗頭了。

宿溪：「……」

好氣。

全班的女生都非常的羨慕宿溪，居然一開學就可以和轉學生成為隔壁桌。

陸喚剛開始念書，著實有點難以適應，尤其是數學，雖然已經學過九章算術等，但一些特殊的符號他畢竟從未接觸過，從頭開始還是非常生澀艱難。

英語先前已經自學過，除了口語要從頭學起之外，其他的已經有了些基礎。

至於歷史地理等，他倒是上手的非常快。

而最快的莫過於國文。

國文老師引經據典，發現國策論上的一些東西，竟然只有陸喚能和他對答如流，於是國文老師簡直像是挖到了一塊寶一般，對陸喚愛得不行。

開學一週之後，陸喚一直調整著自己，讓自己盡快適應這種校園生活。

下課後，宿溪趴在桌子上，問他：「你感覺怎麼樣？」

比起周圍瞌睡蟲上身，趴成一片的同學，陸喚簡直神采奕奕，他一邊抄寫著單字，一邊道：「這裡沒有權勢等級，爾虞我詐，我覺得很不錯。」

在燕國，無論是誰人來與他結交，都或多或少抱有目的。長工戊等人投奔他，是希望從他這裡得到庇護，萬三錢仲甘平等人與他合作，是希望從他這裡獲得利益，而兵部尚書等人自不必說，君君臣臣，鴻溝如天塹。

但是身邊這些十七八歲的同學們，心思卻單純得令陸喚感到有些不可思議。有的靠近他只是因為他長得帥，有的只是為了抄他作業，還有的就更加純粹了。人與人之間無上下之分，無利益牽絆，自由而平等。

宿溪莞爾，也由衷地為陸喚感到高興。

她先前還有點忐忑，害怕陸喚因為自己而來到這個世界，卻對這個世界的印象並不好。但現在看來，除了自己，他還是能從這個世界得到更多有益的東西。

「開學一週了，今晚叫上霍涇川和顧沁，去我們家吃火鍋吧。」宿溪道。

陸喚笑道：「好。」

之前的三人黨儼然因為陸喚的出現，變成四人黨。

對此顧沁非常樂見其成，雖然不是自己的，但是整天看著帥哥養養眼也好啊，可霍涇川就不是那麼爽了，總有種朋友被陸喚奪走的感覺。

陸喚將門卡給他們，隨後和宿溪一起去超市買火鍋食材。

霍涇川和顧沁感應門卡進了公寓，在兩人的公寓裡看了眼，霍涇川懷疑道：「我總懷疑陸喚是富二代，這房子即便是租的，一個月也好多錢吧？而且他還通勤，放著宿舍那麼好的地方不住，居然在外面租房子。」

顧沁擰了擰其中一間臥室的門把手，發現擰不動，奇怪道：「難道他是和別人合租？我看到浴室有女生的東西。」

霍涇川沒有顧沁那麼敏銳，道：「可能是他親戚的？」

兩人打開電視，百無聊賴地等宿溪和陸喚回來。

超市裡。

陸喚推著車，將食材放進車裡，宿溪走在他身邊，抓緊時間打開手機看最近的電視劇。

陸喚不得已牽著她。

宿溪完全不用看路，心中美滋滋，如果和她媽一起逛超市這樣做，她媽肯定會一巴掌把她手機打掉！有男朋友就是好啊！

陸喚看了眼她的手機螢幕，見又是愛恨情仇虐來虐去的肥皂偶像劇，不解道：「為何編劇會這樣編？」

他因為剛融入這個世界，最近問題很多，宿溪都會認真回答。

於是宿溪抬頭：「什麼意思？不這樣編怎麼編？」

陸喚指了指她手中的螢幕，說：「這人不是說愛這人嗎？怎麼發生一點誤會就跑了？」

宿溪樂了：「不這樣哪裡來的衝突啊？」

陸喚搖搖頭：「我自幼孤苦無依，小溪於我而言，是唯一的朋友、唯一的親人，也是最珍惜的愛人，若是我，我心悅妳，努力離妳更近一點、對妳更好一些都來不及，可為何這些電視劇裡卻要發生這麼多誤會，男女之間動不動便走失、分散在人海中呢？」

這話換別人來說，宿溪會覺得他未免太自信，但若是陸喚來說，宿溪知道他字字肺腑。

相處久了就會發現崽崽是個很認死理的人。

他神情認真，對電視劇裡的主角嗤之以鼻，宿溪抬頭看他，心中一樂，忍不住踮起腳獎勵了他右邊臉頰一個輕輕的吻。

廢話，因為你比他們都要好。

陸喚喉嚨一動，可能覺得匪夷所思，自己說這個話竟然可以得到親親？！於是他張了張嘴巴，又要複述一遍。

宿溪有點風中凌亂，這人是不是太得寸進尺了？

她一把捂住他嘴巴，怒道：「別嘮叨了，看路，買貨！」

高三開學半個月後，後面黑板上就開始倒數升學考的日子了，學校大門口也拉起了「今天你不學，明天你搬磚」的橫幅標題，所有人都感覺到了漸漸變得緊張起來的氣氛。

於是從學生餐廳到教學大樓上學生的步伐變得匆匆，很多人午休時都不睡覺，就待在教室裡面刷題。

陸喚來到這所學校、這個班級，一開始半個月的確引得話題萬千，很多別班的女生都跑過來看他，搭訕的也不計其數。

但是等前半個月的新鮮感過去之後，大家逐漸對班上多出一個大帥哥習以為常。

一來是這所學校是升學高中，學生們還是以念書為主，都比較有自制力。二來是即便有類似于霈那樣藉機搭訕的人，陸喚也不怎麼搭理，他比宿溪還警惕萬分。

於是半個月後，班上的同學見到陸喚又在幫宿溪值日擦黑板，都已經淡定了。

宿溪和陸喚一起上下學，一個星期教他一件現代的事情，從廣播體操到打麻將，到狼人殺和溜冰，陸喚學什麼都很快，再加上除非燕國那邊有什麼事，他都待在這邊，有了充足的時間，於是他漸漸地越來越像二十一世紀的大男生，也越來越融入這個世界。

剛來這個世界時，他最不習慣的莫過於搭車。坐在四個輪子彷彿在地上漂移的馬車上，陸喚整個人的世界觀都受到了巨大的衝擊。

一旦習慣之後，陸喚便忍不住開始研究起來各種汽車的車型。

這大概是所有男孩子都控制不住的愛好，對機械類的東西有著強烈的熱愛。

他還網購了掃地機器人和一些模型，用來拆開看看裡面到底是什麼構造。

週末放鬆時間，不寫作業時，宿溪抱著平板坐在沙發上看電視劇，他就在旁邊拆拆拆——宿溪都有點羨慕他了，因為此前從來沒接觸過現代文明，所以在他這裡，新奇之物簡直太多了。

有些在宿溪和霍涇川他們眼中看起來平平無奇的東西，比如說電暖器，他都忍不住將中間的發熱燈絲拆下來瞧一瞧。

如此一來，宿溪的世界對陸喚而言，有太多可以探索之處。

在宿溪的陪伴之下，很快地，陸喚已經不再像一開始那樣，與這個世界格格不入。

除了說話言行、待人接物，仍然保留著燕國的風俗之外，他走到哪裡，街上的人都只會以為他是哪所中學的校草，或是哪裡的小明星。

對此，不得不說宿溪心中非常踏實。

在兩個世界還不能進行溝通之前，她產生過很多的顧慮，可是後來發現，原來她都白擔心了。

不存在兩個世界永遠無法見面這樣的事情。因為他會努力完成任務來到她的世界。也不存在他站在她的世界裡格格不入，最終只好與她分道揚鑣這樣的事情。因為他會努力融入，努力在一個完全陌生的世界以正常人的方式生活著。而但凡他去做的事情，最後都會成功。

陸喚他從來不會讓她患得患失、擔心害怕。

以前那個小包子一樣的崽崽，從一張紙片人，慢慢地用時間在她心中填充成了一個有血有肉、有溫度的人。

也是直到他來到她的世界，她才意識到這些……他不只是有心事時頭頂會冒泡、高興時頭頂會長太陽、不高興時頭頂會烏雲密布的遊戲小人，更是活生生地站在自己面前，是一個擁有著無限美好品德、溫柔坦誠、執拗堅持的少年。

宿溪每天看到陸喚都覺得心裡暖洋洋的，十分的踏實滿足。

彷彿既擁有了底氣，又擁有了勇氣。無論未來如何變幻，都不足為懼。

這天週末，宿溪預定的異國短毛貓終於到家，貓用籠子裝著，因為是乘坐計程車來的，大概嚇壞了，嗚嗚地叫。

宿溪激動得不得了，跟爸媽說自己去顧沁家補作業，其實一早就在公寓這邊等著，她將籠子和貓拎到陽臺，陽臺上早就準備好了貓砂盆和貓糧碗。

籠子一打開，胖乎乎的小貓咪警惕地看著四周，拖拖拉拉地走出來，小肚子上的肥肉亂顫。

宿溪心臟都萌化了！抱起來摟在懷裡摸牠的小腦袋看，捏捏牠的小肥臉。

陸喚從外面買完菜回來正看到這一幕，見宿溪把貓抱在懷裡又摸又親，就連門邊傳來他回來的響聲，她都沒聽到，陸喚換了鞋子走進來，宿溪還在激動地捏貓爪爪……陸喚忍不住咳了一聲，問她：「我買了蝦，中午吃蝦嗎？」

宿溪抬頭看他一眼，驚喜地叫他過來：「快快快，幫牠取個名字。」

陸喚把菜放在廚房，走過來，在她和貓面前蹲下，捲起袖子剛要抱貓，卻見那隻貓陡然炸毛，膽小地縮回籠子裡。

「……」陸喚瞥了牠一眼道：「取名為膽小吧。」

「別怕，他人很好的，不凶。」宿溪笑著對貓說。

她將手伸進去，揉了揉貓頭，思考片刻，抬起頭來看陸喚，一錘定音：「就叫膽大好了。」

陸喚看了眼籠子裡縮成一團的小貓咪：「……妳確定嗎？」

膽大很快融入了這間公寓裡的生活，但不知道為什麼，牠有點懼怕陸喚，但凡陸喚出現的地方，牠都飛快地夾著尾巴逃竄了，陸喚喊一聲牠的名字，牠便迅速逃似的躲進宿溪的懷裡。

對此，宿溪和陸喚都相當的迷惑。大概是相處在同一屋簷下的兩個雄性生物之間的不和。

宿溪讓陸喚多餵餵膽大，和牠好好親近一番，可但凡陸喚倒進貓碗裡的食物，牠一概不沾。最後不得已還是宿溪來餵，陸喚只能鏟鏟屎。

鎮遠將軍和皇上，以及燕國的百姓，哪裡能想到他們的九皇子明面上是去守皇陵，但實際上每天都在另一個世界，紆尊降貴地蹲下去幫一隻四腳獸鏟屎呢。

陸喚所預料的果然沒錯，宿溪第一次養貓，一整個星期都處於興奮之中，恨不得將貓抱進房間裡一起睡。

一個星期七天裡面有六天，陸喚敲門喊宿溪起床，推開門時，都發現那隻肥胖的貓心滿意足地攤開了肚皮，睡在宿溪頭頂。

肥貓懶洋洋地睜開眼皮，發現又是他這個兩腿獸進來時，還瞟他一眼，那眼神非常的炫耀。

「……」

陸喚臉都黑了。

本來晚上一直都是兩個人在沙發上並肩靠著，自己做自己的事情，這隻肥貓來了之後，整整一個星期都占據了宿溪的大腿，悠然自得地舔著爪子。

偏偏宿溪還被萌得心肝亂顫。

陸喚瞥了眼胖得摸不出腰身的肥貓，整個人氣壓都有點低，鬱悶地想牠究竟有哪裡可愛。

他實在忍不住，快狠準地捏住肥貓的後脖頸皮，拖住牠的屁股，將牠趕下沙發。

肥貓委屈地跳上茶几，對著宿溪「喵嗚」一聲。

宿溪剛剛還在摸貓的手頓時兩手空空，看向陸喚：「你幹嘛？」

陸喚比貓更委屈，倒進她懷裡，腦袋枕在她大腿上，拿起茶几上的卷子遞給宿溪，道：「有題不會。」

有題不會這可是大事！宿溪頓時嚴陣以待：「哪一題？！」

開學以後月考過一次，第一次考試陸喚考得不是很好，畢竟他再怎麼天資聰穎，也不可能在這麼短的時間內將高中這麼多內容全學會。

萬萬沒想到，崽崽在燕國雖然是學霸，但來到這邊還是對各個科目有些不適應，看來老天爺幫他開的金手指也沒有太誇張。

還被霍涇川嘲笑他學渣！宿溪想起來都想捶霍涇川一頓。

她早就想找個時間，幫陸喚補習了。

宿溪連忙接過卷子和筆，先自己演算一遍再跟他講。

這樣一來宿溪完全將貓拋諸腦後。

陸喚單手摟著宿溪的腰，對不遠處趴在地上的那隻肥貓勾起了唇角。

肥貓：「……」有貓病啊？

兩個月後，陸喚和膽大之間無形的爭風吃醋才漸漸好轉，膽大將陸喚每天幫牠鏟屎看在眼裡，終於肯從宿溪膝蓋上跳下來，跳到陸喚的膝蓋上，稍微和陸喚親近一點了。

而宿溪也總算從一開始的狂熱心態，轉變為正常的養貓心態。每天對肥貓的親親抱抱不再那麼頻繁，開始分配給陸喚。

陸喚頭頂才終於多雲轉晴。

宿溪教會陸喚在手機上用那些聽力軟體、數學講解APP之後，陸喚就花了大量的時間在上面。他比任何人都要刻苦，大多數同學包括宿溪到了高三還要睡一下懶覺、賴一下床，但他可能是行軍習慣了，從無這個習慣。

他每日孜孜不倦，點燈刷題。

自己刷完了一遍，還要監督宿溪刷一遍。

於是期末考試時，他比起第一次考試進步非常大。

他考了年級一百一十三名，剛好在霍涇川前面。

這下霍涇川笑不出來了

而宿溪本來懶散慣了，成績在年級前五到三十名左右浮動，在他的監督和強迫刷題之下，苦不堪言，但結果是好的，她期末考試竟然考了有史以來的最高成績，考了年級第二。

她爸媽都驚呆了。

天氣變冷，雪就下了起來，學校像個象牙塔，無憂無慮，讓陸喚度過了極為難忘的一段時間。

已經高三了，沒有寒假。

過年只放七天寒假，這七天宿溪也沒辦法待在公寓，必須得回家。

陸喚便幫她收拾好了東西，打算送她回去。

回去之前，他一如既往地每夜回到臺山行宮露個面。這半年來他抄寫的經文已經堆成了一疊，他安排了兩個下人抬到另一個殿裡放著。

臺山這邊也下了雪，紛紛揚揚，飛簷之上冰天雪地。

陸喚這半年來沒再剪短頭髮，宿溪幫他紮起快到耳根的頭髮，回到燕國這邊之後，剛好可以束冠。他換上繡龍的長袍，打開久久關上的殿門，出去和羽林軍交代事情。

但還未走出兩步，忽然聽到山腰上快馬加鞭的聲音，是從京城裡來人了。

這夜從京城裡十分突然地傳來一個大消息。

半年前利用胡商洗錢一事鬧大，當時太子只是被禁足，但是從傳來的消息來看，這半年來二皇子又動了什麼手腳，最後是五皇子力排阻撓，將太子一事公布於眾——而剛好一個月前，被太子從中收割了腰包的泰州再次災害，民聲怨懟，一時之間朝廷控制不下。

朝中竟有人提議，廢太子，以平民憤。

這封信是兵部尚書讓人傳來的，應當不會有假，陸喚在臺山行宮待了半年，消息隔絕，但是這消息傳到他這邊，卻並不算晚。此時金鑾殿上應該正在爭執當中。

他神色不變，眸色有些晦暗，轉身回殿內，先將信在燭光上燒了。

如果他沒記錯的話，上一次在幕布上看到的任務十九是設立教育總盟，推行讀書，對民生進行補助，設立縣郡學堂，促進燕國人民開智。

而任務二十是──「踏入宣武門，坐擁太極宮，成為燕國的皇帝。」

兵部尚書急切地派人傳信給陸喚，肯定是希望陸喚盡快回朝，現在朝局動盪，太子面臨被廢，在民生怨懟之下，皇上說不定為了平息此事，真的將太子廢了！到時候陸喚不在朝中，十分被動，就只剩下二皇子與五皇子爭這太子之位。

而一旦讓他們中任何一個人坐上，將來陸喚再想扳倒他們便難了，畢竟這二位一個能忍一個有勇，都比縮頭烏龜的太子要強得多。

即便陸喚無心帝王之位，這兩人任何一個人當上皇帝，都不會留他。

他與廢太子不同，沒了丞相，廢太子便扶不上牆，但陸喚卻是個強大的威脅，任憑哪個做了皇帝都不會允許在這種威脅下繼續待在京城。

話裡話外之意，陸喚現在已經沒有退路了。

但，陸喚現在回去卻是名不正言不順。守皇陵一年，無詔不得回京，若是明目張膽地回去，狼子野心昭然若揭，只怕又給了二皇子把柄。若是暗地裡回去──這倒簡單，但在京城裡連下腳之地也沒有，露了面，還是名不正言不順。

如今之計，只能等到一個合適的機會，再光明正大地回去。

要想做皇帝，最好是沒有任何汙點，才能收服民心，百姓才能歸順。

若是回信，只怕中途會被有心人攔截，自己即便不回信，兵部尚書為官多年，也會知道該如何自行保全。於是，陸喚這夜並沒回信，而是靜靜等待事情繼續發展，上次讓二皇子漁翁得利，這一次，他決心讓二皇子成為捕蟬的螳螂，竹籃打水。

燕國又是一個寒冷的冬天。

臺山大雪鋪天蓋地，延綿不絕，京城局勢風起雲湧，千變萬化。

陸喚叮囑兩個較為親近的羽林軍每日將打探來的消息遞入殿內之後，便繼續閉門不出。

從他這裡得不到任何回音的兵部尚書卻急了。

兵部尚書一方面覺得陸喚大約有自己的謀劃，他不必為陸喚擔心，但另一方面又難免焦灼於陸喚態度消極，毫無坐擁太極宮之心。

他和鎮遠將軍一開始並無明確立場，直到陸喚恢復九皇子身分，眾人帶軍從北境回來之後，他與鎮遠將軍才在金鑾殿上，多次站在陸喚那一邊，如今已經完全是九皇子的派系了，一榮俱榮，一損俱損，陸喚不坐上那個位置，他們這些人接下來的命運也不會好過。

就算不為這個，為天下百姓，他也希望陸喚能登上那個位置，使得燕國河清海晏。

朝廷命官都在京城，鎮遠大軍已經回了四方駐守之地，從京城到皇宮，一共明德、朱雀、寒天三道城門，非戰亂時期，大軍入不了京城，一旦入京，便會被以謀逆之罪捉拿。

兵部尚書擔心京城局勢陡然生變，於是提前將自己與鎮遠將軍的家眷親屬安排出了城門。

宿溪也沒想到補完課之後，燕國發生了那麼大一件事情，她打開手機時，百姓小人烏泱泱的一片，聚集於朱雀門外，向朝廷請命，廢除太子，雖說這件事中間肯定有人挑撥、故意激起民憤，但歸根結底，要不是太子趁著國亂時期中飽私囊，哪裡會鬧出這麼大的事情？

現在金鑾殿上騎虎難下，廢除太子動搖國本，不廢太子只怕民心不穩。

陸喚從臺山那邊回來，在房間裡換好衣服出來之後，宿溪忍不住拿著手機去找他：

「你打算怎麼辦？」

幸好這事不是發生在升學考前後，不然崽崽連升學考都不用考了。

肥貓在腳底下用背拱著宿溪的腳，宿溪輕輕將牠踹開，嘀咕道：「媽耶，你們燕國的二皇子有問題，我之前還以為他真的是個老實的呢，沒想到藏了一手。」

「是啊，老謀深算。」陸喚顯然還惦記著當年秋燕山圍獵的那件事：「這種人設是不是很帥氣？妳還留了盞燈給他呢。」

宿溪：「……」跟著我看電視劇看多了吧，還知道「人設」。

陸喚盯著宿溪的手，幽幽地問：「妳用哪隻手幫他抹藥的？抹得那麼勻……」

「你要幹嘛？」宿溪急忙左手抓右手，把自己的手藏在背後：「這種醋你也吃，我又不是為了他才救他的，你不是早就知道我是為了你……」

話還沒說完，陸喚湊到她身後去抓她的手，宿溪下意識往身後退去，退到牆邊退無可退，被陸喚壁咚了一下，陸喚抓起她的手，往自己胸膛上抹了一下。

宿溪：「……」

陸喚這才高興起來，道：「別人有的我也要有。」

宿溪：「神經病啊！我在最開始的時候還彈過寧王府中兩個下人的屁股呢，你要不要也有一下？」

說完她真的捏了下身前少年的屁股。

陸喚臉色一瞬間精彩紛呈：「……」

玩笑話不多說，重點是如今京城的局勢，宿溪很為陸喚擔心。但陸喚算了下時間，現在還不到時候。

無論現在二皇子和五皇子誰占據上風，到時候想要爭奪太子之位，都必須要使皇上下一道聖旨。皇上不會輕易將太子之位給他們任何一個人，文武百官原本就站在不同的派系，也不會輕易歸順於他們任何一人，那麼到時候他們之中的勝者必定只有一條路——策反。

陸喚只需要靜待其變即可。

「等到情況再混亂一點，我再去收拾爛攤子。」陸喚道。

聽他這麼說，宿溪多少放下了一些心，反正不管怎樣，受傷是受傷不了的，還有自己和系統這個金手指呢。

但該來的還是要來，宿溪要回家過年，整整七天，見不到面。

餵完了膽大，陸喚拎著宿溪的行李箱送她回家。其實也就幾條街的距離而已，但不知道為什麼，宿溪異常捨不得，心裡空落落的，尤其是除夕和初一自己肯定要在家，陸喚只能一個人過年了。他以前每年過年都是孤獨的一個人，宿溪其實很想陪他過年。

樓下。天上飄灑著細細屑屑的小雪。

雖然是白天，但因為天光不太亮，自動路燈還是開著。

陸喚站在宿溪身前，幫她攏了攏圍巾：「回去打電話給我，明天也要打電話給我，除夕繼續打電話給我。」

宿溪道：「明天我應該能跑出來，到時候附近的公園見。」

「好，我等妳！」陸喚眼睛亮了亮，他正想說這話，但又擔心宿溪覺得他太黏人了，見宿溪先脫口而出，他心口像是淌了一片溏心蛋，道：「妳記得多穿衣物，暖和一點。」

「嗯嗯，過年七天，你記得多刷題，你去那邊京城的事應該要耽誤一陣子，再開學就只剩下一個學期啦。」宿溪叮囑道：「還有，餵飽膽大，不要趁著我不在，就剋扣牠的糧食。」

陸喚酸溜溜道：「妳關心那隻肥貓牠的飲食如何，到了我這裡就只是督促我學習，其他的都不關心是嗎？」

宿溪看著他，忽然道：「我真捨不得你，不然跟我回去吧。」

陸喚驚喜道：「此話當真，小溪妳要承認我了嗎？我現在上去收拾東西——」

宿溪被他認真的語氣嚇了一跳，話還沒說完，叫的車子來了。

宿溪趕緊溜了，宛如一個不負責任的渣男，哈哈笑著對他道：「別做夢了，等畢業吧，不過初四你可以以同學的身分來我家做客！」

陸喚有點幽怨，但仍忍不住笑起來，快速地將她的行李箱放進後車廂，然後跟著上了車。

宿溪本來以為這就溜了，誰知道他還跟著上了車，悚然失驚道：「陸喚你幹嘛，還真要去見我爸媽嗎？」

「送妳回去。」陸喚無奈道，「我明白，自不會為難妳，見妳父母一事等畢業後再說。」

宿溪這才鬆了口氣，拍了拍胸脯。

陸喚握住她的手。

車子在霓虹燈下緩緩流動，街道上的過年味很濃重，到處張燈結綵，陸喚也是第一次見到這個世界的新年，雖然不如他們那邊的元宵節時京城街市上的人頭攢動，但各種商店琳琅滿目，卻更加繁華。車子開的一路，他朝外看，宿溪跟他介紹路邊擺著的一些煙火和鞭炮。

陸喚猛然想起秋燕山圍獵之後，她消失八日不見，出現時在自己頭頂放的那炫目的煙火，他畢生難忘。

不知這個世界的煙火又是何等美景。

這樣想來，他與她還有許多事情未做，等著一輩子去慢慢完成。

宿溪希望車子開得慢一點，這樣就可以和陸喚多說一點話，但是即便再慢，也就是幾條街的距離，很快車子就抵達了社區，宿溪不得不推門下車。

陸喚替她將行李箱從後車箱拎出來，送她到了公寓大樓附近。

陸喚對她道：「晚上見。」

宿溪錯愕：「晚上？」

陸喚指了指她口袋裡的手機，道：「妳別忘了有這個，晚上洗完澡叫我，我去妳那裡一起寫作業吧。」

「啊，我差點忘了！」宿溪還以為至少要兩三天見不到面呢。但是陸喚那邊的幕布可以調整起始畫面，之前他就將起始畫面調整成了公寓那邊，否則這段時間以來，每次都出現在自己房間，肯定沒辦法躲過自己爸媽的眼睛。

他既然可以調整畫面，那麼他在那邊，只需要先回到臺山行宮，然後再將畫面調整到自己房間，晚上豈不是可以輕鬆進入自己房間？然後等自己老媽走到門口時，他再突然消失回到燕國——

還能這麼玩？！

宿溪驚喜萬分：「你剛剛怎麼不說？！」害她以為好幾天見不到他，挺失落的。

陸喚本來剛剛就打算說的，但是見到宿溪垂著頭，蔫蔫的樣子，他才感覺到，宿溪也會因為他的不在而思念他。

這下宿溪放心了，美滋滋地道：「那好，我上去了，晚上見。」

她邊說邊倒退著走，快走到公寓大樓下才轉身朝前，但是當推著行李箱進了公寓大樓以後，她又忍不住回頭，卻見紛紛揚揚的大雪之下，陸喚仍站在路燈下，遙遙地看著她，他雙手插在黑色羽絨外套口袋裡，因為頭髮又長長了，所以戴了頂棒球帽，即便隔了這麼遠，仍能看見他眉目如星，視線只落在自己身上。

他見自己回頭看，張了張嘴，像是對自己說了句什麼，但是已經隔了一段距離，宿溪聽不清了。

不知道為什麼，宿溪心中湧起一陣強烈的割捨不開的思念感覺，還沒分開就已經開始想念了，四下無人，她將行李箱扔在公寓大樓下，忽然又往回走。

推開公寓大樓底下的門，走著走著，忽然又跑起來。

陸喚漆黑眸子帶著笑意，在她宛如一顆炸彈衝回來之前，張開了懷抱，宿溪砸進他懷裡。

「你剛才說什麼？」宿溪踮起腳，挽著他的脖頸。

陸喚環抱住她的腰，另一隻手揉了揉她的腦袋，對她道：「我說——」

宿溪支起耳朵，耳廓有些燙，她總覺得剛才那個口型，像是某三個字。

「我愛妳。」陸喚微微垂眸，直視她的眼睛。他說這話也像是有點難以啟齒，耳廓微熱，但他仍死死掐著宿溪的腰不放。

宿溪臉色紅透了，她就知道：「算了我上去了。」

陸喚：「好。」

他用力地抱緊了宿溪，腦袋在她脖頸間埋了一下之後，才鬆開了她。

宿溪一步三回頭地往公寓大樓裡走，直到消失在電梯裡，陸喚也沒走掉。

她拉著行李箱站在電梯裡，想起方才陸喚認真的眉眼，嘴角不知不覺笑得裂開了，有個倒完垃圾的阿姨跟她一起站在電梯裡，奇怪地看了宿溪一眼，問：「小女孩，談戀愛啦？」

宿溪陡然害羞，傻笑了兩下，等到電梯停在自己家那一層，連忙拉著行李箱衝了出去。

住校之後，她平時也會一週回一次家，因此宿爸爸宿媽媽見她回來，根本什麼表情也沒有，老爸在廚房燒水，老媽在沙發上織毛衣，看了她一眼：「回來啦？剛好，幫妳爸澆澆花吧，他忙不開。」

彷彿不是親生的宿溪：「……」

宿溪放下行李，怨念叢生地拿起澆花的水壺走到陽臺上，她無意往下瞥了眼。

樓下，確認她回家之後，高大的男孩子雙手插在口袋裡，站在那裡仍沒走，見她從陽臺上出現，他笨手笨腳地學著宿溪喜歡看的電視劇裡面，雙手舉過頭頂，對宿溪比了個大大的心。

宿溪望著他，又抬頭看了眼天上的雪，笑著想，覺得自己大概是中毒了，怎麼會一天比一天更喜歡他一點呢。

陸喚也懂了一些這個世界過年時候的人情往來。週一到週三宿溪要和父母一起去親家拜年，到了初四時，他就可以以同學的身分去宿溪家拜年了。

一個人上門未免會引起宿溪父母的懷疑。於是宿溪打電話強行把霍涇川從被窩裡叫出來，讓他和陸喚一起來。

門被敲響，宿媽媽把手上的水往圍裙上擦了擦，從廚房出去開門，就見到兩個穿羽絨外套的大男生站在外面。

其中一個是從小看著長大的小霍自不必說。另外一個皮膚白湛，俊美英目，有些眼熟，宿媽媽回憶了一下才想起來是開學時幫忙拎行李箱的男孩子。

她連忙笑吟吟地讓兩人進來：「快進來，在我們家吃午飯吧。」

「好啊。」霍涇川換了鞋後就大咧咧地走進去，直接進了廚房，問：「宿阿姨，中午吃什麼啊，有沒有炒土豆絲？」

陸喚還站在門口，對宿媽媽笑了笑，然後將自己帶來的兩個手提袋遞給她：「阿姨，一點小禮物，新年快樂。」

「怎麼還帶禮物呢？！」宿媽媽嘴上這麼說，但還是下意識地將手提袋打開，結果表情立刻變得驚喜萬分——其中一個手提袋裡居然是一副麻將。

麻將的做工十分精緻，每一張牌都十分光滑晶瑩，摸在手裡有一種上好的玉質感，在燈光下還光華流轉。

宿媽媽一瞬間懷疑這是不是玉雕刻成的，但是又想，哪有小孩送過年禮物，居然送這麼貴重的。

而另一個手提袋裡是一壺酒，裝酒的容器不太像現代茅臺酒那種玻璃瓶，而像是從電視劇裡挖出來的桃花酒之類的東西，總之香味快要溢出來，都吸引得宿爸爸從書房跑出來了。

宿媽媽可不能收，對陸喚道：「謝謝小陸同學，但是你這禮物未免也太貴重了吧？！」

陸喚道：「不貴不貴，都是一些家鄉特產，我去其他同學家拜年也帶了相同的禮物。」

宿媽媽聽他這麼說，才放下心來。

扭頭就包了一千塊的紅包給他說：「給你。」

原本宿媽媽給宿溪朋友的紅包都是包個一兩百，意思意思，除了霍涇川和顧沁每年會多一點之外，其他上門拜年的同學數目都比較小。

但是她覺得陸喚這兩份禮物怎麼說也是一份心意，還不知道價格要多少，她也不太識貨，估算了一下就直接包一千，現金不太夠，還從宿溪和霍涇川的紅包裡分別抽了幾百塊塞進去。

宿溪有，霍涇川也有，陸喚也就收下了。

但是等宿爸爸宿媽媽去廚房忙活，三個人湊在宿溪房間把各自的紅包打開一看——

宿溪八百，陸喚一千，霍涇川兩百。

宿溪：「……」

霍涇川：「……」

他跳起來一臉怒容地看向陸喚：「以前你沒來，阿姨都給我五百的，今年你怎麼這麼多？！」

「你每年來我家都蹭吃蹭喝蹭壓歲錢！有這麼多你還不知足？！」宿溪雖然心中也正哀嘆今年壓歲錢怎麼少了好幾百，老媽竟然把自己的錢掏出去給陸喚！但就是見不得霍涇川針對陸喚，立刻站在陸喚那邊，「陸喚上門帶了禮物，一副藍玉做成的牌，每張都是無價之寶，你帶了什麼，你每年就帶一張嘴！」

「藍玉，還無價之寶？我不信。」霍涇川哼笑道：「你是富二代也不可能帶古董來吧？！」

宿溪看了陸喚一眼，會心一笑，陸喚也笑而不語。

陸喚最拿手的就是雕刻一些小的木雕，能刻得栩栩如生，這些宿溪都已經見識過了，在玉上面雕刻對他而言也沒什麼難度，但是因為只有幾天時間，他就沒有親手去做，而是交給了屬下，讓屬下找了幾個雕刻匠人，按照圖紙連夜趕工，這就把一副牌雕刻出來了。

「不要動不動就互相對視好嗎，我還在這裡呢！」霍涇川簡直看不下去，恨不得衝上去把兩人分開。

陸喚淡淡地對霍涇川道：「倒不是多貴重的東西，一點心意罷了。」

宿溪：「就是！你送了什麼？心意都沒有！」

霍涇川：「……」

陸喚又將宿媽媽給他的紅包裡面的一千塊全部拿出來，遞給宿溪：「都給妳。」

宿溪眼睛一亮，以前每年都是一千二，今年看來塞翁失馬焉知非福啊，被老媽抽走了四百，但是又被陸喚送回來一千，今年居然有一千八！發大財了！

「……」霍涇川氣了個半死，嘟囔著不要吃狗糧了，扭頭就去看電視了。

而廚房裡頭，宿媽媽一邊擇菜，也一邊笑得合不攏嘴，宿爸爸在旁邊倒了一點點酒，聞了聞，也是愛不釋手。宿溪這同學送禮物怎麼那麼會投其所好呢？宿媽媽喜歡打麻將，他喜歡喝點小酒。

宿媽媽偷偷瞄了眼三個孩子都在房間，忍不住小聲對宿爸爸道：「我覺得，剛來的那個小陸，像是喜歡我們家溪溪。」

宿爸爸不太高興自家白菜被拱，把酒罐子放下，道：「妳就知道瞎說，人家純潔的同學關係不行嗎？」

「純潔啊，孩子們看起來都挺純潔的，但他看我們溪溪的眼神，明顯不一樣，剛才進臥室之前，我看見那小孩還特地把小霍攔在外面，讓溪溪收拾好東西，才讓小霍進去。」

「這能代表什麼？」

宿媽媽神神祕祕壓低聲音道：「女孩子房間總是有一些散亂的東西要收拾起來才能讓人進啊，這孩子細心啊，而且看起來對小霍進溪溪房間很有意見的樣子。」

「我服了妳了。」宿爸爸接過擇好的菜，開始炒菜，一邊道：「一個小動作都能分析出這麼多，妳當妳福爾摩斯啊。」

「女人總是敏感一些的，我感覺小陸看溪溪的眼神和你當年看我就是一樣的。」宿媽媽看了眼已經人到中年發福了的宿爸爸，找補了句：「當然，溪溪眼光比我好，這孩子從頭到腳都遠勝你萬倍。」

猝不及防地被扎了一刀的宿爸爸：「……」

宿媽媽和霍涇川的媽媽之前喜歡把從小一起長大的宿溪和霍涇川配對在一起。但這時宿媽媽仔細對比了下陸喚和霍涇川兩個男孩子，越想越覺得，小霍的確很優秀，但是和小陸比還是不行啊。

瞧小霍進門那雞窩頭，一看就是在家躺在被窩裡打遊戲。但小陸就不一樣了，個高腿長，黑色羽絨外套，帽子上一圈毛，乾乾淨淨。先不提長相小陸勝出小霍一個量級了，反正男孩子重點不在於長相，光是禮貌程度，小陸比小霍禮貌多了。他進門知道送禮物，小霍呢，一進門就往廚房跑——根本不用指望他幫忙做家務了。

而且據說，期末考試小陸成績也排在小霍前面。

這還有什麼可以挑剔的？小陸簡直完美。

之前宿媽媽用丈母娘看女婿、閨密看閨密兒子的眼神看霍涇川，覺得小霍這孩子還算不錯，但大概那時候是因為周圍沒有誰和他比較吧。現在多了小陸，樣樣比他強，宿媽媽頓時看在自己家蹭吃蹭喝的霍涇川沒那麼順眼了——

瞧他還一個人獨占沙發，緊緊握著遙控器，抓起盤子裡的瓜果，盤子一下子就空了。

不行。

宿媽媽直搖頭，小霍不行，她倒戈了，小陸更好。

宿媽媽心裡這樣想，沙發上看動畫笑得宛如公雞打鳴的霍涇川根本不知道，根本不知道自己已經在宿媽媽心中從女婿候選人一下子淪落到了宿溪的普通朋友。在房間裡的宿溪和陸喚同樣也不知道，只是感覺他們出來之後，宿媽媽熱情到了極點。

吃飯時不停地夾菜給陸喚，讓小陸多吃點。

比例大概是這樣——夾一筷子給宿溪，夾一筷子給霍涇川，夾三筷子給陸喚。

平時在宿家都能享受到兩筷子的霍涇川頓時感覺宛如被打入了冷宮，渾身冷颼颼的。

吃完飯後，一起看了一下電視，沙發上的座位分布也出現了明顯的變化。以前霍涇川來宿家，都是和宿溪、宿媽媽一起坐在正中央正對著電視機的長沙發上，最沒有家庭地位的宿爸爸一個人坐在旁邊離他們老遠的兩人沙發上。

但不知道為什麼，今年坐在長沙發上的變成了陸喚和宿溪，霍涇川被趕到和宿爸爸坐一起了。這個位置看節目都要扭過頭，脖子痠得要命。

他和宿爸爸互相對視一眼，眼淚都快流下來。

陸喚卻是十分受寵若驚，大概是從來沒有感受過這樣的家庭溫暖，導致宿媽媽不停地幫他倒茶，讓他吃橘子，他竟然有點不知所措，看了宿溪好幾眼，宿溪讓他快吃之後，他才剝了個橘子……遞給了宿溪。

宿溪：「……」

宿媽媽：「……」

霍涇川：「……」我靠，這小子太會巴結了，難怪把他在宿家的位置擠掉了！

先前還不能來到這個世界，只能透過幕布看著的時候，陸喚便覺得宿溪家裡和樂融融。或許也只有這樣父母恩愛、無論發生什麼事都共渡難關的家庭，才能養育出宿溪這樣的性格來。

那時宿爸爸宿媽媽或許還不認識他，但他已經對宿爸爸宿媽媽十分了解，因此初次見面就覺得非常親切。現在終於可以坐在宿溪家裡……陸喚看著熱茶上方緩緩升騰的蒸氣，覺得心中一陣滿足。

第三十四章　一切塵埃落定

初四拜完年後，宿媽媽就叮囑陸喚多過來玩，她非常地熱情，完全不知道這幾天宿溪房門緊閉寫作業時，陸喚都在書桌的另一邊一起寫。

又下了幾場雪，陸喚和宿溪、霍涇川、顧沁一起在公園裡堆雪人打雪仗。

本來是捏雪球互丟，但不知道為什麼最後演變成誰往宿溪身上砸雪球，陸喚就砸誰。偏偏陸喚擲雪球精準無誤，命中率百分之百，霍涇川和顧沁都被砸得慘兮兮，滿頭大雪，帽子脖子裡也都是，忍不住怒道：「喂！陸喚作弊啊，開掛吧？不玩了！」

宿溪完全被排除在戰局之外，又好笑又鬱悶，對陸喚道：「還讓不讓我參加了？！」

陸喚只好退出，他一退出，戰局恢復了平衡，三個人又瘋玩起來。

但少年蹲在花壇上面，羽絨外套的大帽子蓋著腦袋，漆黑漂亮的眼睛盯著她看，一副可憐兮兮的樣子，宿溪又不忍了，主動退出：「我也不玩了，打來打去有什麼意思，衣服都溼透了，乾脆堆雪人吧。」

「她就知道護著他。」霍涇川都無語了，扭頭對顧沁吐槽道：「要不我們也湊成一對，這樣他們結婚的時候，我們家只要包一個紅包。」

顧沁有點慢三拍，愣了一下，頓時滿臉通紅，一腳踹過去：「滾啊。」

公園裡，四個雪人並排，兩個靠得緊一點，另外兩個很遠。

因為堆好後，陸喚非要把他的擠在宿溪的和霍涇川的中間，擠來擠去，最後把他的和宿溪的單獨離那兩人很遠。

漫天飛雪，打打鬧鬧，這個年就過去了。

這同樣是陸喚所擁有的真正意義上的第一個新年。從前在寧王府看著外面街市小巷張燈結綵時，從沒想過身邊有了心悅之人，有了朋友，還有了會關懷自己的長輩，打雪仗堆雪人這些事情雖然尋常，但是對於從未擁有過的陸喚而言，卻具有不一樣的意義。

燕國京城那邊繼續膠著著，太子一事還沒有徹底下定論。

陸喚一方面繼續等待，一方面和宿溪一起，初七就去學校開學了。

開春後陸喚讓兵部尚書提議設立外貿監察機構的事情有了眉目，太子身上雖然出了大事，但皇上畢竟是想要保住太子的，於是從上元節到開春以來，想盡辦法地把先前貪汙斂國難財的那件事推到從西域來的胡商身上，這樣一來燕國與其他諸國的貿易矛盾便突顯了出來，兵部尚書堅持不輟地上奏此舉，皇帝便順水推舟地同意了。

和先前的宵禁一樣，外貿監察機構同樣是先選擇幾個州郡開始試行。若想推行至整個燕國，沒有半年時間無法完成。

但聖旨一頒布之後，陸喚這邊的系統便彈出來任務十八完成的消息，於是點數十分順利地累積到了兩百三十三點，距離三百點還有一大截，但是有關於減輕賦稅徭役的任務十六無論再怎麼進展迅速，也至少需要三年時間來完成，因此關於三百點的這方面，陸喚和宿溪都不急，畢竟急也沒什麼用。

先前陸喚數個措施，都是透過兵部尚書來完成，這一年以來，倒是讓兵部尚書在朝廷和京城積累了不少的威望，先前兵部不過是六部中的一部，但現在卻儼然成了六部之首。

陸喚保持著每日都從眼線獲取京城消息的頻率，繼續留在這邊讀高三。只是上學期隔幾日回一趟臺山行宮即可，這學期卻因為京城局勢變幻莫測，不得不每夜回去一次。

這學期課業又顯而易見地加重，每天堆積在課桌上的卷子簡直有好幾公斤，宿溪有點吃不消，上早自習時經常因為睡眠不足而一覺睡過去。

陸喚卻得益於良好的身體素質，比旁人有著更多的精力，去追趕他們。

宿溪課桌裡面除了書就是塞滿了各種零食，他的課桌裡面卻是一些毛毯和枕頭，宿溪實在撐不住犯睏了，他就悄悄往宿溪身上蓋一條毛毯，等巡邏的老師來了，再匆匆叫宿溪起來。

雨下了一整個春天，陸喚這個時候的成績也終於穩定下來，從年級一百多逐漸向前追趕，四月份倒數第三次統考時已經考到了年級二十多名。

這個時候霍涇川叫他出去打籃球，他也不去了，為了和宿溪考上同一所大學，全神貫注、一心一意地撲在念書上。

宿溪也一邊鞏固自己的知識，實行了題海戰術，一邊幫他從頭到尾複習一遍。

宿溪還有點得意，崽崽雖然聰明，做許多事都非常厲害，但是用一年學會的知識，還是遠遠不如她這種苦讀了十二年的嘛。但是隨即一想，這有什麼好得意的啊！他用一年的時間就能考到年級二十幾，自己努力了十二年，最好的名次還是年級第二？！

宿溪緊迫感在即，也更加努力了。

五月底，同年大燕庚子鼠年小滿，太子遭到的彈劾越來越多，四月廿九，太子被廢，遷出東宮，幽居皇子府。

民怨散去不少，但金鑾殿上卻更加風起雲湧。

太子這一廢，東宮之位空出，下一任東宮恐怕就要正式監國了。文武百官不得不從二皇子與五皇子之間站隊，大家都還記得臺山行宮有位守皇陵的九皇子，但是九皇子卻已經有十個多月沒從臺山傳來任何消息。二皇子與五皇子的明爭暗鬥越演越烈。

京城消息頻頻傳來，陸喚數夜未睡，都前往燕國部署事情，這就導致即將升學考，他身上卻事務繁重。

宿溪其實很有點擔心，但是這個時候也只能撐著一口氣，度過這段時間，等到升學考過後，京城中大局穩定，才是真的可以鬆一口氣。這個過程的確有點難，但只要他和她一起往前努力就好了。

夏天炎熱，電風扇在頭頂嗡嗡作響，宿溪與陸喚一起聽聽力，白色的耳機線兩人一人一個，從脖頸處隱入，外面的夏蟬聒噪不已，但教室裡自習的學生卻格外安靜，兩人也十分安靜，只時不時抬手勾一下選項。聽力聽完之後，陸喚繼續往下刷題，宿溪幫他節約時間，幫他把聽力一併改了。

批改完後，宿溪有些驚訝地小聲道：「你這次居然只錯了一道。」

「有獎勵嗎？」陸喚悄悄地問。

他腦袋一靠過來，說悄悄話，宿溪臉色頓時有點紅，催促道：「快繼續寫卷子，把這一張寫完之後叫我，我幫你對一下答案。」

陸喚揚唇點點頭。

隔了一下宿溪拆了兩顆糖，遞了一顆給他，薄荷味的，可以提神，在夏日聒噪的蟬鳴中宛如一陣清風。

這夜，陸喚前往臺山行宮時，再一次從兵部尚書那裡接到了消息。

如陸喚所料，二皇子開始動手了。

一日前，朱雀門陡然封鎖。

先前皇宮裡就傳出過消息，皇帝在御花園倒下了，不知道是因為中暑，還是因為前段時間太醫判斷出來有中風的先兆。近半年來皇帝因為太子的事情殫精竭慮，龍體一直不怎麼好，前幾日在金鑾殿上便已有重臣催促快點立新太子輔助監國，然而皇帝卻久久未下決定。翌日皇帝便下了一道聖旨，讓守皇陵已經有一年之久的九皇子衍清回來。

這道聖旨，卻沒能出京城。

幸好皇上早有所料，擬了兩道聖旨，一道騎馬出京，一道交給身邊宦官，三日後離開皇宮交給兵部尚書。

而在此之後，朱雀門便封鎖了，御林軍重兵把守，稱是查皇宮裡丟失諭旨與對皇上下毒之人，官員全都不得進入。

京城中許多官員抗議，但是大部分官員的家眷在輕舟節入宮赴宴之後便沒有回來，一時之間眾官員也不敢輕舉妄動。御林軍首領不知何時成了二皇子的人，這幾日在朱雀門外十二時辰輪流巡邏，擅闖者死。

五皇子顯然沒有料到二皇子居然敢如此膽大包天，直接猝不及防地便起事了，五皇子帶兵與其對峙，然而二皇子卻將五皇子的母妃推於城門之上。

這便是短短幾日以來，京城發生的巨大變故。

兵部尚書等人提前未雨綢繆，將家眷送出了京城，此時倒是還未受到掣肘，但是諸多同僚都在御林軍的控制之下，此時必須要有人前往北境，帶兵過來救皇帝。

然而，這個時候事態嚴重，已經是整個京城都被封鎖起來，一隻蒼蠅也飛不出去了。

陸喚收到信的當夜，便安排當時和自己一起上臺山行宮的羽林軍做了一些措施。大部分人仍留在臺山，唯有陸喚與其他五個人穿上黑色斗篷，輕裝上馬，分成三隊人馬，祕密疾速朝北境燕國兵力駐紮之地趕過去。

然而路上遭到了血洗程度的刺殺。

這場刺殺早在陸喚的意料之中，京城裡二皇子只怕是早就下了命令，從臺山上下來的人，一個活口也不要留。這些人跟他下山之前，陸喚已經吩咐過，如果發生什麼事情，不要誓死保護自己，也不要前往北境，直接脫了一身羽林軍服束，混入百姓之中逃過一劫。

這場刺殺自然是成功了。

三天後漕河上方漂浮起一具屍體，被泡脹得面目全非，懷中有九皇子的玉牌，稟告到京城之後，整個京城都以為九皇子死了，舉國同喪。

但那其實是一具身形與陸喚相似的死囚屍體，早在半年前，陸喚做準備時，就讓人找來送上臺山行宮，答應安頓好死囚的家人。

京城中二皇子並不知道這一點，只知道除去了心頭大患之後，皇位終於唾手可得。

五皇子母妃受到挾持，不得不退讓一步。

隨即，京城出了詔書，皇帝自稱年歲已衰，二皇子仁愛寬厚，能為燕國帶來福祉，擇日禪位於他。

先前京城以及皇宮一切封鎖，都只是祕密進行，二皇子完全能撇清關係，但此詔一出，二皇子想要奪得皇位的狼子野心便昭然若揭。刺殺之時，馬背上的人的確是陸喚，假裝受傷滾入河中的也是他，只是從這裡他便直接回到了宿溪的公寓當中，二皇子再從河中打撈出來的人，便是那死囚了。

唯有等到二皇子出手下此詔書之後，陸喚才可以以護駕之名名正言順地帶兵回京。

於是，詔書下了三日之後，京城議論紛紛之際，事態陡變，城外赫然是從北境歸來的大軍，烏泱泱一片，威風赫赫。

九皇子也沒死。

九皇子既然沒死，為何監國的二皇子卻說他死了。九皇子手中明明有皇帝親筆召回的詔書，為何先前找到屍體之前，二皇子卻說他無詔回京。

只得出了一個結論，二皇子狼子野心，挾持了皇宮中的皇帝。

陸喚帶領大軍壓境，變得名正言順，甚至順理成章地在百姓口中、史書上變成了一記英勇大功。在大軍之下，皇宮裡的御林軍毫無抵抗之力，五皇子甚至為了皇宮裡的母妃，主動裡應外合，開了京城的城門，放大軍入內。

庚子年五月初五，朝局動盪，二皇子入獄，成為了階下囚。燕國民心所向，向的是帶大軍救國的九皇子衍清。

想當皇帝很簡單，殺了寶座上的人的頭顱，篡位即可，但難的是民心歸順，以及長達數十年地守住這皇位。

第一個想當皇帝的人，是謀逆、是篡位。謀逆永遠名不正言不順，遲早會有人造反。

第二個人將第一個人趕下來，卻是護國。

皇帝的確年歲已高，正在等待一個退位的機會，只是二皇子按捺不住，早早地動了手。二皇子也不得不動手，皇帝即便不將皇位傳給陸喚，下面還有高他一著的五皇子，他沒有機會。

陸喚等了半年，最後見這萍水相逢的二哥還是動手了，便也不得不順水推舟，讓他成了墊腳石。短短數日的風雲，卻令驚慌之中的燕國人民前所未有地擁護九皇子即位。

燕朔庚子年五月初六，太上皇正式頒布聖旨。奉天承運，皇帝詔曰：沿用燕朔年號，九皇子聰慧過人，得天庇佑，朕今傳位，使其登基為帝，望其明君，使燕國百姓安居樂業。普天同慶，減稅三年。

燕朔庚子年五月初六，是宿溪這邊的六月六日。

陸喚帶領近衛入大明宮，登基大典於三月內擇吉日另行舉行，一切終於塵埃落定。

許多事亟待處理，例如尚衣局需要量尺寸趕製新的龍袍，文武百官等待論功行賞，選拔提位，百姓等待二皇子以及同黨謀逆一事給個說法，中風的老皇帝即將遷入行宮。

百廢待興之時，陸喚在金鑾殿上商議完事情之後，先令燕國大赦三日，三日之後再行上朝。

這三日京城熱鬧非凡，只知道似乎迎來了一位願意減輕賦稅的明君，卻不知道，翌日這位明君便火速拎著書包趕往了升學考考場。

升學考考場就在本校，教學大樓被黃線封起來了，距離第一科開考還有半小時，全班同學都在黃線以外等著。

因為要提前十五分鐘進考場，所以時間非常緊迫，班導師已經讓霍涇川打電話給宿溪問為什麼她和陸喚還沒到。

陸喚從大明宮衝進公寓裡時，只剩下二十七分鐘了。

宿溪早就準備好了兩個人的考試文件袋，一邊看時間，一邊在公寓焦灼地等他。

「小溪，久等了。」陸喚一過來，宿溪迅速拽著他往門外跑：「啊啊啊快，等下錯過考試了。」

跑下樓後，陸喚忽然將宿溪背起來，健步如飛比宿溪跑起來還快。

他背著宿溪往學校疾走而去，因為時間緊急，身上的衣袍也來不及換，一路上，他一身明黃龍袍簡直成了整個學校最亮麗的風景線，走到哪裡哪個班的老師學生都要倒吸一口氣。宿溪將臉埋在他背上，心中凌亂，忍不住將臉遮起來，假裝自己只是個道具人。

不過幸好，抵達班級時，距離開考還有二十三分鐘，完全來得及，宿溪鬆了一口氣。

正在苦口婆心勸全班同學做完題目後認真檢查的班導師，視線猝不及防地掃到陸喚身上，差點一口氣沒提上來，怒目而視：「陸同學！都升學考了你還玩什麼 cosplay ？！平時又聰明又帥的小夥子怎麼就這個癖好改不掉呢？！」

陸喚：「……」

宿溪：「……」

宿溪攥著文件袋，笑得肚子疼，陸喚轉過身，無奈地看著她。

不過好在升學考雖然對衣物檢查很嚴格，但是那只限於不准夾帶任何小抄，穿什麼監考官還是沒有許可權管的，於是這一天上午考國文時，陸喚就這麼堂而皇之地穿著龍袍進去考了。

宿溪、霍涇川都和他不在同個考場，沒能感受到考試時整個考場都忍不住盯著陸喚看是什麼感覺。

但是考完這一科，幾個人一起去學生餐廳吃飯，又一次成了全校最引人注目的風景線。

由於本身長得清秀白皙，從小到大不乏被人盯著看，再加上和陸喚待在一起一整年，他這張臉走到哪裡都會驚豔別人，因此宿溪早就已經習慣這種小場面了。

但是霍涇川和顧沁十分不習慣，恨不得在臉上貼張紙條，表示自己不認識這位穿龍袍的。

穿龍袍來學校也就罷了，關鍵是那張臉，把他們旁邊的人都襯托成貴妃太監丫鬟，這就讓人非常不爽了。

好在考完第一科，宿溪和陸喚可以回一趟公寓，將長袍換下來，換成一身短袖。烈烈夏日實在太過炎熱，陸喚脫掉長袍去洗了個澡，宿溪也赤著腳踩在冰涼的地板上，去冰箱裡翻支雪糕來吃。冰涼刺激的感覺殘存在唇齒之間，總算驅散了夏季暑熱。

陸喚擦著頭髮出來在她身後坐下，宿溪遞給他吃了一口，陸喚問：「這是草莓味嗎？」

宿溪點點頭，用炫耀的語氣道：「這個燕國應該沒有吧。」

「確實沒有。」陸喚笑著湊過去，就著她的手又咬了一口，含含糊糊地道：「不過他道：「小溪，不要瞧不起我們燕國，燕國也有許多好玩好吃的東西，待日後三百點有那種冰棒。」

任務完成，我帶妳過去玩。」

宿溪立刻在心中盤算了下陸喚還需要完成的任務，登基是系統發布的第二十個任務，也是被系統評級為難度最大的一個任務，點數獎勵是三十，陸喚昨天踏上金鑾殿時就顯示這個任務已經完成了，但是現在加起來，點數總共也只有兩百六十三。要想達到三百點，還需要完成時間跨度最大的賦稅任務和設立學堂、百姓開智的問題。

這兩個任務難度倒是沒有那麼大，但卻是個漫長改變燕國的過程，滴水穿石，非一日之勞。

「你覺得這兩個舉措推行下去，大概需要多久才能完成？」宿溪問道。

陸喚擦著頭髮，思索片刻，道：「燕國此時實在不是富庶之國，要想完成這兩個任務，起碼要三年時間。」

他一說完，宿溪立刻想到，三年之後，自己不是剛好滿二十了嗎，要是到時候能結婚，剛好可以過去燕國玩，就相當於全世界任何人都去不了的、獨一無二的蜜月了，但是隨即她又想到，不行，陸喚戶口名簿上還沒有達到二十二。

宿溪立刻被自己心中居然有這麼迫切的想法驚到了，而陸喚居然和她想到同一件事，看向別處，手指捏了捏毛巾，俊臉莫名有些紅：「我聽說你們這邊有個說法，好像是新婚夫婦領取結婚證之後，會去一個地方遊玩……」

陸喚話還沒說話，宿溪立刻跳起來：「好好準備你下午的考試，別東想西想！」

她臉色有些發熱，心想，誰答應要嫁給你了嗎，話說得這麼早。

但少年眉間清朗，目光灼灼，盤腿坐在那裡，好脾氣地抬頭看著她，她頓時又一百零一次可恥地心動了。

別的升學考的學生頂著大太陽苦不堪言，但幸好兩人在學校對面有公寓，來回幾分鐘的時間非常快。

中午宿溪趴在床上，陸喚躺在沙發上休息了一下。

等到下午快要開場之前，陸喚才進去把迷迷糊糊的宿溪叫醒。他弄了條沾了冰水的毛巾，敷在宿溪眼皮上，幫宿溪退了退暑意，然後在宿溪太陽穴上按揉一番，宿溪才徹底清醒。

如此一來，長達兩日半的升學考，終於徹底結束。

升學考結束之後，所有同學都在教室裡狂歡，扔課本，還有人依依惜別。宿溪也和陸喚一起去教室收拾東西，和一些同學告別。

原本宿溪以為到了高三最後一天，她會因為離別而特別難過，但是沒想到當這一天真的到來，她的心態卻充滿了積極。大概是因為，最艱難的高三一整年，有陸喚陪伴自己度過，而接下來，她和陸喚也有很多時間可以慢慢蹉跎，最喜歡的人一直都在身邊，就彷彿有了底氣，便不會覺得與其他人的分別那麼令人難過了。

有陸喚在，宿溪也不用收拾什麼，空著手跟他回公寓就好了。

許多同學也來和陸喚告別，同窗一年，陸喚也叫的出來這些人的名字了，與這些人說話，嘴角也帶上了一些笑意。

陸喚將一些課本放在客廳，問宿溪：「小溪，這些要怎麼處理？」

宿溪熱得要命，又去廚房拿了兩支雪糕，遞一支給陸喚：「過幾天下一屆的應該會找我們要筆記，留著吧，賣也賣不了多少錢，還不如給學弟學妹。倒是你，接下來對我們的行程有什麼計畫嗎？」

成績還沒出來，升學考結束了，放假了，不出去玩一趟實在說不過去，而且陸喚也有很多現代城市沒有去過。

「燕國百廢待興，還有許多事情亟待處理，最近半月我怕是抽不開身，半月之後，我們一起去旅遊。」陸喚道：「妳先不要和霍兄他們一起去，陪我半個月。」

宿溪好笑地問：「你這可是央求我，你要拿什麼賄賂我？」

陸喚走到她身邊，忽然把正在吃雪糕的她抱了起來，宿溪不是第一次感受到陸喚力氣大，但是每次他輕而易舉地將自己背起來或者抱起來時她都會驚呼一下。他雙手托著她的腰，就讓她在他的手臂上坐著了。

少年眉目如星，抬頭看她，道：「獎勵是這樣抱妳一整天行不行？」

「不行，這樣不是你占我便宜嗎？！」宿溪手裡的雪糕差點掉了，十分不滿。

「三年後，妳當皇后，燕國只有妳一個皇后。」陸喚低低地說，像是充滿期待的請求。

宿溪低頭看他，一年以來，他神情中又成熟了點，面容俊美，有種介於少年飛揚稚氣與男子成熟氣魄之間的感覺，宿溪感受著他的體溫，心裡其實已經心花怒放了，但是臉上不動聲色，對著他微笑了下：「不行。」

陸喚顯然沒想到她會拒絕，頓時有些急，抓住她腰的手都用力了幾分，正要問為什麼，忽然聽見宿溪道：「除非到時候你求婚。你沒聽說過我們這邊除了蜜月還有求婚的習俗嗎？」

陸喚一下子有些被幸福沖昏了頭腦，暈頭轉向了一下，完全控制不住自己越來越上揚的嘴角：「自然，自然。」

像是個得到最心愛的寶物而不知所措的少年人一般，他傻傻地看著宿溪，重複了好幾個「自然。」

九皇子即位，燕國百姓奔相告走，喜樂一片。

當九皇子還只是一位民間的皇子時，便已有了許多傳說……永安廟治病救人、神祕高科技帶領全國農莊發展的傳說，三州賑災，借糧三萬石的豐功偉績，敵軍峽谷救人凱旋而歸，帶領北境大軍抵京圍困謀逆二皇子的傳說。

椿椿件件加起來，有勇有謀，仁厚愛民，登基昭告天下時，是燕國至今為止最讓百姓喜出望外的一位皇帝。

新帝本就得民心，更何況大赦天下之時，他還宣布了一些減輕賦稅徭役的計畫措施，這些使得常年苦不堪言的百姓看見了一些新的希望。於是新帝衍清即位以來，整個燕國都處於一片祥和與希冀的氛圍當中。

文武百官有的站錯了隊，畏懼至極，擔心新帝即位後，第一個拿他們開刀，以謀逆之罪抄家滅族，於是惶恐不安。而另一些原本就跟著兵部尚書等人站在陸喚身後的人，此時腰桿子總算直了起來，眼巴巴地等待著升官加爵。

然而，卻沒料到新帝的主張與以前的皇帝都不同，站錯隊的除非情節嚴重，並無過多懲罰，而站在他那邊、早早地開始巴結九皇子府及送去禮物的，他也完全沒有要重用的意思。新帝制定了一條全新的官員選拔制度，唯賢是舉，唯才是用。

短短半月，官員之間的變動非常大。

原丞相外戚一黨因為籠絡御林軍幫助謀逆之罪而入獄，兵部尚書升任為丞相，而當初隨著陸喚從北境歸來的一些將士，則入了兵部。

二皇子入獄，五皇子倒是覺得自己在陸喚這裡毫無翻盤的機會了，識時務者為俊傑，申請當一個閒散王爺，但兵部尚書和陸喚一致認為，五哥雖然有些冒進，但在政務上還是十分有能力的，於是將他留在京城，封為賢勤王，要攬的活還不少。

而鎮遠將軍見一切已經塵埃落定，決定告老還鄉。他的老家在漳州，主動申請調任為漳州知府，臨走的那天，陸喚親自去送他。相識一場，雖然一開始鎮遠將軍對陸喚諸多刁難，但是在北境時，卻也對陸喚有非常多的提攜，沒有鎮遠將軍和兵部尚書傾囊相助，陸喚登上帝位，也沒那麼容易。

鎮遠將軍在北境一戰之前，便已經兩鬢微霜了，而如今更是滿頭斑白，他看著陸喚，十分地感慨，想了想，道：「與吾皇相識已經三年了。」

陸喚道：「是有三年了。」

第一次見面時還是在皇宮夜宴上，陸喚是個從秋燕山凱旋而歸的寧王府不起眼的庶子，鎮遠將軍心中偏見很大，故意不接他的酒杯，當時不過只有十五歲的陸喚卻一笑了之。

回憶起這些，鎮遠將軍不由得感慨時光易逝，對陸喚道：「還望皇上堅守當日初心啊。」

他所指的初心，便是在北境時，有一日夜裡陸喚值守，見路邊有快要凍死的人，回到帳中，讓將士們將一些能夠禦寒的衣物全分發給那些百姓。包括陸喚自己的，陸喚也一併帶去了。

那時鎮遠將軍還沒有從兵部尚書那裡得知，陸喚就是九皇子衍清的身分，但是心中卻陸然滋生出扶持他上位的想法。原本以為這會是個漫長的過程，但是得益於九皇子尊貴的身分，繼位倒是變得順理成章。現在一切都已經完成，他對新帝又很放心，留著他這把老骨頭監國好像也沒什麼用了。

陸喚看著鎮遠將軍，凝重道：「定然不負將軍所望，還望將軍保重身體。」

鎮遠將軍便離了京，因為沒有子嗣的緣故，沒有帶太多人馬，也沒有太多家財。

陸喚以前得到了鎮遠將軍的許多幫助，送走了鎮遠將軍，心裡自然也有些悵惘，但是還有一大堆政務亟待處理，也沒時間考慮那麼多。

將文武百官按功論賞罰，進行一些思慮良久的調任之後，還有各處知府，皇宮內的侍衛宦官等需要整頓，以及兩個半月後的登基大典也急需籌備，陸喚將其交由戶部尚書去解決。

這次大軍可以順利進京，雖然是五皇子棄暗投明開的城門，但是其中未必沒有戶部尚書從中斡旋的結果。戶部尚書的女兒當年是由陸喚救回來的，因而他始終對陸喚存有一分敬意。

燕國各州大赦，京城熱鬧非凡，雖然是暑熱之日，但是卻繁華得宛如上元節。

京城中唯一日子不好過的莫過於寧王府，寧王夫人一干人等一邊恐懼新帝會找罪由抄家，另一方面又後悔不迭，若是早知道當初住在柴院的那少年會有今日，一朝登上九五之尊之位，成為燕國的新帝，他們無論如何也不會苛待他。

被貶到偏遠地區的寧王這個時候終於忍不住送信回來，信中全是一些咒罵老夫人與寧王夫人幫不上忙不說，還影響了自己的仕途，簡直婦人無用。原本以為被貶只不過是幾年的事，頂多十幾年吧，這下好了，永遠回不了京城了。

寧王回不來，老夫人一把老骨頭舟車勞頓可能就死在半路上了，也沒辦法去，想到可能臨死前還見不到兒子一面，老夫人差點雙腿一翹，暈厥過去。

當然，這些都是後話了。

太上皇被送去了雲州行宮，在那裡緬懷卿貴人的一生。

而京城裡，史官也正式開始編纂記錄新皇衍清的政績。

兩個月後文武百官和百姓們就發現，燕國多了一位不愛美色、不愛金銀的好皇帝，但凡誰往宮中送美人，官員不僅會被皇上問責，美人回去時脖子上莫名其妙會跟被鬼掐過一樣，彷彿有人怒氣沖沖地隔著螢幕擰她們。

而他們送來的美人被擰了，這位新皇反而還彷彿十分開心，面露愉悅，似乎有些得意。

官員們：「……」

新皇什麼毛病？！

但是，這位皇帝卻漸漸地被傳聞非常愛睡覺。

每日離開金鑾殿，處理完政務之後，就遣散眾人，只留下親衛，在大明宮一睡便是一下午到一晚上，連晚膳都不用的。

這下京城傳得更神乎其神了，紛紛認為，新皇會不會是在修仙。

但無論如何，新皇上位短短兩月，燕國煥然一新，有了欣欣向榮的氣象，他是燕國歷史上政績最為顯著的一位明君。

三月後新帝登基儀式簡單辦過，因為燕國百廢待興，一切都從簡，並未鋪張浪費。宿溪雖然不能參加，但是也在螢幕裡津津有味地看完了陸喚登基的過程，她還投影到牆上，叫霍涇川和顧沁來看。

霍涇川和顧沁都瘋了，指著投影儀：「那個年輕的皇帝怎麼越看越像陸喚？！還衍清，這不是陸喚身分證上的名字嗎？陸喚去拍電視了？」

宿溪也快笑瘋了，「嗯嗯」道：「他家裡投資讓他拍了部短片。」

霍涇川和顧沁：「……」

果然是富二代，媽的，高中畢業他們頂多拍個校服藝術照做紀念，這人都拍上登基大典的紀念短片了。

等等——

霍涇川疑惑道：「為什麼陸喚腦袋上頂著一行字：『十八歲在燕國可以娶妻生子了的陸喚』？」

宿溪樂不可支，正要說話，忽然見正在朝著天階上走去的陸喚抬起眸，似乎是意識到他們在看他，於是陸喚頭頂的那行字忽然變成了——

「必須要娶到宿溪的陸喚」。

宿溪：「……」

霍涇川和顧沁：「……」

看個短片都要被迫吃狗糧，當宿溪的狐朋狗友真的很不容易。

宿溪一怔，頓時面紅耳赤地從沙發上跳起來，她現在算是知道當時為什麼陸喚頭頂的備注突然從「崽崽」變成「十七歲在燕國可以娶妻生子了的陸喚」了，跟系統根本沒關係，是陸喚自己改的！

一個多月前，升學考成績就出來了，宿溪查分數之前心驚膽戰，生怕自己和陸喚成績相差太大，最後沒辦法去同一所大學，她從家裡出去，拿著准考證來到公寓，打開陸喚公寓裡的電腦。

一陣白光閃過之後，陸喚也從大明宮過來了，顧不上換下身上的衣服，他俯下身，目光灼灼地看向宿溪打開的電腦頁面：「出來了嗎？」

「完了，我好緊張。」宿溪輸入准考證號的手都在微微顫抖，輸到一半，忍不住回過頭去看陸喚：「我們對過答案，分數應該很接近的對吧？」

「不會有問題的。」陸喚揉了揉她的頭頂，笑道：「不然我來查？」

「快快快，你來！」宿溪實在太緊張了，從椅子上站起來，直接把陸喚推到了椅子上。

她站在陸喚身後，趴在他背上，雙手忍不住緊張地摟住了他的脖子，將臉也埋在他肩膀上：「嗚嗚嗚萬一沒辦法報上同一所學校呢。」

「朕不允許這種可能性的存在。」陸喚斬釘截鐵地道。

宿溪「噗嗤」一下笑了出來，緊張的心情緩解很多，只是仍然不敢抬頭，心臟跳得很快。

陸喚左手握住她的手，右手飛快地在鍵盤上輸入准考證號，經過一年的學習之後，他已經對電腦爐火純青了。

准考證號很快就輸入進去，但是或許是全國的人民都在查成績，頁面上的圓圈轉動得非常緩慢，讓人心情焦灼。

「出來了。」陸喚忽然道：「妳考了……」

他話還沒說完，被宿溪一把捂住嘴巴：「你先別說，你繼續查你的，分數接近再告訴我！」

陸喚莞爾，輕輕親了一下宿溪的手指，繼續輸入自己的准考證號。

宿溪是真的很緊張，感覺這一天比升學考還要緊張，雖然考試之後就對過答案，但是心中總是充滿了不確定的感覺，她將腦袋埋在陸喚肩膀上，猶如一條渾身繃緊的鹹魚……

夏天很熱，到處都是潮溼的，陸喚額頭上也有些許晶瑩的汗水，但十八歲的男生身上又充斥著一種乾淨的朝氣，讓宿溪心中逐漸安定下來。

「網速這麼慢嗎？」就在宿溪摟著陸喚脖子快要昏昏欲睡時，忽然聽見耳邊道：「妳六百四十一，我六百三十八。」

宿溪不敢置信地抬眸，盯著網頁：「我居然這麼高？！」

「小溪成績一向很好。」陸喚側頭看她，語氣和漆黑的眸子裡都有些驕傲之意。

宿溪快高興瘋了，趕緊跳起來打電話給老爸老媽，他們接通之後，宿溪啊啊啊地尖叫了一下，然後又匆匆打電話給霍涇川和顧沁，陸喚笑著看她，心情也十分激動，但是竭力忍住，顯得較為沉穩。

等宿溪全都通知一遍之後，心臟還是跳動得很快，根本停不下來，她對陸喚道：「可以去同一所學校了！這下完全沒問題！不同科系分數線不一樣，但是我們分數都挺高的，限制應該不大！」

「是啊。」陸喚上前一步，忍不住將她抱起來，朝著客廳走去，試圖勾勒著以後的藍圖。

「去同一所大學，每日下午可以一起上課了，不過上午的課我抽不開身，若小溪妳有空的話，恐怕要勞煩妳為我做一做筆記了，到時候就不要住校了，和現在一樣在大學城外租一處公寓，最好是只有一間房間——」

話說到一半，陸喚耳廓微紅，覺得自己未免太不正人君子了些，他鼻尖有些癢，忍不住在宿溪懷裡蹭了蹭。

然而萬萬沒想到宿溪比他還興奮，眼睛亮晶晶地看著他：「我覺得很好啊！」

陸喚：「……咳咳。」

成績出來之後，宿溪回去和父母商量了下，又和陸喚盤腿坐在地上一起研究了下，最後決定好了要報考的學校，是一所頂尖名校。

宿溪報的是歷史系，而陸喚報的則是電腦科系，霍涇川成績一向也還行，這次分數只比兩人略低，於是最後也和兩人去了同一所學校，不過讀的是商業管理。

而顧沁的成績則沒有她們那麼好，不過升學考發揮也算穩定，最終報考了同一座城市的另一所學校。

在這個夏日，一切都塵埃落定。

大學開學之後，宿溪和陸喚頭上戴著紙帽子，一起將租好的房子打掃得乾乾淨淨。

陸喚一直都有將家當隨身搬著的習慣，現在，除了宿溪曾經送給他的那盞燈，其他東西包括胭脂，他全都搬了過來，放在空的房間裡保存妥當。

宿溪笑話他燈籠不離身，他還羞赧地說這是定情信物。

宿溪：？？？

送燈籠給你時你只是個崽，並沒有喜歡你好嗎？

然而這話宿溪只能在心裡想想，要是說出來，陸喚又要眼睛紅紅地看著她。

正式上課之前，霍涇川和顧沁跑過來蹭一頓飯吃，這次輪到了這兩人去買火鍋底料。他們還沒過來，宿溪和陸喚已經打掃好了，並洗了個澡，因為還沒來得及買沙發等物，所以暫時只能坐在地板上。

夏日炎炎，外面是驕陽烈日，屋內因為有冷氣，卻是十分涼爽。

宿溪拿著一支雪糕，在地板上席地而坐，抬頭看著擦拭著頭髮的陸喚，問：「你又送東西給我爸媽了嗎？」

「一些人蔘，西域使者進宮時進貢之物，對中老年人身體有好處。」陸喚道：「何況，時不時送一些東西，待到妳父母發現是我送的時候，便可以知道，我日復一日地追了小溪多久，我想，這樣他們應當會放心一點將妳交給我。」

「還有你亂改的名字是怎麼回事？」宿溪好笑地問，有時候早上起來，陸喚就去那邊上朝了，她要透過手機看一下陸喚在金鑾殿上進展如何，什麼時候下朝，好方便煮飯什麼的，結果一直看到「必須要娶到宿溪的陸喚」一行血紅的大字在眼前晃悠，真是快被晃到精神恍惚了。

「給我改掉！」

「頂多字型大小可以調小一點。」陸喚有點委屈，走到她身後，在她身後席地而坐。

宿溪朝後靠去：「真不改？」

陸喚支稜起一條腿，方便她靠進他懷裡，垂眸看她：「妳若是答應了，便可以改掉。」

宿溪眨眨眼：「改成什麼？」

「相公啊，丈夫啊，什麼的，都可以……」陸喚強忍著耳廓發紅，竭力鎮定地道。

宿溪看他的樣子，快笑死了，一時片刻想不起來自己剛剛要說什麼了，她正要努力去想，忽然聽見頭頂陸喚有些發啞的聲音：「宿溪，我學會了，妳抬頭。」

「嗯？你學會什麼了……唔！！！」宿溪一抬頭，陸喚的頭便低了下來，一個吻落在她的唇齒之間——

陸喚的唇輾轉蹂躪在她的唇瓣上，輕柔地、溫柔地，緩緩撬開她的嘴唇，有些動情，又有些饜足，朝她攝取而來。

宿溪的頭不得不朝後仰過去，最後支撐不住倒在他懷裡，呼吸微微加速。

而他繼續低下頭，長驅直入。

乾淨的柏松氣息落入宿溪的鼻息裡，是剛洗過的頭髮，是陸喚身上的襯衣，也是她剛吃過的酸甜冰涼的雪糕。

耳畔盡是夏日的蟬鳴，空調的嗡嗡聲，然而這一切卻漸漸從耳膜中遠去。

最後只留下將自己抱在懷裡的少年的心跳聲，狂跳如初見。

當陸喚還住在那間四面漏風的柴院時，一個看起來很平凡、水壺卻神奇地被撥動了一下的夜晚，那是一切的開端。

當他穿過竹林，腳步越來越快，呼吸越來越急促地回到柴院，看見簷下的那盞燈時，那是心悸的第一個瞬間。

宿溪有時候會想，如果那年冬天在醫院住院時，沒有打開那款遊戲，她和陸喚會有怎樣的未來呢？

但是後來才發現，沒有這種可能性，因為，無論如何兜兜轉轉，她都必定會遇見陸喚。

而對於陸喚而言，他從不允許這種可能性的存在。

在兩人身後，陸喚的幕布不知何時彈出了最後一個任務，也是唯一一個沒有點數獎勵的任務。

然而，創造出系統的人知道，這個任務即便不給予點數獎勵，陸喚也會拚了命地去完成。

『請接收任務二十一：請於四十年內研究製造出，或者委託科學家研究製造出『系統〇〇一號』，將其送回二〇二〇年十二月七日，載入在少女宿溪的手機上。金幣獎勵為零，點數獎勵為零。』

『唯一的獎勵是，她。』

因為心悅妳，所以每一個輪迴都想要找到妳，每一個平行世界也都要見到妳。

每一個四十年後的我，都給四十年前的自己發布了同一個任務，第二十一個。
那道任務不再有點數、金錢獎勵。
然而每一個我都毫不懷疑，年輕的我仍會不顧一切地去完成。

——《與遙久時空的你戀愛》正文完——

番外一

當宿溪從陸喚那裡知道《帝王之路》這款遊戲是一個時光機器，而這款時光機器以及附帶的系統很有可能是由四十年後的他們一起將這個遊戲送到二〇二〇年還在讀高二的自己面前之後，理科非常不好、邏輯也有些混亂的宿溪成功地被陸喚繞暈了。

「可為什麼是我呢？」宿溪有點糾結於這一點。

她上下打量著無論穿不穿衣服都很俊美的陸喚，無論是長髮玉簪還是漆黑短髮、走在大學校園裡都會引起驚豔目光的陸喚，心中產生了深深的鬱悶感。

和上能治理國家，下能考研究所寫論文的男朋友相比，自己除了長得還算好看，皮膚很白之外，簡直有點平凡了。

「只可能是妳。」陸喚從床上坐起來，從背後擁抱住宿溪，將下巴抵在她的頸窩處，虔誠地道：「因為無論是十五歲那年還在寧王府的我、現在的我，還是四十年後的我，心悅的只有妳一人。」

因為是冬天，房間裡開了暖氣，陸喚拉著被子罩在自己肩膀上，將懷裡只穿著吊帶睡衣的宿溪擁抱住，兩人肌膚乾燥相親，像是兩隻冬季依偎在一起的動物。

橘色的加溼器緩緩升騰著霧氣，散發出橘子味的清香。

「我只喜歡妳。」

陸喚生怕宿溪胡思亂想，咬著她的肩膀，低聲道：「妳別不要我。」

「在我眼中，妳頭髮好看，嘴唇好看，腳趾也圓潤漂亮。」

「妳性格溫柔坦率，最難能可貴，比其他人好千倍萬倍，比我也好千倍萬倍，我自是覺得與妳相比，我才過於平庸了。」

大約是愛慘了對方，都會或多或少生出些許自卑的情緒。宿溪這樣想，陸喚原來也會這樣想，他也會害怕宿溪遇見比他更生動有趣的人，然後就會覺得他僅僅是一個從古代來的、什麼娛樂活動也不會的鄉巴佬。

宿溪心中悸動，回過頭，卻被陸喚吻了吻。

呼吸不暢的一個吻之後，她坐在陸喚懷裡，任由他攬著自己光潔的肩膀，心中還是不解。

「可是，最開始的最開始，我們怎麼會被連結到一起呢？」

「我的意思是。」宿溪好笑地道：「為什麼不會是樓下打麻將的阿姨和你連結到一起，或者是看板上美豔動人的女明星和你連結到一起？」

「而你們燕國，處於水深火熱之中的人大有人在，你二哥一向不受寵，也是個沒落皇子，為什麼我一開始的遊戲畫面不是在你二哥的房間呢？」

陸喚聽著臉都要綠了，酸溜溜道：「妳還對我二哥有非分之想？那盞燈……」

「停！」宿溪捂著腦殼，覺得腦殼疼，「陳年往事了陸喚你還在說！」

「我當時將那當成定情信物，結果扭頭就看到妳也送了我二哥，接著妳便消失了，我的心情妳可想而知。」陸喚幽幽地道，像是懲罰一般，攬緊了懷裡的人，又忍不住低下頭，在她嘴唇上咬了一口。

宿溪本來想罵兩句，但是被他逐漸深入的吻鬧得暈頭轉向，一下子有點暈，忘了自己要說什麼了。

這個冬天，兩人一直黏在一起，明明除了陸喚去上朝，宿溪去上課，也沒什麼事，應當是覺得日子比較慢的，但因兩人在一起，日子竟然好像過得飛快，漸漸地沉積下來，回憶裡全都是對方的眉眼。

乾燥的肌膚擁抱著貼在一起，溫暖而舒服，窗簾微微闔著，外面飄著雪花。

房間裡只有一束昏暗的來自於窗外的雪花亮光，和橘子燈散發出的光芒。

宿溪饜足得幾乎要睡過去。

陸喚吃了好半天醋，倒是主動說起正事：「我猜，可能和妳從小比較倒楣有關。」

宿溪頓時有點清醒了，扭過身去看他，雙手摟著他脖子：「嗯？什麼意思？」

「我從燕國民間一些方士口中聽說，所謂龍氣，一般都是沿著山脈遊走的天地之氣，也稱為陰龍之氣，囿於山川河海，生於山脈體內，但是若想成為人間天子，還需得到陽水之氣的交合，這樣太極兩儀陰陽氣才能穩固住真龍天子之位。」

宿溪被他的一腔古話繞暈了，啄了下他的下巴，道：「你說人話。」

陸喚道：「意思就是說，一般的皇帝坐不穩帝位，要想坐穩帝位的都是真龍天子。我母妃並非有福之人，我八字也很單薄，而我最後卻成了皇帝，且在寧王夫人諸多迫害之下，安全無虞地活到了十四五歲，或許冥冥之中，是借了妳的福祉。」

宿溪：「也就是說可能是我把運氣分給你了？！」

陸喚頓了下，心虛地道：「我是如此推測——」

話還沒說完，宿溪揪住他的短袖衣領，瘋狂地搖晃：「啊啊啊陸喚你知不知道我從小喝口涼水都會嗆到，吃泡麵找不到調味包，出門倒個垃圾垃圾袋有時候都會從垃圾桶飄回來落到我頭上……」

陸喚十分心疼，不知所措，只好將宿溪抱在懷裡：「有我之後，我不會再讓妳受苦。」

宿溪雖然這麼吐槽著，但是也只是吐槽幾句罷了，實際上她根本不後悔。即便萬一陸喚推測的是對的，她從小之所以那麼倒楣，是因為將好運分了一半給陸喚，陸喚將厄運分了一半給自己，她也只是悄悄地有些心疼——

在沒有遇到自己之前，崽崽過得有多苦啊，她根本無法想像，幼年時期的陸喚、少年時期的陸喚，到底是在怎樣的泥沼裡掙扎著，穿不飽吃不暖根本只是其次，最重要的是他那時候根本看不到光，踽踽獨行身邊沒有一個人陪伴。

幸好能將好運氣分一點給他，護著他平安成長。

宿溪將臉埋在陸喚胸膛上，心中酸澀。

幸好後來她從螢幕裡看到了他。

陸喚手掌落在她頭頂，輕輕揉了揉，也對她道：「幸好妳來了，若沒有妳，我不會是今日的我。」

不會恩怨泯之，或許會折磨寧王府的一百多口人。

亦不會寬厚下屬，只因曾經從沒有人寬待他。

可能也不會笑，不曾擁有過生日，不抱有任何期待與希冀。

陸喚之所以是陸喚，是因為有宿溪。

若非要問為什麼是宿溪，這便是原因。

換了旁人，不會心甘情願將運氣分給他那麼多年，不會在無比倒楣的十幾年還樂觀看待生活，更不會因為憐憫他，怒氣沖沖地去踢那些小人的屁股，也不會一路陪著他成長，心疼他，愛護他。

換了別人，陸喚都無法成為陸喚。

所以宿溪她不平凡——

或許她很平凡，但她對於陸喚而言，是唯一的無價之寶。

番外二

陸喚說他需要三年時間去完成剩下的兩個任務，但只花了三年不到的時間。

這個時候宿溪和他大三，逢年過節時陸喚已經跟著宿溪回了幾趟宿家。

剛開始時宿溪父母就只把陸喚當成宿溪的普通同學，但是每次宿溪大學放假時，陸喚都會跟著霍涇川一起串門，次數一多，宿爸爸宿媽媽也和陸喚迅速地熟悉起來。

見過陸喚的幾乎沒有不喜歡他的，何況，後來宿爸爸宿媽媽又從宿溪那裡知道了陸喚的身世。

知道他母親去世得早，父親雖然有很多錢，但不怎麼管他，是個小時候過得有些艱難的孩子。

哪家的父母都聽不得這樣淒慘的身世，聽到宿溪的描述，宿媽媽眼圈都紅了。

難能可貴的是，這孩子雖然在這樣的環境中長大，卻沒有長歪，反而長成溫和有禮，寬容待人、白楊樹般的少年。

如果說先前宿溪父母對陸喚的好感只有九分，那麼當宿溪幫他編了一個現代身世之後，她父母對他的好感立刻到了十二分。

等陸喚再上門時，宿媽媽看他的眼神立刻多了幾分傷感。電視臺不小心換到主角從小沒了母親的電視劇，宿媽媽也怕勾起陸喚的傷心往事，立刻喝令宿爸爸換台。

對此一無所知的陸喚：？

他十分受寵若驚，也從宿溪的家裡得到了許多以前從未得到過的溫暖。

陸喚堅持不懈地在宿溪父母面前刷存在感，到了大三這一年，儘管沒有在宿溪父母面前挑明，但宿媽媽幾乎已經默認他和宿溪是一對了。

看著他對宿溪那麼好，宿媽媽心裡很熨貼，也很放心。

宿爸爸心裡雖然有種白菜被拱走的感覺，但他也發現自從宿溪身邊出現這個男孩子以後，宿溪運氣就好了不少，也沒像小時候那樣，走在路上都有可能被車子撞那麼倒楣了。

宿爸爸不信這些玄學，他只能將這認為是陸喚將宿溪照顧得很好。

於是時間一長，宿爸爸見到每次宿溪放假回家，都要將陸喚帶回來，也就習慣了。

什麼感情都是細水長流，他們對陸喚也不例外。

之後陸喚來宿溪家裡住時，宿媽媽都會提前曬好被子，讓被子上有乾淨陽光的味道才幫他鋪好床。還會提前問陸喚想吃什麼，然後趕緊去菜市場買菜、殺魚。

宿爸爸倒是沒有什麼大動靜，但也習慣提前將上好的茶葉拿出來，等陸喚來了兩人泡一杯下下棋。

如果是霍涇川或者別人來到自己家，自己老爸老媽照顧這麼周到，宿溪八成會吃醋。但如果是陸喚，宿溪倒是很開心，他從小孤苦無依，就沒得到過這些親情的溫暖，如果這個也能分他一半，宿溪只覺得心甘情願。

日子這樣一天一天地朝前推進，看似平平無奇，但每一天又與之前的日子截然不同。

終於等到三百點滿了之後，宿溪幾乎有些迫不及待了。

番外三

一百點時，陸喚能看到她，兩個人終於能交流；兩百點時，陸喚終於能單方面地從燕國穿越過來。而按照系統所說，三百點之後，她也能跟著陸喚去那個世界瞧一瞧。

也顧不上搞沐浴焚香什麼的儀式，這天兩個人單獨待在公寓裡，陸喚提前遣散大明宮的宮人，然後回到公寓，拉開幕布，就直接帶著宿溪走進了那個世界。

宿溪這邊正是夏天，蟬在公寓外面鳴叫不已，因為窗戶開著通風，所以還能隱隱約約聽到公寓外車來車往的聲音，以及樓上的新住戶搬家的聲音。

但是她跟著陸喚踏入大明宮的寢殿後，這些聲音全都在耳畔消失了，只有同樣的夏蟬聒噪。

身上感受到的空氣流動與另一個世界沒什麼不一樣。

宿溪忽然就理解了「人生代代無窮已，江月年年只相似」那句詩。

雖然橫跨了近千年的光陰，但這個世界是真實存在的。

她驚嘆地看著後殿裡的各種東西，香爐裡點著名貴的龍涎香，東南和西南兩個角落都放了兩個精緻的大鼎，乍一看是大鼎，湊近一看發現裡面裝著冰塊，讓整個後殿有著清涼的幽意。

宿溪又快步走到桌案前，伸手摸了摸。

陸喚還在寧王府時，用來讀書寫字的桌案不過是普通木材製成，後來隨著他官職漸高，桌案開始變成了名貴的木材，而現在的桌案是由紫檀木製造而成，上面文房四寶放在後代全是無價之寶。

陸喚平日就是在這裡批閱奏摺。

宿溪透過螢幕看過這桌案，但是看見和親手觸摸完全是不同的感覺。

宿溪嘴裡只能十分沒見識地發出一聲：「我靠……」

陸喚忍不住笑了笑，信步走到她身邊：「妳可想而知我那時的心情，見到妳那個世界的車水馬龍，車子開得極快宛如在地上飛起來一般，幾乎以為自己去了傳說中的可以御劍飛行的世界。」

宿溪還是覺得不真實，東摸摸西摸摸，又拿了一顆桌案上的蜜餞吃了一口，問陸喚：「這是什麼？」

陸喚道：「聽宮人說是不久前從雲州挖來的野蔘，釀造成了蜜餞，我感覺吃了會上火，於是沒有帶給妳。」

「妳若喜歡，應當有一些夏季可食用的，等等我們回家時帶一些回去。」

「可是這也太——大了吧！！！」宿溪看著整個後殿，不由得感嘆道，光是大明宮就有四座宮殿，更別說整個皇宮了，還有興慶宮、皇帝用來度假的芙蓉園等，以及各處行宮！

而且，京城還有煙花之地！

當皇帝也太爽了吧！

宿溪咬著陸喚的袖子想哭。

她這副樣子，落在陸喚眼中，陸喚覺得可愛得要命，忍不住捏了捏她的臉頰，道：「隨我來這邊，我準備了衣物，妳換上，我帶妳出去玩。」

宿溪激動得要命，連忙跟著他過去。

陸喚牽著她，邊走邊介紹道：「先在皇宮裡轉轉，東邊有之前父皇還在世時興建的摘星臺，夜晚星河燦爛，可以去看看，御花園就在含元殿前，等等我們換好衣服就去，還有太液池，我記得那裡有許多紅色鯉魚，可以去餵鯉魚……」

陸喚說著，眸子裡也流露出期待之意，他之前從不覺得這些是多麼稀罕的美景，但是有了她在身邊之後，一切景色好像都變得新奇起來。

他見宿溪摸一下屏風，又摸一下柱子，忍不住噙著笑意問：「妳最想去哪裡，我們便先去那處。」

「你真的要問我嗎？！」宿溪激動起來：「我說先去哪裡就先去哪裡？！」

陸喚道：「對。」

他有幾分驕傲地道：「小溪想要什麼，朕都可以給妳。」

「君子一言，駟馬難追。」

宿溪立刻興奮地舉手：「那我要去平康坊，聽說那邊有小倌，還有一些長相英俊的世家子弟吟詩作對！」

「……」

陸喚剛才還得意洋洋一副「愛妃妳想要什麼朕都可以滿足妳，即便妳想要朕朕也不是不可以」的表情，一聽見她這話，臉頓時黑了。

「妳確定要去？」他繞到宿溪面前，臉上寫著「難道妳家陸喚還不夠英俊嗎」一行大字。

宿溪頂著壓力，充滿期待地問：「想去，可以嗎？」

陸喚不死心，又幽幽問了一遍：「即便我吃醋，妳也要去？」

宿溪急了：「剛才不是你說的君子一言駟馬難追嗎？這才幾秒鐘你就反悔？！」

陸喚被噎住，十分後悔剛才說那話。

「我這不是鄉巴佬沒見識嗎，實在是想去見識一下，而且我發誓去了之後，單純聽聽箏蕭之類的演奏，視線絕對不在除了你之外的男人身上多停留一秒鐘！」

宿溪見陸喚還是一副鬱鬱寡歡的樣子，趕緊又道：「今晚不讓膽大上我的床，可以親二十次！」

陸喚開始有些鬆動了，猶豫地看著她。

宿溪又道：「四十次？」

陸喚面無表情道：「五十次。而且，只能去這一次，純粹去見識一下，以後再也不能踏足這些風月之地。還有，就按照妳說的辦，視線不能在其他男人身上停留超過一秒。」

宿溪趕緊拉著他的袖子，眉開眼笑道：「好好好！小氣鬼，都聽你的！」

宿溪心裡小算盤打得飛起，不能看男人，她進去看看花容月貌的美女也是好的！

這輩子誰能有這種機會啊！

視覺盛宴，想想都是外貌協會的狂歡！

看宿溪眼角眉梢都快要抑制不住的興奮，陸喚忽然有種不妙的預感，忍不住補充了句：「視線也不能在女人身上多停留一秒。」

正要從箱子裡挑衣服的宿溪：「……」

「這是什麼喪權辱國的條款？！」她怒道：「男人不讓看也就罷了，女人也不讓看？！」

「就只准看你？！」

「每天都看你！」

宿溪還要說兩句，陸喚垂下漆黑眼睫，神情有幾分蕭瑟，失魂落魄道：「我就知道，終有一日，妳會厭倦我，這才三年——」

「停！」宿溪想哭又想笑，對他道：「我答應你，但是每個人能看一秒，這你總得答應我吧？！我不一直盯著看就是了。」

陸喚負手沉思片刻，十分大度地道：「唔，三秒，許妳盯著每個人看三秒鐘，我會傳令下去，令平康坊眾人戴上面紗，每人只能在妳面前揭開三秒鐘。」

宿溪：「……」

我謝謝你了啊。

三秒，還用一副「為夫是不是很大度」的得意表情看著我……你可真是大度啊。

為了避免過多騷動，宿溪沒有穿女裝，而是從箱子裡挑了一件公子哥的常服，換上之後，活脫脫一個正值風流的世家子弟，陸喚忍不住盯著她看。很快便有陸喚叫來的宮女和宦官幫宿溪束冠。

聖上在側，宮女們不敢多言，只是宿溪的男裝十分清秀，有兩個為她束冠的宮女忍不住多看了她兩眼。

陸喚：「……」

宿溪忍不住偷偷去看陸喚。

只見小氣鬼臉又黑了。

番外四

陸喚左思右想，覺得該蓋住的不僅是平康坊那些男男女女的臉，還有宿溪的臉。

片刻後，他擰著眉，不知道從哪里弄來一塊輕盈的面紗，看起來純淨無暇，還有些透光，但是他往宿溪臉上一蒙，很快宿溪身邊的幾個宮女都看不見宿溪的臉了，只能看見宿溪一雙眼睛露在外面，滴溜溜地轉。

宿溪：「……」

宮女們：「……」

宿溪不太服氣地想把面紗扯掉，陸喚按住她的手腕，制止了她，和顏悅色地問：「面紗不舒服嗎？」

「這倒不是——」面紗十分透氣，戴著跟沒戴一樣，但是憑什麼她就不能露臉？以她女扮男裝的長相，清秀過人，說不定還可以吸引一些貌美女子的視線呢，宿溪話頭一轉，道：「對，很不舒服，太厚重了。」

陸喚不知道又從哪裡弄來了一塊更加輕盈的緋紅色面紗，上面還繡著兩隻蝴蝶，柔和地看著她，一副「全天下最輕的面紗我都可以為妳弄來」的表情。

宿溪：「……」

算了吧，緋紅色騷裡騷氣，等下把小姐姐們都嚇跑了。她心不甘情不願地戴上了面紗，抬眸看著陸喚還露在外面的一張俊臉，十分不甘心地道：「要戴有本事兩個人一起戴，只有我戴算什麼，就憑你是我男朋友就可以雙標？！」

誰知陸喚聽了她這話，反而面露喜色，有些害羞地又讓人送過來一張玄色面罩，道：「小溪非讓我戴，不讓我示人，也是可以的。」

宿溪：「……」

旁邊的宮女大約早就被命令過，無論看到什麼、聽到什麼，都不可以做出任何表情、發出任何聲音，不然就會被殺頭。此時看到和往日不苟言笑、面無表情的聖明君主判若兩人的年少皇帝，竟然也能生生忍住，待在一邊宛如木樁。

只有宿溪一個人內心化作尖叫雞。

她對陸喚怒目而視：「兩個人都戴面罩，還去什麼聲色場所？！不知道的人以為我們要去劫刑場！」

陸喚順竿往上爬，眼睛一亮：「那便不去了，多的是只有我們兩個人的地方可去！」

「不行。」宿溪咬咬牙道：「戴就戴。」

她將面紗戴上了，陸喚也鬱鬱寡歡地將面罩戴上了。

看起來就像是一個即將拋繡球招親的公子哥和一個即將劫刑場的帝王站在一起。

陸喚同樣換上了便裝，與宿溪穿的是同個色系，只是他比宿溪高得多，三年以來，頎長的少年逐漸朝著高大偉岸發展，此時介於成年男子與鮮衣怒馬的少年之間，即便戴上了面罩，站在人群中仍然鶴立雞群。

他擺擺手，讓那幾個宮女退下了，隨即有幾個他已經安排好的侍衛穿著便裝進來了。

這幾個侍衛穿得像是京城中普通的世家中的家丁，看起來也比較低調，不張揚。

陸喚牽著宿溪往皇宮外走。

因為有意帶著她逛一逛，所以沒有鑾駕，只有身後侍衛撐著兩把傘，也不是皇帝專用的黃羅傘，而是普通京城貴族子弟常用的輕綢傘。

沿路宮人已經被提前清散。

宿溪跟著他出了大明宮，繞過太液池，穿過含光殿，從宣武門進去，見到前面還有巍峨的太極殿，簡直大得讓人腦袋發暈，偌大宮城，夏蟬嗚嗚，兩邊高深院牆與琉璃瓦，池子裡荷花接天連日，美景美不勝收。

終於走出了太極宮，陸喚問身側的人：「是不是累了？」

「為什麼這麼大？！」宿溪感到暈眩，「有五個我們學校那麼大。」

陸喚估算了一下距離，道：「應當不只，方才從大明宮出來的路程，已經走了二十個高中，十個大學了。」

宿溪：「……」

陸喚走到宿溪面前，一掀衣袍馬步蹲下，對她道：「我背妳。」

身後的侍衛紛紛識趣地看向天，彷彿天上有什麼不得了的東西吸引了他們的視線。

宿溪道：「回去再背，在這邊就不了。」

她湊到陸喚的耳邊：「否則你皇帝的威嚴放在哪裡。」

陸喚似笑非笑：「妳是害怕成為禍國殃民的妖妃嗎？」

宿溪瞪了他一眼。

陸喚想了想，讓侍衛牽來兩匹馬，對宿溪道：「倒是有一條捷徑可以直接出朱雀門，我們騎馬過去。」

「我在那邊也騎過馬，不過是在風景區，那些馬都很溫順，這兩匹馬——」宿溪摸了摸馬背，發現這兩匹馬比在風景區見到的那些馬還要溫順，其中一匹棗紅色，另一匹雪白色，和自己當年送給陸喚的馬有些相似，但又不是那一匹。

「無礙，有我，我與妳一匹馬。」陸喚說完，見宿溪盯著兩匹馬看，便道：「妳送我的那匹馬已經退役了，此時在皇宮的馬廄中安享後半生，明日帶妳去看看。」

宿溪頓時有些傷感：「這就老了？」

「小梨花是妳六年前送我的，當時牠正值壯年，約為五歲，如今六年過去，牠已經十一歲了。純血馬十五歲之前大多都仍在服役，但皇宮內的馬大多到了十歲便開始安享天年了。」

宿溪的重點頓時被帶偏：「等等，你叫牠什麼？！」

陸喚忽然有些不好意思，有一下沒一下地摸著身邊的馬的前額，低聲道：「小梨花。」

宿溪盯著他：「這是什麼勾欄院的名字？！」

陸喚耳根有些紅，不答話只道：「過來，我扶妳上馬。」

收到宿溪送的這匹馬時，他還不知道宿溪是誰，長什麼樣子，有怎樣的音容相貌，那時對他而言，看不見的宿溪是他日思夜想的人。他見到京城外樹下拴著那匹她送給他的馬時，心裡就在想，等到開春——最遲等到開春，梨花開的時候，他就鼓起勇氣對她提出想見她。但後來，居然還沒等到開春，他便按捺不住，貿然提出了那個請求。

那恐怕是陸喚做過的最沒有計畫、最唐突、最忐忑、最意氣用事的一件事情了。他一度以為因為他提出了這個請求，她就徹底消失在他的世界了，但好在後來她來了。

因而這匹馬叫小梨花。

梨花開的時候，她就來了。

他希望有一天，馬蹄聲響起時，能一併將她帶來他的世界。

宿溪上了馬，陸喚翻身上馬落在她身後，環抱著她，持著韁繩，嘴裡輕喝一聲，新的雪白色的馬便猶如利箭般，疾馳而去。

身後幾個侍衛匆匆跟上來。

夏日的風吹過耳畔，宿溪不禁往後靠了靠，靠在陸喚的胸膛上，陸喚帶著她策馬穿過城門，高深長巷，京城街市，目之所及，繁華一片，熱鬧祥和，正是當年她在陸喚衣櫥裡所見到的那一副河清海晏的畫卷。

番外五

京城十分繁華。不過可能宿溪乍來到燕國，第一眼看見的就是皇宮內的雕梁畫棟，由奢入儉難，因此出了皇宮之後，所看到的外面的集市雖然熱鬧，但富麗堂皇自然比不上皇宮內。

可是人聲鼎沸。她從來沒見過這種盛世百態的場景，比起現代都市下班後人人匆忙擠地鐵、互不交流地進入各種高樓大廈，京城的集市簡直熱鬧得和樂融融。

現在正是夕陽西下的時候，整個街市猶如浸入了橙黃色的染缸之中，明暗交界線一點點朝著西邊移去，街市上擺攤的小販正在大聲叫賣，茶肆酒鋪為了招攬生意，在棚子裡將熱氣騰騰的包子饅頭出鍋，再加上糖葫蘆、桂花糕等香氣糅雜在一起，撲鼻而來，令人食指大動。

在街市東邊，陸喚翻身下馬，抬頭問宿溪，微微揚眉：「是不是餓了，要不要下來買點東西吃，一路逛過去？」

宿溪聞到各種甜酒的香氣，情不自禁地嚥了口水，陸喚實在是可惡，不直接去平康坊，竟然先來這裡，各種美食小攤、衣裳鋪子當前，誰還惦記著去看美人。

陸喚坦然道：「又沒說不帶妳去，先吃點東西，晚上再去也不急。」

「好，先吃東西。」宿溪撐著馬背，小心翼翼地踩在馬鞍上，想跳下來，還沒來得及往下滑，陸喚抱住她的腰，將她抱下來。

宿溪連忙去看他身後的那些侍衛，那些打扮成家丁的侍衛紛紛望天，裝作什麼也沒看見。

宿溪這才鬆了口氣，不放心地道：「晚上一定要去，你答應了，不要又賴帳。」

陸喚笑著道：「好。」

他牽著宿溪往集市那邊走，神色間有幾分得意，宿溪偏頭看他，真不明白他有什麼好高興的，不過是拖延了幾個小時帶自己去看美人，居然一副他打敗了那些美人，在自己心中榮登第一名的興高采烈神情。但見他嘴角的笑容，宿溪撇了撇嘴，嘴角也忍不住帶上了笑意。

京城海納百川，多的是胡人牽著駱駝來來往往，因而兩人帶著面罩和家丁，走在其間，雖然因為身量和氣質頗引人注目，但倒也沒人懷疑這就是皇宮裡的那位。

宿溪被一個賣胭脂的小攤販叫住，他對著宿溪道：「姑娘，女為悅己者容，看您這婀娜多姿的身段，想必面紗下的容貌更是傾國傾城，來看看胭脂吶！必定能為您的容貌錦上添花！」

宿溪被他的吹捧吹得喜笑顏開，拽著陸喚過去。

一看，發現居然還是從前賣胭脂的那個小攤販。

傻子陸喚當時被他坑了好大一筆錢。

而幾年過去，他小攤上的胭脂也沒有什麼變化，色號還是相同的色號，就是裝胭脂的盒子貼了些新的花鈿。

宿溪覺得很新奇，當時在螢幕裡看起來不過是指甲大小的一個小小人，此時居然活生生地站在自己面前，朝自己擠眉弄眼，臉上看起來比幾年前多了幾條皺紋。

這令宿溪看著覺得十分親切。

不過親切歸親切，已經買過了的東西她不會再浪費錢買。

「不用了。」她笑著搖了搖頭，拉著陸喚要走。

那小攤販急了，又對陸喚道：「公子，看您一身貴胄，也不缺幾個錢，給您的心上人買幾盒胭脂吧，不買不是心上人！」

宿溪：「……」

陸喚：「……」

陸喚彷彿被這句話刺激了，回頭看著他攤販上的胭脂，扭頭就要朝侍衛索要銀兩：「拿碎銀來。」

宿溪：「……」

宿溪趁著他又被這個小販在相同的地點再坑一筆之前，連忙拉著他趕緊走了：「不買！」

丟下小商販伸出的手，兩人繼續朝前逛。宿溪其實也不餓，大約是因為對街市上的一切都感到十分新奇的緣故，無論什麼沒見過的美食，都想湊上去嘗一嘗，導致沒過多久她才品嘗了三四樣小食，就已經撐得走不動路了。

她的腳步越來越慢，有些生無可戀：「我感覺很撐。」

陸喚將她手中的長竹籤拿來，遞給身後的侍衛，對她無奈道：「太撐了就別吃了，先消消食。」

宿溪望著才走了三分之一的長街，怨念道：「可是還有好多東西沒吃到。」

陸喚輕笑一聲：「一天吃不完，便兩天來吃，兩年都來吃。時間還多著呢。再說，除了這條街市之外，還有東西市，西市胡商帶來的西域之物琳琅滿目，全是些小的飾品，妳也定會喜歡。離了京城，還有各地特產，現在是夏日，雲州積雪較少，等到了冬日，便可去雲州看萬里白雪茫茫了。」

宿溪被他說得心中無比嚮往，這些地方她之前在螢幕裡全都見過，但螢幕裡的原畫再精細，和可以親手觸摸、親眼見到還是不一樣的，在螢幕裡的精緻的美景，當身臨其境，才能感受到磅礴。

宿溪按捺住心裡的貪心，暫時不再吃了。

一心一意往前走，瞧著街市上熱氣騰騰的生活氣息。

夕陽徹底墜下地平線之前，陸喚帶著她來到京城裡的一處高臺，高臺地處皇宮外的芙蓉宮內有皇家侍衛把守，因為這裡沒有發生過什麼任務，所以宿溪之前雖然把整個京城解鎖了，但是卻沒有來過這裡，只是知道這裡有一座尖尖的塔臺。

現在跟著陸喚沿著臺階往上走，才發現這座名為澹臺的高閣，居然是整個京城地勢最高的地方，再加上修築得又高，站在欄杆旁，竟然可以將整個京城的景象盡收眼底。再往遠處眺去，能看到京城外的麥田，無邊無際，隨風起伏。夕陽落在上面，一片橙黃。

隨著夕陽漸漸落下，京城裡的百姓家中逐漸亮起一盞盞油燈，彷彿熒熒之火，四處點亮。

宿溪覺得心曠神怡，什麼也不想說了，靜靜俯瞰整個京城。

陸喚擁住她，道：「妳不是還想瞧瞧長工戊、兵部尚書等人的真實模樣是什麼樣子嗎？改日把人叫來讓妳瞧瞧，不過妳看了大約會大失所望，即便是短手短腳的模樣，我也是比旁人出眾的，不是所有人的真人模樣都如我一般。」

宿溪樂不可支：「哈哈哈。」

陸喚：「……妳不信？」

宿溪：「哈哈哈，沒有不信。」

陸喚看著她臉上一副「行吧你說什麼就是什麼」的敷衍模樣，一時之間無話可說，甚至蠢蠢欲動地想立刻把這些人叫來，這樣宿溪就知道他即便是侏儒形態，也比其他侏儒好看。

嘗過美食，看過美景，陸喚以為宿溪應該已經差不多忘了要去平康坊看美人的事情了。

他不動聲色地對宿溪道：「太陽落山了，回去看電視吧，妳昨夜追的那部劇似乎要大結局了。」

「哦，好。」宿溪被他牽著往澹臺下方走。

就在陸喚忍不住悄悄揚起嘴角時，宿溪忽然想起來，她猛然頓住腳步，把陸喚往身邊一拽。陸喚以為她要說什麼，俯身去聽，卻被她捏住了臉，她用力在他俊臉上捏了捏：「等等，不是說晚上去看美人跳舞的嗎？！當皇帝的金口玉言，陸喚你怎麼能這樣？！」

陸喚：「……」

默默跟在身後的侍衛有一個終於忍不住笑出聲。

陸喚臉都黑了。

是夜，想方設法讓宿溪忘掉去看別人的陸喚仍然沒能得逞，無奈之下，還是帶著宿溪去了一趟那種場所。乍一進去，眉眼溫和盈盈帶著笑的宿溪顯然比他更受歡迎，一堆女子圍了上來，將他擠到了一邊。

陸喚的一張臉精彩紛呈。

宿溪終於能體會到一次詩句裡所說的「從此君王不早朝」了，她樂不思蜀，但還沒等她一個一個地鑽研哪個舞娘更好看這件事，她就被黑著臉的陸喚灌醉了。

陸喚心說，他就不該答應她來這種地方，明明約好不能多看別人，結果她的視線完全黏在別人身上扯不下來。

他背著宿溪回到皇宮，嗅著脖頸旁宿溪身上混著酒味的脂粉香氣，見到她臉頰上甚至還多了一個舞娘的紅色唇印，臉色難看得不行。

宿溪做夢做得非常愉快，軟綿綿地抱住陸喚的脖子：「再來一杯！小姐姐好香！」

陸喚：「……」

陸喚快氣死了，將宿溪丟在床上的衝動都有了，但黑了半天臉，還是輕手輕腳地將她放下來，並蹲下來幫她脫去鞋襪。

脫到一半，歪倒在床上的宿溪忽然又直挺挺坐起來，朝他懷裡一撲，彷彿還在夢中：「不過，小姐姐不要惦記我，我只要陸喚！」

她抱著陸喚的脖子，「吧唧」朝陸喚臉上親了一口。

陸喚心頭鬱悶頃刻全散。

他「咳」了兩聲，眉梢染上得意之色：「是嗎？若只要我，便再親一下。」

宿溪閉著眼睛，摸索著朝他嘴唇親過來，但因為醉了不得章法，在他嘴角胡亂地啄，反而像是撩起了一把火。

陸喚耳根微紅，眸色逐漸不甚清明，他終於忍不住，將簾子放了下來，將人按進了懷裡。

燕國地域廣闊，此後很多年，宿溪和陸喚經常去一些地方遊玩。

而燕國逐漸傳起了一些謠言，此代帝王只鍾情一人，在皇宮裡金屋藏嬌，封后當日，皇后金釵流珠重重，將臉遮掩得無人瞧見，甚至連丞相等重臣都沒瞧見過。

於是，燕國此代帝王在後世的傳說中，又多了一項十分難以開口的傳聞。

史書上沒有記載，但野史卻層出不窮，稱衍清是史上最善妒的君王。

從坊間讀到這些野史的宿溪正在和霍涇川、顧沁吃火鍋，差點沒笑死，截圖傳給陸喚看。

很快收到了陸喚的回覆。

陸喚十分坦然地承認：『我的確很善妒，所以吃完火鍋逛街時，不要讓霍涇川像學生時代那樣勾妳的肩膀，不然十分鐘後我就來了。』

「看什麼訊息？！快吃！」霍涇川不滿地看向宿溪。

說著就要湊到宿溪身邊，勾搭住宿溪的肩膀看她在傳訊息給誰，笑得一臉春意盎然。

宿溪急忙躲開他的手：「坐回去！」

霍涇川不由自主打了個噴嚏，揉了揉鼻子：「感覺誰在咒我。」

宿溪似有所覺，朝著窗戶外的火鍋店樓下看去，只見底下站著一人懶懶散散的，似乎是剛從停車場停完車過來等她，頎長身影在熱鬧的火鍋店前鶴立雞群。

陸喚下意識抬起頭，朝著樓上窗戶邊的宿溪看來，眉目鮮明，一如初見。

無論過了多少年，還是令人怦然心動。

——《與遙久時空的你戀愛》番外完——

——《與遙久時空的你戀愛》全文完——

高寶書版集團
gobooks.com.tw

YH 162
與遙久時空的你戀愛（下）

作　　者　明桂載酒
封面繪圖　單　宇
封面設計　單　宇
責任編輯　楊宜臻
內頁排版　賴姵均
企　　劃　何嘉雯

發 行 人　朱凱蕾
出　　版　英屬維京群島商高寶國際有限公司台灣分公司
　　　　　Global Group Holdings, Ltd.
地　　址　台北市內湖區洲子街88號3樓
網　　址　gobooks.com.tw
電　　話　(02) 27992788
電　　郵　readers@gobooks.com.tw（讀者服務部）
傳　　真　出版部(02) 27990909　行銷部 (02) 27993088
郵政劃撥　19394552
戶　　名　英屬維京群島商高寶國際有限公司台灣分公司
發　　行　英屬維京群島商高寶國際有限公司台灣分公司
法律顧問　永然聯合法律事務所
初版日期　2024年5月

原著書名：《我養成了一個病弱皇子[治癒]》由北京晉江原創網絡科技有限公司授權出版。

國家圖書館出版品預行編目(CIP)資料

與遙久時空的你戀愛/明桂載酒著. -- 初版. -- 臺北市：英屬維京群島商高寶國際有限公司臺灣分公司, 2024.05
冊；　公分. --

ISBN 978-986-506-993-3(上冊：平裝). --
ISBN 978-986-506-994-0(中冊：平裝). --
ISBN 978-986-506-995-7(下冊：平裝). --
ISBN 978-986-506-996-4(全套：平裝)

857.7　　113006862